Von der Entdeckung
des Paradieses

Doc Comparato

Von der Entdeckung des Paradieses

Aus dem brasilianischen Portugiesisch
von Karin von Schweder-Schreiner

Eichborn.

Die Deutsche Bibliothek – CIP-Einheitsaufnahme

Comparato, Doc:
Von der Entdeckung des Paradieses : Roman / Doc Comparato. [Aus dem Portug.-Brasilianischen übers. von Karin von Schweder-Schreier]. – Frankfurt (Main) : Eichborn, 2000
Einheitssacht.: A guerra das imaginacoes <dt.>
ISBN 3-8218-0829-2

Umschlaggestaltung: Christina Hucke
Umschlagbild aus: Carl Friedrich Philipp von Martius, Historia naturalis Palmarum, München © AKG, Berlin
Lektorat: Doris Engelke
Satz: Fuldaer Verlagsagentur, Fulda
Druck und Bindung: Wiener Verlag, Himberg
ISBN 3-8218-0829-2

Verlagsverzeichnis schickt gern:
Eichborn Verlag, Kaiserstraße 66, 60329 Frankfurt am Main
www.eichborn.de

Endlich, für Leila in Liebe

Der Roman ist die private Geschichte der Nationen.

Balzac

Orakel und Träume werden erst dann verständlich, wenn sie in Erfüllung gehen.

Heliodor

Die hundert größten Gelehrten, Denker und Philosophen der Welt haben Michelangelos Fresken an der Decke der Sixtinischen Kapelle zum bedeutendsten und wichtigsten Kunstwerk des Jahrtausends gewählt.

Zeitschrift *Time*

Erster Teil

Prolog
Mysteriöse und unwahre Ereignisse

Um das Jahr 1500
Rom, Vatikan

Nur Luft, nichts als Luft. Der Luftstrom entsteht wie ein Wirbel im Labyrinth der Lungen. Er erreicht den Kehlkopf und streicht scheinbar folgenlos über die Stimmbänder, dann ordnet sich alles.

Die wirbelnden Luftmoleküle versetzen die Stimmbänder in perfekte Schwingungen, und der Luftstrom verwandelt sich in kristallhellen Klang.

Reine Töne von höchster melodischer Präzision füllen den Mund des Knaben. In der Tonlage eines Soprans kommen sie als lieblicher Gesang über Francescos Lippen.

In diesem Augenblick leitet die verblüffende Klangbildung einen noch schwieriger zu erklärenden Vorgang ein. Statt durch den Raum zu schweben und in das Ohr Seiner Heiligkeit einzudringen, wählt der Gesang offenbar einen weit kühneren Weg.

Den Worten von Papst Pius III. zur frommen Äbtissin und päpstlichen Haushälterin de Roncani nach vermag die Stimme des Knaben unbegreiflicherweise durch das Stirnbein in seinen Schädel einzudringen, gleich Messerklingen die Blutgefäße des Gehirns zu durchschneiden und den quälenden, pochenden Kopfschmerz zu blockieren, der den Pontifex immer wieder heimsucht.

Eine eigenwillige päpstliche Theorie von geringem wissenschaftlichem Wert, doch zumindest in der Praxis effektiv. Francesco singt, und wie durch ein Wunder schwindet der Schmerz.

Deshalb ist Francesco ungewollt zu einem der begehrtesten Objekte im Netz der Ambitionen und Intrigen geworden, die sich um die päpstliche Macht ranken.

Man braucht nur Francesco zu folgen, ihm nachzuspionieren oder wachen Auges den Knaben zu beobachten, wie Bruder Camilo es lieber auszudrücken pflegt, und schon erhält man Hinweise auf Stimmung und Gesundheit von Pius III.

Sehr große Augen, kaum Wimpern. Schmale Gliedmaßen, breiter Brustkorb. Ein für sein Alter großer Kopf auf einem schlanken Hals. Francesco lebt nicht mit den anderen Chorknaben des Vatikans zusammen. Er hat seinen eigenen Musiklehrer und schläft allein in dem parallel zu den päpstlichen Gemächern verlaufenden Flügel. Immer verfügbar, jederzeit zum Singen bereit: das ist sein Lebensinhalt. Sonst nichts.

Mitunter kommt schon vor dem Morgengrauen, noch bevor die Mönche die Matutin gesprochen haben, mit flackernder Fackel und schielendem Blick der Gardist angelaufen, um den Knaben zu wecken. Francesco klettert verschlafen aus dem Bett, hängt den wollenen Umhang über das Nachthemd und eilt atemlos hinter dem Gardisten her. Zeit zum Wasserlassen bleibt ihm so gut wie nie. Vor der Tür zum päpstlichen Schlafgemach serviert ihm eine Nonne etwas Tee oder heiße Milch, um seine Kehle anzuwärmen. Dann steht er da, stocksteif, und wartet auf das Bimmeln des Glöckchens der Äbtissin Haushälterin, das Zeichen, daß er eintreten und für den mächtigsten Mann der Welt singen soll.

Nur Luft, nichts als Luft. Dieses Mal geschieht es nach der Komplet, der Gebetsstunde in später Nacht. Der mürrische Gardist ist gekommen, die heiße Milch ist Francescos Kehle hinuntergelaufen, das Bimmeln des Glöckchens hat die Tür geöffnet, und der Knabe ist eingetreten.

Alles weiß. Schieres Weiß.

Von acht weißen Kopfkissen unterschiedlicher Größe gestützt, das Gesicht unter zahllosen dampfenden weißen Leinentüchern verborgen, ruht Seine Heiligkeit unter einer dicken weißen Decke, die schlaff über die Bettkanten hängt. Eine weiße, konturenlose Masse.

Die Äbtissin, im weißen Ordenskleid und sehr bleich, zuckt ängstlich zurück angesichts der Heftigkeit der Kopfschmerzen des Heiligen Vaters. Kein Sterblicher hat so etwas je erlitten.

Sie zupft die Tücher zur Seite und entblößt das Antlitz von Pius III. Der Duft von Rosmarin und anderen aromatischen Kräutern steigt Francesco in die Nase, während seinem Mund die ersten schneidend hellen Töne entschlüpfen und sich durch den Schädel in den ovalen, öltriefenden Kopf bohren.

Von Schmerz triefend, unaufhörlich von Krämpfen durchzuckt, so empfindet sich Pius III.

Glänzend, so sieht der Knabe den heiligen Kopf, auf dem kein Haar sprießt. Strahlend, korrigiert sich Francesco, während er singt.

Die tiefliegenden Augen, die schmalen, farblosen Lippen, die fest zusammengebissenen Zähne indes sieht er nicht. Schuld daran sind der protokollarische Abstand, das blendende Weiß und die mit den duftenden Tüchern hin und her eilende Äbtissin.

Francesco, vom eigenen Gesang bezaubert, nimmt die angespannte Atmosphäre nicht wahr und erst recht nicht den Ernst der Stunde. Nicht im Traum ahnt er, daß jenes Schlafgemach bald schon von einem schrecklichen Ereignis verfinstert werden wird. Das Geschehen, so verheerend wie mysteriös, wird die Kraft besitzen, der Geschichte der Menschen und der Kirche Gottes eine Wende zu geben.

Solches zu ahnen wäre auch zu viel verlangt von einem unschuldigen, präpubertären Knaben aus Bologna namens

Francesco Giorgino Caleto. Mehr noch, es wäre höchst ungerecht: Denn was nach dem päpstlichen Kopfschmerz geschehen wird, gehört in den Bereich des Unvorstellbaren.

Benommen und ganz leicht die Miene verziehend, gibt der Papst ein kombiniertes Zeichen (daran beteiligt drei Finger der rechten Hand und eine seiner beiden Wangen) und erklärt den Vortrag für beendet.

Die Äbtissin läßt das silberne Glöckchen bimmeln, Francesco verbeugt sich stolz und entschwindet durch die Tür.

Der Schmerz ist verebbt, denkt die Äbtissin, doch weiß sie, daß sie noch den Kamillentee für den Heiligen Vater bereiten, die Öllampen im Korridor löschen, mit zwei anderen Nonnen die Soutane, die Pius III. am nächsten Morgen anlegen wird, inspizieren, beten, sich geißeln und die erste päpstliche Mahlzeit vorbereiten muß: zwei gekochte Eier.

Wäre alles wie immer verlaufen, hätte der Heilige Vater gesagt, daß Francesco von reinem, freundlichem Naturell ist und die Stimme einer Nachtigall besitzt. Er hätte gesagt, daß sein Kopf sich leicht wie eine Feder anfühlt. Daß der Schmerz, dieses übergroße körperliche Leiden, dem Überdruß gewichen ist, einem minderen und metaphysischen Leiden.

Einem erträglichen Überdruß. Erträglicher als das Gefühl ständiger Einsamkeit, sein wahrer, heimlicher Feind. Eine Einsamkeit, die sich mit Messen, Zeremonien und Audienzen maskiert, doch schon immer, seit seiner zartesten Kindheit, präsent war. Die seine Seele mit Ängsten martert und mit ungeheurer Gleichgültigkeit gegenüber dem Leben, seinen Mitmenschen und sich selbst lähmt.

Wenn alles wie immer verlaufen wäre; doch das ist nicht der Fall.

Eine Imagination unerklärlichen Ursprungs hält Einzug im päpstlichen Schlafgemach.

Wie jede Imagination ist sie weit mächtiger als der Knochen durchbohrende Gesang des Knaben. Nicht nur durchdringt sie die Materie viel schneller und müheloser; sie allein vermag Ereignisse neu zu ordnen und neue Gegebenheiten zu schaffen, indem sie die Wirklichkeit nach eigenem Gusto umgestaltet.

Oder einen Teil der Wirklichkeit, denn in jener Nacht hörte der ganze Vatikan einen Entsetzensschrei. Einen langen, lauten und äußerst beunruhigenden Schrei aus dem päpstlichen Schlafgemach.

Was niemand sah, war die Milch, die aus der Äbtissin Brüsten und den Öllampen strömte und in mächtigem Schwall aus dem Munde von Pius III. schoß.

Milch, die – unendlich weiß – über das Weiß der Decken und Kissen flutete und, so unglaublich es scheinen mag, dieses befleckte. Das Weiß all der Gegenstände wurde von dem Weiß der Milch befleckt.

1 *Schreiber, Priester und Spione*

Milch. Es war Milch. Aus allen Löchern und Öffnungen kam Milch. Ich wollte, ich hätte von dieser Milch gekostet. Schöne warme Milch.

Dann brach der Kardinal Giuliano della Rovere in schallendes Gelächter aus. Lauthals. Offen. Schamlos.

Mit solch erfundenem Bericht erklärte der Kardinal den päpstlichen Schreckensschrei, der in der vergangenen Nacht durch die dunklen Korridore des Vatikans gehallt hatte. Er selbst hatte sich die Szene ausgedacht und gab sie nun zum besten.

Der Kardinal war in der Tat sehr guter Stimmung und ganz außerordentlich phantasievoll. Eine Seltenheit, denn della Rovere war ein kriegerischer frommer Mann. Oder ein Krieger mit frommen Neigungen, wie man im römischen Klerus ironisch tuschelte.

Das Kruzifix in der Hand und den Degen im Gürtel, für della Rovere war das kein Widerspruch. Der Glaube war für ihn eine Frage von Stärke, Ordnung und strenger Disziplin. Skrupellos hatte er den Glauben in einen treffsicheren Degenhieb umgewandelt.

Della Rovere war erbitterter Gegner des Pontifikats von Alexander VI., dem berühmten Borgia und bedeutendsten Vertreter der ursprünglich valencianischen Familie, der mit der Macht der Korruption und verderbten fleischesfrohen Sitten regierte. Nein, die Kirche bedeutete nicht nur Geld, Silberschätze und Gold. Diese Macht war vergänglich und zu fragil, um die Kirche Christi zu sichern, hatte della Rovere beschlossen, als Borgia Petri Stuhl bestieg.

Während der endlosen zwölf Jahre des Pontifikats von Alexander VI. hatte der Kardinal in Frankreich gelebt, seine Soldaten geschult und insgeheim seine Rückkehr nach Rom vorbereitet. Auch hatte er im Namen des Glaubens blutige Schlachten vorbereitet und an ihnen teilgenommen, außerdem an vielen anderen, nie ausgebrochenen, von denen er jedoch mit der gleichen Inbrunst berichtete wie von den tatsächlich geschlagenen.

Protegiert von den Dominikanern, dem Orden, der ihn aufgenommen hat, glaubt della Rovere, daß er während seines Exils als Person gereift und daß sein Bild von den Menschen, der Kirche und Gott fraglos das richtige sei. Mit anderen Worten, wer nicht auf seiner Seite steht, ist gegen die Kirche und natürlich auch gegen Gott. Das ist sein fester Glaube. Ganz zweifellos seine Wahrheit.

Ein holder Irrtum.

Hätte er in diesem Augenblick einen zerlumpten, als verrückt stadtbekannten Mann hören können, der durch Roms kalte leere Gassen brüllte, dann hätte er vernommen, daß es in diesem Leben keine Gewißheiten gibt und erst recht keine Wahrheiten – der Irrtum wechselt nämlich ständig den Ort, schrie der Verrückte.

Gewißheit, Richtigkeit und Glaube. Lieblingswörter des Kardinals della Rovere. Mit denen sich jedoch der grenzenlose Despotismus und die Machtgier, die ganz unverblümt aus seiner Seele sprechen, nicht genügend kaschieren lassen.

Das schallende Gelächter und seine ungewöhnlich gute Laune konnten ihren Ursprung nur in der Gewißheit haben, daß der Schrei von Pius III. das sehnsüchtig erwartete akustische Zeichen einer gesegneten Bewußtlosigkeit war. Den Tod von Pius III., des Gütigen, herbeizuwünschen war dem Kardinal zur Obsession geworden.

Der allzu gutmütige Pius III., Nachfolger von Alexander VI., hatte della Rovere gestattet, in den Vatikan, den Palast der Päpste, zurückzukehren. Mit Hilfe der Dominikaner hatte der Kardinal rasch ein fast perfektes Spitzelnetz um den Papst geknüpft. Die Spitzelei galt der hormonellen Entwicklung des Knaben Francesco, der Angewohnheit einer gewissen Äbtissin, sich mit einer Peitsche zu züchtigen, und machte auch vor der Beobachtung von Pius III. im eigenen Bett nicht halt. Ein raffiniertes Unterfangen, ermöglicht durch ein kleines, oberhalb der päpstlichen Ruhestatt in die Decke gebohrtes Loch. Der Blick erfaßte das gesamte Panorama des heiligen Gemachs. Man sah viel, doch hören konnte man wenig, deshalb war das Netz nicht vollends perfekt.

Della Rovere sitzt, wie immer militärisch aufrecht, am Fenster. Da ein Teil seines Gesichts hinter dem struppigen graumelierten Bart verborgen bleibt, bilden die wachen, dunklen, forschenden Augen den markanten Mittelpunkt in der Physiognomie des Sechzigjährigen.

Die Mönche Camilo und Carlo, seine getreuen Diener, warteten regungslos, bis sein Gelächter verstummte, um dann dem Kardinal mitzuteilen, was tatsächlich in der vergangenen Nacht geschehen war. Alle im Vatikan warteten darauf. Die vertraulichen Berichte lagen auf dem Tisch, ihre Schriftzüge schilderten unübersehbar die wahre Geschichte des Schreckensschrei.

Durch das anhaltende Gelächter ganz gegen seine Art mutig geworden, wagte Frei Camilo sich vor und bemerkte: Viele Mönche würden die Vorstellung, der Heilige Vater sei in Milch ertrunken, als Ketzerei betrachten. Ich habe den Sinn dieser seltsamen Geschichte nicht recht verstanden. Ist es ein Witz? Milch, die aus allen Öffnungen strömt, und der Papst schreit? Mich dünkt das merkwürdig. Darf ich den Kardinal daran erinnern, daß während all dieser Monate, seit wir die Schritte von Pius III. heimlich beobachten, kein einziges Ereignis, absolut nichts geschehen ist, was das sittlich einwandfreie Verhalten des Heiligen Vaters in Zweifel gezogen hätte? Ein Umstand übrigens, der Eure Eminenz ziemlich enttäuscht hat.

Statt Milch hätte der Kardinal Urin, Honig oder Schmetterlinge aus den geistlichen Öffnungen und Löchern strömen lassen können. Doch seiner wenig fruchtbaren Phantasie schien die Milch passender und biologisch glaubhafter.

Zunächst, weil das immer mit Pergamenten, Tintenfässern und langen Federkielen überfüllte Kabinett der Mönche, in dem sie sich heimlich zur Auswertung der zahllosen Berichte und vertraulichen Mitteilungen trafen, weder nach einer Schreibstube oder Bibliothek roch noch nach einer Sakristei. Kurioserweise hing in dem Kabinett immer ein leichter, doch hartnäckiger Geruch nach Mist.

Aufgrund einer architektonischen Unachtsamkeit ging allmorgendlich ein Luftzug vom Stall zum Fenster des Kabinetts. Da er offenbar nur in eine Richtung zog, reinigte er sicherlich die Tiere, dafür trug er den Gestank der Tiere in das Kabinett der Dominikaner. Camilo und Carlo kämpften jeden Morgen mit Übelkeit. Vergeblich suchten sie in ihrer Ernährung nach der Ursache.

Dieser Mistgeruch nun hatte Seine Eminenz veranlaßt, in Gedanken eine massige Kuh zu malen, und daraus war die Idee mit der Kuh entstanden.

Das Phantasiebild mit besagter Milch hatte sich auf einer zweiten Vorstellungsebene entwickelt, und zwar in dem Augenblick, als der Kardinal sich fragte, ob die Äbtissin zum Zeitpunkt des Schreis im Raum war. Hatte nicht vielleicht die Äbtissin selbst geschrien? Ja, damit fügten sich Gegenstände und Bedeutungen zu einer Idee, gruppierten sich zu einer Imagination. Geruch plus Kuh plus Euter plus Äbtissin gleich Milch. Milch. Papst. Schrei.

Selbst bescheidene Träume vermögen Kleingeister zu empören. Irgend jemand hatte dem Kardinal den Satz eingeflüstert, nun fand er ihn insgeheim bestätigt: Ein wenig Kreativität, eine Prise Phantasie, und der Himmel stürzt ein. Was sind das für elendige Mönche, daß sie nicht einmal ein Gran Humor ertragen können! Das ist doch nur eine amüsante Geschichte, die ich mir ausgedacht habe!

Lachen war nach della Roveres Verständnis uneingeschränkt statthaft. Was er nicht zulassen konnte, und zwar niemals, das war Camilos unpassende Bemerkung, die seinem kümmerlichen Verständnis von Humor galt. Am Kardinal della Rovere kann und darf niemand Kritik äußern, an keiner Facette seiner Person. Vor allem nicht, wie es der menschlichen Natur eignet, an jenen, die besondere Unzulänglichkeit und Mängel aufweisen.

Er erhob sich, ordnete seine purpurne Soutane und begann, vor Wut geradezu zitternd, durch den Raum zu gehen. Unheil witternd, entschloß sich Carlo, den Kardinal zu besänftigen, durch eine törichte Bemerkung über den Papst: Eminenz, der Mann verströmt doch nur Güte.

Aus Dummheit und Stumpfsinn! Donnerte der Kardinal. Und er fuhr fort: Pius III. ist so medioker, daß es schon an Geistesgestörtheit grenzt. Vielleicht will der Heilige Geist uns hiermit lehren, daß Unfähigkeit nicht nur vermeintlich, sondern tatsächlich ein Zeichen von Schwachsinn ist!

So. Die Schlacht war eröffnet. Della Rovere war inzwischen zornig genug, und die Mönche erwarteten zitternd, beschimpft und gedemütigt zu werden.

Was auch geschah. Während sie die Pergamente aufrollten, ordneten und den Tisch für die Lektüre der geheimen Informationen vorbereiteten, bekamen die Mönche von allem etwas zu hören. Angefangen von der Trägheit ihres Geruchssinnes bis hin zu der Kleinheit ihrer Existenz, gemessen an der Größe der Fäkalien der Tiere im Stall.

Endlich beruhigte sich der Kardinal und geruhte, Camilo zu lauschen. Der Mönch begann mit sanften Worten und dämpfte Guiliano della Roveres Zorn, indem er seine Neugier weckte.

Eminenz, seit drei Tagen geht im Vatikan etwas sehr Mysteriöses vor. Der Schreckensschrei in der vergangenen Nacht war lediglich ein sichtbarer oder vielmehr hörbarer Teil des Rätsels. Wir wollen von den Tatsachen berichten, wie wir und die Informanten sie erlebt haben. Dabei handelt es sich um scheinbar voneinander unabhängige Ereignisse, doch in ihrer Gesamtheit zeichnen sie ein ungewöhnliches und recht beunruhigendes Fresco des Pontifikats.

Vor drei Tagen, Eminenz, erschien ein Mann in blauem Umhang im Vatikan. Ob er in einer Kutsche vorfuhr, weiß niemand. Er ist von mittlerer Statur. Der Brustkorb gedrungen. Das Gesicht verborgen. Der Umhang reicht bis zu den Füßen, hüllt ihn von oben bis unten in Blau. Und macht ihn ganz und gar unkenntlich.

Schluß mit diesem schwülstigen Gerede! Man könnte ja meinen, wir wären in Florenz! Lesen Sie den Bericht vor!

Eminenz, wäre es nicht besser, Sie läsen mit eigenen Augen?

Dann reichen Sie mir die Pergamente.

2 *In himmelblauer Tinte geschriebener Bericht*

Engel! Die Engel! Wer sind sie, woher kommen sie, was tun sie, wie erscheinen sie, wo wohnen sie, welche Aufgaben sind ihnen zu eigen – Fragen, die den gläubigen Menschen seit jeher beschäftigen. Engel sind himmlische und spirituelle Geschöpfe. In der Schöpfungsgeschichte treten die Engel als Führer und Ratgeber, aber auch als Strafende auf. Man denke an Sodom und Gomorrha! Der erste in der Bibel erwähnte Engel ist jener, der Adam und Eva aus dem Garten Eden verstößt. In der Geschichte Abrahams erscheinen die Engel den Menschen nicht mehr als Rächer, sondern als Boten. Die Geschichte Jakobs ist voll von Engeln. Nachdem er seinen Vater und seinen Bruder Esau getäuscht hat, geht Jakob in die Wüste und hat einen merkwürdigen Traum, in dem Engel auf farbigen Wolken wie auf Leitern zum Himmel aufsteigen. In den Visionen der Propheten Jesaja und Hesekiel haben die Engel individuelle Züge und erhalten präzisere Gestalt und Erscheinung. Die Seraphim besitzen acht Flügel: zwei zum Verbergen des Gesichts, zwei zum Bekleiden des Leibes, zwei zum Bedecken der Füße und zwei zum Fliegen. Die Cherubim haben vier nach oben gerichtete Flügel. Der erste Schutzengel ist der Erzengel Raphael! Ein weiterer Schutzengel, der Erzengel Gabriel, ist im Buch des Propheten Daniel in allen Einzelheiten beschrieben: silberner Leib, das Antlitz leuchtend wie ein Blitz, die Augen wie brennende Fackeln, Arme und Füße wie glattes Erz, die Stimme volltönend wie von einer ganzen Menschenmenge. Im Buch Hiob steht, daß Gott sie noch vor den Menschen und den Sternen schuf. Die Engel! Diese himmlischen Geschöpfe entstanden zur gleichen Zeit wie das Licht! Ob sie vor oder nach den Menschen erschaffen wurden, auch diese Frage versucht man seit grauen Vorzeiten zu beantworten, was schon zu unzähligen Kontroversen geführt hat.

Noch bin ich bei diesem umstrittenen Thema zu keinem Schluß gekommen. Die Stationen des Leben Christi sind von Engeln bevölkert. Der Erzengel Gabriel verkündet Maria ihre Schwangerschaft und bestätigt sie Joseph im Traum. Christi Geburt wurde von den Engeln verkündet, dieselben warnten die Hirten im Traum vor Herodes. Christus war zum Zeitpunkt seiner Versuchungen in der Wüste von Engeln umgeben. In seinen Predigten werden die Engel vielfach erwähnt. Am Ostermorgen erscheint ein Engel den Frauen, die das Heilige Grab besuchen, und verkündet ihnen, daß Christus auferstanden ist. Halleluja! Dies ist die letzte Stelle, an der die Engel in den Evangelien auftreten.

* * * *

In diesem Augenblick kam ein Vogel nichtsahnend durch eine Öffnung im Gemäuer in das Amphitheater und flog hinauf in die Kuppel.

Von dort oben bietet das Amphitheater ein recht eigenartiges Bild. Da sämtliche Zöglinge kahl geschoren und mit einer schweren Kutte bekleidet sind, kann man sich unschwer eine Handvoll Riesenperlen vorstellen, die im Halbkreis auf einem dicken, übel riechenden Wollstoff ruhen. Einem einzigen, braunen Stück Stoff.

Bevor der Vogel die Kuppel erreichte, änderte er seine Flugrichtung, bog nach links ab und wollte einer nicht vorhandenen Kurve folgen.

Aus dieser Perspektive bietet sich ein anderer Anblick. Man sieht eine einzige, in schwarzen Stoff gehüllte Perle. Eine in die Kanzel eingelassene Glatze. Die Glatze von Monsignore Filippo, dem bedeutendsten Theologen der Christenheit, der den jungen Mönchen des Fünften Höchsten Ordens des heiligen Anton eine meisterhafte Lehrstunde über die Engel erteilt.

Der mitreißende Theologe galt vielen, darunter auch Papst Pius III., als das kostbarste Juwel der katholischen Lehre. Als die Perle der Theologie.

Filippo, in Bologna im Schoße einer vornehmen, traditionsreichen Familie geboren, besitzt grünliche, schmachtend blickende Augen. Einen straffen, attraktiven, maskulinen Körper. Das Antlitz offen und furchtlos. Fraglos ein schöner Mann. Und keusch. All dies das Ergebnis des biologischen Erbes und der unnachgiebig katholischen Persönlichkeit der Mutter.

Seine edle Haltung, die sanfte Einfühlsamkeit und wahrhaftige Nächsten- und Gottesliebe hat ihn sein liebevoller, sensibler Vater gelehrt.

Die mystischen Ekstasen hingegen, die ihn gelegentlich überkommen und dazu führen, daß er nächtelang die komplizierte Hierarchie der Himmelsgeschöpfe entschlüsselt, sind unbekannten Ursprungs. Oder seelischen, wie er gern sagt.

Nachdem der kleine Vogel das Rund durchschnitten hatte, lenkte er seinen Flug abermals hinauf in die Kuppel. Er schwang sich hinauf, als wäre er ein Engel, ohne Rücksicht darauf, daß sich zwischen ihm und dem Himmel mehrere Tonnen Marmor befanden. Der Marmor der bauchigen Kuppel.

Ebensowenig kümmerte ihn der Wortschwall, den Monsignore Filippo auf seine gläubige, fasziniert lauschende Zuhörerschaft niedergehen ließ: die achtzehn ausgemergelten Novizen des Fünften Höchsten Ordens des heiligen Anton.

* * * *

Das Böse! Das Böse existiert! Der Gründer eures Ordens, der ehrwürdige heilige Anton, wurde vom Dämon attackiert. In seinem ohnmächtigen Zorn befahl der Teufel seinen Tieren, Anton anzugreifen. Die Tiere gehorchten auf der Stelle. Sie fauchten, zischten und brüllten. Wohin Anton auch blickte, überall war er umzingelt von Wolfsrudeln, wilden Löwen, Leoparden, Bären und Stieren. Giftige Schlangen wanden sich um seine Beine. Gierige Augen funkelten in der Finsternis. Gefräßige Mäuler drohten ihn zu verschlingen. Hörner machten Anstalten, ihn aufzuspießen. Riesige Spinnen webten ihre Netze, um ihn zu fangen. Und die Vipern, unterstützt von den Skorpionen und allen Kriech- und Schlangentieren der Hölle, bissen Anton in die Beine. Dank seines festen Glaubens widerstand der Heilige dem allerneuesten Einschüchterungsversuch seines Widersachers, denn er erkannte deutlich, daß die wilden Bestien lediglich eingebildete Materie waren, entsprungen der diabolischen Eingebung des Bösen!

* * * *

Der Vogel setzte seinen Flug zur Decke fort und scherte sich nicht um das Böse, das ihn dort erwartete: die marmorne Kuppel.

Er flog nun sehr viel furchtsamer, denn die Riesenperlen auf dem braunen Stoff setzten sich überraschend in Bewegung. Als wären sie lebendig.

Schuld daran war ihre Erregung. Die ergreifende Geschichte des heiligen Anton hatte sieben Novizen zum Weinen gebracht. Das Wimmern des einen wurde unterbrochen von heftigen Schluchzern. Bei zweien flossen wenige, dafür teilnahmsvolle Tränen. Das Weinen zwei anderer war gespielt. Bei einem war das Weinen noch von weibischem Gejammer begleitet. Und das Weinen des letzten war in Wirklichkeit ein Schniefen ohne Mitgefühl. In diesem Fall handelte es sich um einen erkrankten Novizen. Er hatte leichtes Fieber und eine verstopfte Nase.

Einige Novizen beteten leise und lobpriesen die unerschrockene, bravouröse Haltung des berühmten Heiligen und Gründer ihres Ordens. Viele beteten aus Bewunderung und Glückseligkeit, einige wenige aus Neid.

Monsignore Filippo legte eine Pause ein und wartete darauf, daß die Reaktionen der Novizen verebbten. Er genoß es, wenn er bei seinen Zöglingen und Zuhörern starken Eindruck erzielte, das bereitete ihm Vergnügen. Er war der geborene Selbstdarsteller, gab es aber nicht zu. Sein theologisches Wissen breitete er im Namen des Herrn und zum Ruhm der Kirche aus, aber auch, um seine Eitelkeit zu befriedigen.

Filippo machte Anstalten, den Unterricht fortzusetzen, da sah er den verirrten Vogel hoch droben im Amphitheater. Ahnungsvoll blieb er stumm, zupfte statt dessen lieber eine der spitzenbesetzten Manschetten seiner makellosen schwarzen Soutane zurecht.

* * * *

Gott hat den Teufel nicht erschaffen! Vielmehr verwandelte sich ein von Ihm erschaffener Engel in den Dämon. Sein Name lautet: Luzifer! Der Lichtträger. Er war so stolz auf seine Schönheit, daß er Gott gleichen wollte und etliche Engel überredete, es ihm in puncto Eitelkeit nachzutun. So kam es zu einem Aufstand der Engel! Luzifer verlor den Kampf, wurde in die Finsternis verstoßen und mußte in der Hölle herrschen. In seinem sechsten Kapitel berichtet das Buch der Schöpfungsgeschichte, daß zweihundert Engel, von der Schönheit der Frauen verlockt, unter der Führung von Semjaza und Azazel zur Erde herabstiegen. Diese Engel lehrten die Menschen allerlei fleischliche Lüste. Selbiges hatte zur Folge, daß die Frauen behaarte, gefräßige Riesen gebaren. Diese Ungeheuer fraßen alles, was ihnen begegnete. Nachdem sie mit ihrer Gefräßigkeit die Erde verwüstet hatten, fielen sie übereinander her. Die Welt versank in Anarchie und Gemetzel. Da griff Gott ein. Er schickte den Engel Michael, und dieser sperrte die rasenden Riesen in die Erdentäler, wo sie nun auf das Jüngste Gericht warten. Eine andere Darstellung besagt, daß die Engel über die Erdengeschöpfe wachen sollten und von den Frauen verführt wurden. Aus dieser

Verbindung gingen Dämonen hervor, die mit Hilfe der Magie die Menschen beherrschen. Hochmut und Eifersucht gelten als Ursachen für den Sturz der Engel. Die Dämonen vermehrten sich und errichteten ihr eigenes Reich. Heute wissen wir mit Sicherheit, daß es acht Millionen siebenhundertneunundachtzigtausend dreihundertsiebenundzwanzig Teufel gibt, die in sechstausendsechshundertsechsundsechzig Legionen unterteilt sind, angeführt von siebenundsiebzig Fürsten. Sie verursachen Katastrophen und verleiten zu Ketzereien. Sie allein sind verantwortlich für die diversen Gebrechen körperlicher und sittlicher Natur, welche die Menschen plagen. Doch zum Glück sind die Engel, wie ich schon sagte, in der Mehrheit gutartige Geschöpfe. Ihr Wesen ist das Licht, und deshalb können sie an mehreren Orten gleichzeitig sein. Diese Besonderheit ist sehr wichtig! Sie sind himmlische Geschöpfe, doch für uns Sterbliche nehmen sie menschliche Gestalt an. Auch dies ist von wesentlicher Bedeutung.

* * * *

Der kleine Vogel setzte seinen selbstmörderischen Flug fort. Nicht einen Pieps gab er von sich. Der Zusammenprall schien unvermeidbar. Die Kuppel kam näher, nichts konnte ihn mehr aufhalten. Wie man weiß, besitzen Vögel keinen Schutzengel.

Da brach die Schallwelle los.

Ein gigantisches Brausen stieg aus den Kehlen der staunenden achtzehn Novizen.

Just in dem Augenblick, als Filippo mit seinem Zeigestock auf die Engelsgestalt auf einem Lederpaneel wies und dozierte: Wie alle auf dem Gemälde sehen konnten, besaßen die Engel Flügel, mithin Federn, außerdem einen Lichtkranz in der Farbe ihrer jeweiligen Legion, und in den meisten Fällen besaßen die Engel Geschlechtsorgane!

Das kollektive Raunen der jungen Mönche, ausgelöst durch die schlichte Feststellung, daß die Engel tatsächlich Geschlechtsorgane besaßen, schwoll ins Ungeheuerliche.

Zusätzlich zur Lautstärke war das phänomenale Raunen voller Fassungslosigkeit, Verlegenheit, Scham, Naivität, Begierde und Dummheit, dazu kamen noch etliche andere Gefühle, Wünsche und Empfindungen. Eine komplette Mischung aus allem, was in den Köpfen der achtzehn Novizen kreiste. Solch große Last machte das Raunen nicht bedrückter, wie zu erwarten gewesen wäre, sondern verlieh ihm mehr Kraft.

Soviel Kraft, daß der Vogel glaubte, er sei bereits gegen die Kuppel geprallt. Sekundenlang verfügte er über die menschliche Fähigkeit, ein Ereignis zu empfinden, ehe es geschah. Er sah und fühlte einen imaginären Zusammenprall voraus. Sekundenlang glich er dem Menschen, dann prallte er gegen die Marmorkuppel. Er starb gewaltsam, doch auf einer höheren Stufe der Evolution von Lebewesen und Seelen.

* * * *

Silentium! Ich bitte um Silentium! Aufgepaßt, Novizen! Ich möchte alle daran erinnern, in welcher Zeit wir uns befinden, nämlich um das Jahr eintausendfünfhundert, und daß unsere theologischen Erkenntnisse tagtäglich, stündlich, ja minütlich wachsen. Daß das kommende Jahrhundert eine Fülle von göttlichen Offenbarungen bringen wird. Und falls ihr als Zöglinge des heiligen Collegium Romanum nicht bereit seid, euer Ohr den grundlegendsten Wahrheiten über Gott zu leihen, so wäre es besser, der oder die Betreffenden verließen uns. Wir fahren fort. Die Engel besitzen ein Geschlecht, ja, meine verehrten Schüler. Doch ihre Geschlechtsorgane sind unbefleckt und nicht aktiv. Das könnt ihr notieren! Schreibt: Die Engel entstammen dem Baum des Guten und Bösen und sprechen eine den Menschen unbekannte Sprache. Sie gliedern sich in neun Hierarchien. Diese sind: Seraphim! Engel von roter Farbe. Cherubim! Engel von blauer Farbe. Throne! Engel von gelber Farbe.

* * * *

Mein Gott! Was für törichtes Zeug! Dieser Bericht taugt zu nichts! Wo ist der päpstliche Entsetzensschrei? Ein Vogel. Das Raunen der Novizen. Die ganze Unterrichtsstunde von Monsignore Filippo haben sie festgehalten! Das fehlte gerade noch! Hier. Lesen Sie! Weiter. Und noch weiter. Engel und Erzengel. Das ist doch Idiotie! Wie ist das nur möglich!

* * * *

Aufschreiben! Auswendig lernen! Achter Chor: die Erzengel. An ihrer Spitze der Fürst Raphael, Oberhaupt der Himmelsstreitkräfte, Kommandant der himmlischen Heerscharen. Seine Farbe ist das Grün, das in seinem Lichtkranz leuchtet. Seine Federn sind weiß. Auf dem Arm trägt er ein Kind, das einen rubinroten Fisch hält. Er hat safrangelbes Haar, das ihm bis zu den Füßen reicht. Von seinem Antlitz fallen jährlich siebentausend Tränen. Erzengel sind auch die folgenden: Nemamiah, Jejalel, Aarahel, Misrael, Ariel, Asaliah, Medahiah, Anael.

* * * *

Seraphim sind rot. Throne sind gelb. Warum nicht umgekehrt? Oder violett! Alle in Lila! Wäre doch wunderschön! Frei Camilo! Warum muß ich diesen endlosen Blödsinn über Monsignore Filippos Engel lesen?

Eminenz, der seltsame Mann mit blauem Umhang hat der Stunde beigewohnt. Dort ist er zum ersten Mal in

Erscheinung getreten. Bitte setzt die Lektüre fort, Eminenz.

* * * *

Der höher entwickelte tote Vogel stürzte aus der Kuppel. Er beschrieb weder Kurven noch Kreise in der Luft, wählte überhaupt keine Richtung. Er plumpste einfach herunter, mit angezogenen Füßen, offenem Schnabel und geschlossenen Augen.

Ein Häufchen aus Blut und Federn fiel dem Mann im blauen Umhang vor die Füße. Nicht ein Blutströpfchen befleckte seinen Umhang.

Der Mann, einziger Augenzeuge des Todesfluges, empfand Mitleid mit dem Tierchen. Doch die Gefühlsregung war nur von kurzer Dauer. Er hatte anderes zu tun.

Der Mann im wehenden blauen Umhang verließ das Amphitheater und nahm wieder seinen Rundgang durch den Vatikan auf.

Er mußte eine bestimmte Person finden und das Pergament, das er auf den Rücken gebunden trug, dem rechtmäßigen Empfänger aushändigen. Denn allmählich wurde es ihm lästig. Die beiden Lederriemen, mit denen die Botschaft festgebunden war, schnitten ihm in Muskeln und Fleisch.

Er gab sich als reicher iberischer Kaufmann aus und behauptete, er befinde sich im Vatikan, um einen päpstlichen Ablaß zu kaufen oder vielleicht auch einen kirchlichen Ehrentitel.

Von Raum zu Raum flanierend, hinterließ er eine bläuliche, mit nützlichen Goldmünzen gesprenkelte Spur.

Sprach er mit einem Mönch, so gab er ihm eine Münze als Almosen oder Zeichen der Barmherzigkeit. Eine Auskunft von einem Gardisten konnte bis zu zwei Goldmünzen wert sein, je nach Wichtigkeit des von dem Gardisten bewachten Ortes und dessen Bereitwilligkeit, ihn passieren zu lassen.

Wundersamerweise öffneten sich alle Türen. Der Mann in

Blau besuchte die Messen, denen er beiwohnen wollte. Durchquerte die Flure, durch die er schreiten wollte. Und betrat die Vorzimmer, in denen er erscheinen mußte.

Weil von so vielen Menschen an so verschiedenen Orten gesehen und bemerkt, vermuteten am Ende etliche, er sei mit der unerklärlichen Gabe der Gleichzeitigkeit behaftet. Der Neid erregende Makel, ein zwanghafter Verschwender zu sein, tat ein übriges.

Er zeigte sich absichtlich, doch ohne seine Identität preiszugeben. Ein Rätsel, dieser Mann.

Sein Bestreben war, bei einer scheinbar überraschenden Begegnung zufällig von der richtigen Person erkannt zu werden.

Nach der Begegnung würde er verschwinden, so war es vereinbart. Allerdings würde für eine gewisse Zeit das prägnante Blau seines nicht mehr gegenwärtigen wehenden Umhangs im Gedächtnis auch des Allereinfältigsten Spuren hinterlassen.

Eine lange Galerie verband die Westtür der Bibliothek mit dem Foyer vor den Kartensälen. Zahlreiche Prälaten, geistliche Würdenträger, Angehörige des Adels und schlichte Bürger waren ständig auf dieser Galerie unterwegs. Auf der einen Seite besaß sie unzählige große Fenster mit Ausblick auf den Garten, auf der anderen eine endlose Reihe von Türen, die zu lebhaft besuchten Schreibstuben führten. Dort fertigten die zuständigen Mönche sorgenschwere Gnadengesuche an das Heilige Offizium aus und leiteten sie weiter.

Gegen Abend war auf der Galerie kein Durchkommen mehr. Eine Legion von Dienstboten und Lakaien schloß die dicken Vorhänge vor den Fenstern. Fünfzehn Lüster mit jeweils sechsundfünfzig Kerzen wurden herabgelassen und vorsichtig angezündet. All dies geschah zu der Stunde, wenn die Beamten des Heiligen Offiziums mit lakonischer Ironie und viel Umständlichkeit ihrem heiklen Auftrag nachkamen, die Gesuche der nach Erbarmen lechzenden Bittsteller abzulehnen.

In den allermeisten Fällen wurden die Gnadengesuche zu den

Akten gelegt und nie überprüft. Höchst selten wandelte die heilige Inquisition ein einmal verkündetes Urteil ab. Schließlich entsprang die Rechtsprechung der Inquisition einer unantastbaren göttlichen Quelle, ein Widerruf war also ausgeschlossen. Im Volksmund hieß die Galerie sehr passend Der lange Korridor des Zynismus.

Der Mann in Blau schritt über die Galerie in Richtung Kartensäle. Er bemühte sich, seinen Umhang nicht an den züngelnden Flammen zu versengen, die über den Boden geschwenkt wurden, mit den Lüstern hinaufstiegen und wie feurige Pfeile zur Decke schossen. Ein intensiver Geruch von verbranntem Wachs überdeckte alle anderen Gerüche, selbst den der Diener, die schweißtriefend die Lüster hielten.

Bunten Duftmischungen galt nicht sein Interesse, wohl aber einer anderen Sinneswahrnehmung: der des Auges. Das jählings die weiße Gestalt der Äbtissin erspäht hatte, die mit gesenktem Kopf das Foyer vor den Kartensälen durchquerte.

Der Mann in Blau beschleunigte den Schritt und trat wie unbeabsichtigt der Äbtissin in den Weg. So führte er die Begegnung herbei.

Frei Camilo, der dem Mann im Abstand von elf Schritten folgte, blieb keine andere Wahl: Er ließ den Stapel Dokumente, die er an die Brust gedrückt trug, fallen.

Die Pergamente breiteten sich auf dem Boden aus, während sich Frei Camilo, die Begegnung fest im Blick, langsam bückte. Im Schneckentempo sammelte er die Dokumente ein und ordnete sie ohne jede Logik. Seine Aufmerksamkeit konzentrierte sich auf die ungewöhnliche Begegnung.

Statt für Auge oder Nase entschied sich Camilo für das Ohr als den seiner Aufgabe am besten dienenden Filter. Er senkte den Kopf und lauschte der Unterhaltung.

Tugendhafte Äbtissin! Nobili genere natus!

Edler Herr! Post gloriam invidia sequitur!

Nach diesen Worten wandte sich der Mann in Blau ab, trat

drei Schritte zurück und dann, als machte er eine Verbeugung, hinter einen der mächtigen rosa Pilaster, auf denen die Decke des Foyers ruhte. Die päpstliche Haushälterin sah sich unauffällig um, beschrieb eine Drehung in Weiß und folgte dem blauen Umhang.

Frei Camilo sammelte vergeblich weiterhin seine Pergamente ein, der Pilaster hinderte ihn gänzlich am Lauschen. Seines wichtigsten Arbeitsinstrumentes beraubt, entschied sich Camilo für ein gewagtes Halsrecken, um zu sehen, was hinter der Säule geschah.

Camilos Auge schaute eine unerklärliche Szene. Der Mann, nun kniend, überreicht der Äbtissin ein leinenes Taschentuch. Sie entfaltet das Taschentuch behutsam, man könnte meinen, sie entblättere eine Rose.

Plötzlich geschieht das Unvorhersehbare, ein seltsamer Widerschein blitzt im Innern des Taschentuches auf.

* * * *

Der Mann hat gesagt: Ein erhabenes Ereignis hat stattgefunden. Die Äbtissin hat geantwortet: Wo Ruhm ist, folgt Neid. Eine Losung! Das ist sonnenklar. Ein Losungswort. Was hat er ihr gegeben? Was steckte in dem Taschentuch? Die Beschreibung des leuchtenden Gegenstandes fehlt im Bericht!

Eminenz, es war mir nicht möglich, näher heranzugehen. Ich habe mir sogar den Hals verrenkt. Er schmerzt jetzt noch.

Es war ein Ring! Er glänzte. Denkt etwas nach, es kann nur ein Ring gewesen sein. Was haben sie hinter dem Pilaster gesprochen?

Eminenz, besagte Säule ist ein massives Bauwerk, das sich nicht verrücken läßt.

Was Sie nicht sagen, Camilo!

Ich konnte kaum etwas hören, Eminenz. Nur ein paar obskure Wörter. Zum Beispiel: Der Mann sagte das Wort: See-fah-rer.

Seefahrer? Absurd. Das ergibt keinen Sinn. Da haben Sie sich verhört. Dieses Wort haben Sie sich eingebildet. Vermutlich hat der Mann Seelsorger gesagt.

Bitte lesen Sie weiter, Eminenz. Sie werden in der Folge auf bemerkenswerte Erklärungen zu all diesen ungelösten Fragen stoßen.

* * * *

Das päpstliche Gemach, der Schlafraum von Pius III., wies sehr wenig schmückendes Beiwerk auf.

Der weitläufige Raum mit lackiertem Fußboden enthielt das Bett und den Betthimmel am hinteren Ende, zwei breite Fenster zur Linken und an der rechten Wand einen kleinen Altar sowie einen tiefen Kamin.

Das Markanteste am Raum waren im Grunde die drei mit dickem Leder gepolsterten Türen. Und die mit großen weißen Wolken auf blaßgelblichem Firmament bemalte Holzdecke.

Da die Wolken sich nicht bewegten, denn sie waren ja in der ausdrucks- und perspektivlosen Malerei erstarrt, konnten sie auch keine Illusionen schüren. Weder bildeten noch suggerierten sie Löwenhäupter, Adler oder Kathedralen. Wie es die echten Wolken in den Köpfen der Menschen tun.

In jener plumpen Bemalung eine Absicht, ein erhabenes Gefühl oder einen ästhetischen Genuß zu entdecken war ausgeschlossen. So vage und abwegig wie die hartnäckige Suche der Weisen nach einem Sinn in der nebulösen Geschichte der Menschheit.

Die Deckenbemalung erdrückte das päpstliche Gemach mit unbehaglichem Weiß. Die Rechtecke der dampfenden Tücher, die Dreiecke der Spitzeneinsätze in der Bettdecke und die geschwun-

genen Formen des Baldachins verloren unter dem alles überdachenden Weiß ihre Konturen.

Das Schlafgemach wirkte wie ein riesiges Hühnerei, bei dem die Schale nach innen gekehrt war und das Eigelb golden an den Türen hinunterlief.

Über eben solches sang der Knabe Francesco. Eier. Hühner. Und Eigelb. Eins der profanen Lieder des bekannten Komponisten Josquin des Prez.

Jetzt zwitschernd. Ein wenig später schilpend. Fröhlich, aber immer melodisch gackernd. Mit lieblicher, präziser Stimme trug Francesco die von des Prez komponierte Geschichte des verzauberten Hühnerhofs vor.

Das musikalische Werk des berühmten des Prez genoß in der gesamten christlichen Welt hohes Ansehen. Die Kompositionen weckten tiefe religiöse Gefühle, doch der Musiker drückte sich nicht mit Worten liturgischen Inhalts aus. Vielmehr pries er die Natur. In seinen Liedern sprachen Tiere und Bäume.

Seine Werke verlangten Tempo und mehrstimmigen Gesang mit unterschiedlichem Text. Da die Worte miteinander verschmolzen und dadurch kein einziges zu verstehen war, nahm der Zuhörer nicht ihre tatsächliche Bedeutung wahr, sondern den Zusammenklang von herrlichen Stimmen. Im Chor.

Jeder Mensch, der eine Komposition von des Prez hörte, wähnte sich von Göttlichem überwältigt. In Wirklichkeit erlebte er Intrigen in einem Schweinestall oder unzüchtige Abenteuer von Rindern. Ein Künstler, der Josquin des Prez.

In jener Nacht sang Francesco ein Stück aus Praeter Rerum Seriem, *im Original sechsstimmig zu singen. Da die Komposition in einer mißglückten Adaption von Francescos Musiklehrer zergliedert und auf nur eine Stimme reduziert worden war, klang der Gesang allzu gackernd.*

Gereizt gab der Heilige Vater das aus Wange und Fingern

kombinierte Zeichen. Die Äbtissin gewahrte, daß Pius III. ungehalten war, und bimmelte mit dem Glöckchen.

Francesco zog sich unglücklich zurück. Sein Gesang hatte dem Papst nicht gefallen. Und auch den verfluchten Kopfschmerz nicht besiegt.

Pius III. gab erneut ein Zeichen. Er verzog das Gesicht. Und brachte mühsam ein Ja hervor.

Die Äbtissin verstand die Anweisung und ging zu dem brennenden Kamin. Sie hatte keinen bewundernden Blick für den über und über zu winzigen Blumenmotiven und saftigen Früchten geschnitzten Alabaster, der die Feuerstelle umrahmte. Mit großem Kraftaufwand drehte sie eine in den Stein geschnittene Traube. Der Drehmechanismus wurde aktiviert. Ein Teil der Wand neben dem Altar bewegte sich knarrend.

Die Geheimtür öffnete sich, und der Mann in Blau trat ein.

Sein linkes Bein zitterte und kribbelte. Zum Teil vor Aufregung, weil er dem Heiligen Vater von Angesicht zu Angesicht gegenüberstand, zum Teil, weil er mehrere Stunden in der engen Kammer hinter dem Altar eingesperrt im Stehen hatte warten müssen.

Am frühen Abend hatte die Äbtissin den Mann in Blau in die geheimen Dependancen des päpstlichen Palastes geführt. Ein Gewirr von Fluren, Durchgängen und Räumen, die die päpstlichen Gemächer mit einem über den gesamten Palast verbreiteten unterirdischen Labyrinth getarnter Ein- und Ausgänge verband.

Zu dem unsichtbaren, aber höchst nützlichen architektonischen Ensemble gehörte ein Raum, in dem die geheim gehaltenen Dokumente, einige vertrauliche Korrespondenz und die phantastischen Berichte der Buchhalter und Finanzverwalter des Vatikans gehütet wurden. Ein versiegelter Lagerraum, den sich beängstigende Reliquien mit schweren Truhen voller Geschmeide und Edelsteine teilten. Eine Art Küche, von oben bis unten gekachelt, in der hoch wirksame Gifte Seite an Seite mit einigen we-

nigen Gegengiften ruhten. Und weitere Räumlichkeiten von unerklärlichem Nutzen, wie ein Badezimmer, in dessen Mitte eine unziemliche, da zwei Personen Platz bietende Bleiwanne stand.

Der Mann in Blau hatte von all dem wenig zu sehen bekommen, denn er war sofort in die feuchte dunkle Kammer hinter dem Altar geführt worden. Da er geschlossene Räume nicht ertragen konnte und zudem jedes Zeitgefühl verloren hatte, brach ihm der kalte Schweiß aus und er ängstigte sich. Er glaubte sich vergessen, für immer eingesperrt. Als er schon um Hilfe schreien wollte, übermannte ihn eine angenehme Katatonie. Er wähnte sich tot, das machte die mildtätige Betäubung durch den Hunger.

Nachdem die Äbtissin die hodenförmigen steinernen Weintrauben gedreht hatte, trat er durch die Öffnung in der Wand. Hinkend suchte er sich zu orientieren.

Als er die Kapuze abstreifte, enthüllte er ein fein geschnittenes, sauber rasiertes Gesicht, das nicht so recht zu seinem gedrungenen, an einen Affen erinnernden Brustkorb passen wollte. Dann kniete er demütig vor dem Bett von Pius III. nieder.

Die Äbtissin faltete das leinene Taschentuch auseinander, beugte sich über das Bett und zeigte dem Heiligen Vater den glänzenden Gegenstand. Zum unwiderlegbaren Beweis, daß der Mann in Blau der Überbringer der Wahrheit war. Der Mann, der das volle Vertrauen des Königs von Portugal genoß.

* * * *

Enttäuschung, Apathie, Trägheit, mangelnde Intelligenz. Und Kopfschmerzen. Ausgezeichnete Beschreibung des Papstes Pius III.

Der Heilige Vater leidet sehr, Eminenz.

Verständlich. Seine Heiligkeit hat wenige Gedanken im Kopf. Und diese Gedanken spricht er immer mehrmals täglich. Daher seine Kopfschmerzen. Hier steht es! Habe ich es nicht gesagt? Ein Ring! Mit einer königlichen Petschaft! Dem Wappen des Königs von Portugal. Der Mann in Blau ist ein Abgesandter!

Lesen Sie das nächste Blatt, Eminenz.

* * * *

Die Äbtissin zupft die Tücher fort und entblößt das päpstliche Antlitz. Der Duft von Rosmarin und anderen aromatischen Kräutern steigt Francesco in die Nase, während seiner Kehle die ersten gackernden Töne entschlüpfen und in die Knochenmasse des ovalen, von Öl triefenden Schädels des Heiligen Vaters eindringen.

* * * *

Aber das habe ich doch schon gelesen! Hat der Knabe wieder gesungen? Herrje! Ich weiß doch schon, daß Francesco wie ein Hahn gekräht hat!

Pardon, Eminenz. Dieses Blatt ist falsch eingeordnet. Bitte sehr, dieses hier ist das richtige. Nun können Sie lesen.

Da steht es. Der Mann überreichte dem Papst ein Pergament. Ein zerknülltes, übelriechendes Blatt? Dem Papst?

Ja, Eminenz, dem Pergament haftete ein so starker Körpergeruch an, daß er bis durch die Öffnung über dem Betthimmel drang. Folglich ist daraus zu schließen, daß der Mann die Botschaft des Königs von Portugal irgendwo an seinem Körper versteckt hatte. Alles ganz ohne Zweifel höchst geheim.

Hören Sie auf zu reden, Camilo! So geht es nicht. Ich kann mich nicht auf die Lektüre konzentrieren.

Entschuldigen Sie, Eminenz. Ich möchte nur das Augenmerk Eurer Eminenz auf diese Stelle im Bericht lenken: den Moment, als Seine Heiligkeit den Mann mit dem blauen Umhang entläßt. Beachten Sie bitte: Pius III. segnete den Mann und nannte ihn See-fah-rer.

Seefahrer? Das stimmt. Aber welches Meer befährt er? Und wohin?

Hier haben Sie den letzten Teil des Berichts, Eminenz.

* * * *

Nachdem der Papst ihn gesegnet hatte, kehrte der Seefahrer in die beängstigende Kammer zurück. Er war erleichtert, daß er seine Brieftaubenmission erfüllt hatte.

Reisen, Länder durchqueren, Meere überwinden, sich durch die freie Natur bewegen, das war ihm vom Schicksal bestimmt. Noch nie zuvor hatte er regungslos wie ein Toter in einem geheimen Raum eingepfercht warten müssen.

Nach der Rückkehr in die Kammer würde er vermutlich erneut in Angstzustände fallen. Abermals gezwungen sein, in sich hineinzuschauen und sich über die Leere zu wundern. Eine unverdiente Strafe für einen Mann, der gelernt hatte, das Auge glücklich über den Reichtum der Natur schweifen zu lassen oder mit dem Blick all die Schwierigkeiten der Route zu erfassen. Schließlich war er ein Seefahrer, ein Entdecker der Erdengeographie.

Die erwartete Krise blieb aus. Der päpstliche Segen wirkte auf ihn wie Balsam. Ein imaginäres Heilmittel gegen sämtliche kommenden und künftigen Übel, das ihn in der Dunkelheit beruhigte.

Er schlief im Stehen ein, als wäre er ein Pferd. Ein Tier, das nicht in sich hineinschauen kann, weil es mit dem reinen Instinkt wunderbar problemlos lebt.

Der Seefahrer schlief ein, wohl wissend, daß man ihn am nächsten Morgen herausholen würde. Und hastig zu einem der getarnten Ausgänge in der uneinnehmbaren Schutzmauer des

Vatikans führen, von wo er dann nach Lissabon zurückkehren würde.

Die Äbtissin schlief in jener Nacht nicht schlecht. Aber zu wenig.

Nachdem sie Pius III. mit der geheimnisvollen Botschaft allein gelassen hatte, ging sie sich um ihre üblichen Aufgaben kümmern. Den Aufguß aus Kamille und Heilkräutern bereiten, die Soutane inspizieren und das Menü der ersten Mahlzeit festlegen. Die letzten Vorbereitungen für einen neuen päpstlichen Tag.

Auch die Äbtissin wehrte sich dagegen, in sich hineinzuschauen. Sie zwang sich zu vielen Tätigkeiten und ließ sich von dem Räderwerk des Alltags drehen, ohne dabei nachzudenken.

Hätte sie in sich hineingeschaut, dann hätte sie im Gegensatz zum Seefahrer schiere Glückseligkeit vorgefunden. Einen Born der Liebe. Heil und unversehrt.

Sie wußte nicht, daß einzig und allein die Zähne des alltäglichen Räderwerks, groß und malmend wie die eines Pferdes, für den vorzeitigen Verlust ihrer Jugend und den beängstigenden Mangel an Träumen in ihrem Schlaf verantwortlich waren.

Pius III. erbrach das Siegel, faltete das viereckige Pergament auseinander und begann leicht angeekelt die Botschaft zu lesen.

Der Brief von König Dom João II. von Portugal fing mit den protokollarisch üblichen überschwenglichen Grußformeln an. Dann teilte er dem Heiligen Vater mit, ein Ereignis von außerordentlicher Bedeutung habe stattgefunden. Nobili genere natus.

An diesem Punkt der Lektüre konnte Pius III. kein Gefühl finden, das geeignet war, durch die Verkündung besagten Ereignisses aktiviert zu werden. Noch wußte er nicht, worum es ging.

Königliche Briefe voller aufgeblähter Nachrichten gehörten zum Ritual zwischen den europäischen Kronen und der päpstlichen Mitra. Im allgemeinen teilten sie die Entdeckung bedeutender Reliquien mit oder baten um die Heiligsprechung von Her-

zögen und Grafen, die zwar wenig wundertätig waren, aber bei der königlichen Hoheit in höchster Gunst standen.

Die wichtigeren Botschaften baten um gerechte Vermittlung der Kirche bei komplizierten Heiratsverträgen zwischen den Königshäusern. Und die ganz wichtigen um die Annullierung fürstlicher Ehen wegen biologischen Versagens eines der beiden Gatten.

Als er mit der Lektüre zum eigentlichen Anlaß des Briefes gelangte, kochte sein Hirn. Alle seine Gefühle wurden in nie gekannter Anarchie gleichzeitig aktiviert. Sie zersplitterten seine Gehirnmasse in winzige Partikel, Fieberkrämpfe schüttelten seinen Körper.

Was dort geschrieben stand, reichte weit über den kritischen Punkt des Unvorstellbaren hinaus.

Seine Arme und Beine zuckten, er hatte sie nicht mehr unter Kontrolle. Jede Faser seiner Haut, seines ganzen Körpers zitterte.

Seine übliche Apathie gegenüber allem und jedem wich einer unglaublichen motorischen Aktivität infolge der bösen Ahnung, zu keinerlei Reaktion fähig zu sein. Er sah keine mögliche Lösung der ungeheuren Fragen, die der beschriebene Umstand aufwarf.

Fünf Kopfkissen fielen auf den lackierten Fußboden. Die weiße Decke wurde mit Fußtritten in eine Ecke des Bettes befördert. Der Pontifex fand sich im Gewirr seiner Gedanken nicht mehr zurecht und suchte verzweifelt nach einem rettenden Weg, das Leben in die Normalität zurückzuversetzen. Wenn jene Entdeckung stimmte, dann wäre von diesem Augenblick an nichts mehr, wie es bisher gewesen war. Normal.

Wie hypnotisiert stieg er aus dem Bett und begann durch den Raum zu wanken. Beschämt, weil er nicht wußte, was er tun sollte, betete er. Er stotterte ein harmloses Vaterunser, um die Gedankenfetzen zu beruhigen, die wie von Sinnen in seinem Hirn hin und her schossen.

Fassungslos stellte er sich vor den Kamin. Ein warmer Lufthauch durchdrang das Gewebe seines weißen wollenen Nachthemds. Strich über seine zarte Haut und erwärmte seine schwachen Knochen. Die Wärme wirkte stärkend.

Schmerz war nach seiner Meinung das beste Mittel gegen Unglücklichsein jeder Art. Seine Kopfschmerzanfälle führten ihn immer fort von seiner abgrundtiefen Einsamkeit, zudem besaßen sie die Macht, Entscheidungen und Wünsche aufzuschieben. Der Schmerz war ein Geschenk. Eine Insel, die erhaben auf dem Meer seiner imaginären Krankheiten trieb. Eine stöhnend empfundene Wahrheit, die niemand bestreiten konnte. Eine Zauberkraft, die er während des Noviziats entdeckt hatte und der er für den Rest seines Lebens verfallen war.

Nicht nur, daß der Schmerz bei anderen Mitgefühl weckte, er diente ihm auch immer als ein nützliches und sehr willkommenes Arbeitsinstrument. Das sollte er jetzt wieder tun. Er, der Schmerz, hatte bei jeglicher Entscheidung immer umsichtig für Aufschub gesorgt, mit dem Erfolg, daß sich andere, der Zufall oder sogar der Himmel, der Lösung des Problems annahmen.

Schmerz. Er brauchte einen Schmerz. Einen intensiven. Unvergeßlichen. Einen, wie ihn Christus am Kreuz erlitten hatte. Wenn selbst Jesus Christus bei den Schmerzen der Kreuzigung großmütig die Sünden aller Menschen vergeben hatte, so würde er mit Hilfe eines weniger bohrenden Schmerzes seine Beschlüsse über dieses unvorstellbare theologische Ereignis sublimieren oder zumindest vertagen können.

Ja, theologisch. Die portugiesische Entdeckung gehörte nicht in den Bereich der reinen Geographie, sie war weit eher ein Auswuchs der Gotteslehre. Eine Angelegenheit, zu der die Perle der Theologie hinzugezogen werden mußte: Monsignore Filippo.

* * * *

In Panik! Pius III. war in Panik! Er zitterte! Winselte! Aber was stand denn nun eigentlich in der Botschaft? Um welches unerhörte Ereignis geht es?

Das konnten wir nicht in Erfahrung bringen, Eminenz.

Wie bitte? Sie haben den Brief nicht gelesen? Das ist schlimm. Sehr schlimm! Sagten Sie nicht, das Loch über dem Betthimmel biete einen Panoramablick durch den ganzen Raum? Also! Wieso haben Sie nichts gelesen?

Ja, Eminenz, man kann den ganzen Raum überblicken. Aber im Fall der Lektüre dieses Dokuments hätten wir einen Adlerblick haben müssen. Und den haben wir nicht. Abgesehen davon bewegte Pius III. sich viel zu sehr. Er drehte sich hierhin. Drehte sich dahin. Beugte sich vor. Richtete sich auf. Verbog sich. Krümmte sich. Möge Jesus mir vergeben. Man konnte meinen, der Heilige Vater habe das Böse geschaut! Zu keinem Zeitpunkt legte er das Sendschreiben aus der Hand, Eminenz.

Ein Ereignis von großer Bedeutung. Und ich weiß nichts darüber! Das ist absurd! Mein Gott, was kann das sein?

Eminenz, der Papst wurde erst ruhiger, als Monsignore Filippo zu ihm kam. Aber sie stellten sich vor den Kamin, und dieser ist zu weit entfernt von dem Loch in der Decke.

Monsignore Filippo war beim Papst?

Ja, Eminenz.

Hat er das Schreiben gelesen?

Ja. Von Anfang bis Ende.

Zur Hölle! Ich befehle, daß dieser Brief auf der Stelle entwendet oder abgeschrieben wird. Haben Sie gehört? Noch heute will ich wissen, was darin steht.

* * * *

Monsignore Filippo schlief in der Bibliothek über uralten Papy-

rusrollen, die in aramäischer Sprache von den glorreichen Gründungszeiten des Christentums berichteten. Nur mühsam konnte ihn der alte Mönch wecken.

Völlig erschöpft von der stundenlangen Lektüre des Manuskripts hatte Filippo gerade eine zweite mystische Ekstase erlebt.

Diese Ekstasen bescherten dem Monsignore Filippo keinerlei orgastische Lust, wie man eigentlich hätte vermuten können. Denn ein Orgasmus, diese unbeschreibliche, die Sinne raubende Empfindung, die aus wollüstigem Reiben entsteht, geht ja mit ekstatischen Gefühlen einher.

Filippos Ekstasen zeichneten sich bar jedes wollüstigen Genusses durch zahllose aufschlußreiche Darstellungen der himmlischen Strukturen aus.

Zu solchen Erlebnissen kam es fast immer, wenn die Lektüre heiliger Schriften den Theologen erregte und bestimmte Wörter in seinem Kopf die ersten Bilder auslösten.

Anfangs waren die Visionen statische Bilder, wurden dann aber immer differenzierter und beweglicher. Und immer waren es beeindruckende biblische Bilder.

Filippo verlor jedes Zeitgefühl, und alles rings um ihn entrückte in endlose Ferne.

Er glaubte zu schlafen, doch seine Augen standen offen, der Blick blieb lebendig, als wäre er wach und geistig präsent. Ein Paradox, wie es typisch ist für all jene, denen die Ekstase eines Wachtraums zuteil wird.

Von dem Wunsch, in der Wirklichkeit zu bleiben, getrieben, gab sich der Theologe zu Anfang immer größte Mühe, sich auf die Lektüre zu konzentrieren und die von Angst begleiteten Visionen zu vertreiben.

Doch nichts vermochte die Kraft der Bilder zu brechen, die wie ein Wirbelwind seine Gedanken von der Lektüre fortrissen und sich zu kaleidoskopischen Erscheinungen des Sublimen und Absurden formierten.

Das Bildmaterial für die Komposition der ersten Visionen

hatte seinen Ursprung in dem, wovon der Text berichtete. Dann jedoch verließen sie die Thematik der Lektüre und gewannen Eigenständigkeit. Ein fraglos sehr beunruhigendes Erlebnis.

Hätte Filippo zum Beispiel gerade Die Versuchung des heiligen Anton *gelesen, und zwar den Teil, in dem es um die gräßliche Beschreibung der Schlangen, Spinnen und Skorpione geht, dann hätten ihm die Visionen ohne weiteres eine Stippvisite in der Hölle bescheren können, und er hätte die Möglichkeit gehabt, Luzifers Heerscharen nachzuzählen. Sechstausendsechshundertsechsundsechzig Legionen.*

Indes, das ekstatische Geschehen spielte sich lieber im Rahmen des Unvorhersehbaren ab. Derselbe Text konnte ebenso bewirken, daß Filippo an dem Schwanz des Skorpions hinunterglitt und einen ungeheuerlichen Ausflug in ein mildes Fegefeuer erlebte.

Wohin der ekstatische Zustand führte, war nie sicher. Immer unberechenbar und überraschend.

Der Theologe versuchte vergeblich, den Ablauf zu bremsen.

Der Bildertunnel wuchs unaufhörlich weiter, bis er gigantische Dimensionen erreichte und Filippo das Gefühl hatte, er nähme nie ein Ende. Und es gäbe keine Möglichkeit, ihm zu entrinnen.

Mit zunehmender Geschwindigkeit verschmolzen die Farben und Konturen zu einem strahlend schimmernden und zugleich düsteren Riesenfleck.

Wenn der Wachtraum diesen Punkt erreichte, erschien er dem Theologen wie eine Reise ohne Wiederkehr, und seine Orientierungslosigkeit marterte ihn.

Zur Besinnung fand er immer erst durch die vergessene Realität. Ein zufälliges Geräusch brach den Bann. Ein Knacken in der Holzverkleidung der Bibliothek, Schritte oder Stimmen setzten dem Tumult in seinem Innern ein Ende.

Filippo stürzte aus dem Tunnel, was ihn immer ärgerte, denn noch nie war er über diesen bestimmten schimmernden Punkt hinaus gelangt, hinter dem er das Wunderbare vermutete. Daß ihm alles erklärt würde. Auch Gottes Ratschlüsse.

Seine Verärgerung äußerte sich in übermäßigem Speichelfluß, so daß er mehrfach schlucken mußte.

Da sich weder die Flut der phantastischen Bilder noch sämtliche Einzelheiten des Geschehens seinem Gedächtnis einprägten, erlebte Filippo die Rückkehr immer als unbefriedigend.

Er litt unter Gedächtnislücken, vom Vergessen geschlagene Lichtungen, in denen nur einige wenige Visionen zusammenhanglos zurückgeblieben waren. Seine Wachträume ließen keinen Schluß zu und waren dem Vergessen anheimgegeben.

Er schrieb die restlichen Bilder nieder, ergänzt durch andere, die er sich, angeregt durch die verbliebenen, ausdachte, und fügte sie dem Stoß Berichte hinzu, die er in einem ledernen Handköfferchen verschlossen aufbewahrte.

Irgendwann, zu einem geeigneten Zeitpunkt, wollte Filippo seine transzendentalen Notizen zu einem Lehrbuch über die Abläufe im Reich Gottes zusammenfassen.

Die Lektüre des Textes, das Eintreten und Austreten aus dem Wachtraum, die bruchstückhafte Niederschrift des Geschehens und dazu noch die Gebete, mit denen er Gott für die Gnade der Visionen dankte, kosteten Filippo mehrere Stunden und sämtliche Kräfte.

Zwei unerwartete Wachträume, ein erhebender und ein niederdrückender, wie an jenem Abend, und Filippo fühlte sich blutleer und von Übelkeit geplagt.

Als Monsignore neben Pius III. an den Kamin trat, war er wie zerschlagen und von abgrundtiefer Geistesabwesenheit durchdrungen.

Filippo stand dort und befand sich doch gleichzeitig nicht dort. Er war noch immer erfüllt vom Gewirr der lückenhaften Erinnerungen an den mystischen Tunnel.

Der Blick des Papstes ruhte gebannt auf dem Feuer. Jede auf-

lodernde Flamme, jedes noch so kleine neue Flämmchen brannte Pius III. auf der Hornhaut. Sein Blick verriet, daß dieses Feuer in seinem Schmerz die Hauptrolle spielen sollte.

Filippo las schweigend den Brief des Königs von Portugal. Der Text beschrieb präzise, von welch enormer Bedeutung die Entdeckung war. Monsignore war außerstande, die Konsequenzen all dessen zu erfassen. Er hatte das Gefühl, weder Gesicht noch Mund, noch Denkapparat zu besitzen, so sehr marterte ihn die Leere in seinem Kopf.

Pius III. interpretierte Filippos Reaktionslosigkeit als tiefes Nachdenken. Irrigerweise glaubte er, der Theologe sei mit einer in Situationen wie dieser höchst günstigen geistigen Ausgeglichenheit gesegnet.

Bei meiner Seele in der Hölle schwöre ich, von diesem Geheimnis wird aus meinem Munde niemand erfahren.

Mit diesen Worten leistete Filippo den Schwur, den der Papst verlangte. Er gab dem Papst den Brief zurück und äußerte, vielleicht wäre es sinnvoll, ein Konklave von Kirchengelehrten einzuberufen, um die Angelegenheit zu diskutieren.

Pius III. gab zu bedenken, daß der Bericht des Königs von Portugal lediglich eine Vermutung enthielt. Daß ein Papst niemals das Risiko eingehen – und sich womöglich der Lächerlichkeit aussetzen – dürfe, die Kirchengelehrten zu versammeln, um eine Angelegenheit zu diskutieren, die sich noch in einem so embryonalen Stadium befand.

Zuallererst, sagte er, benötige der Heilige Stuhl den eindeutigen Beweis, daß es sich tatsächlich um eine Entdeckung handele.

Sodann entschied der Papst, der Brief solle auf der Stelle vernichtet werden, da ein vorzeitiges Bekanntgeben seines Inhalts die Christenheit zu einem Aufruhr führen könne, der sich kaum mehr würde steuern lassen.

Im selben Augenblick schob Pius III. den Ärmel seines weißen Nachtgewandes zurück und ließ den Brief aus seiner ausgemergelten Hand ins Feuer fallen.

Vom fettigen Schweiß des Mannes im blauen Umhang durchtränkt, loderte das Sendschreiben auf, als fände eine chemische Explosion statt. Der Brief entzündete sich jählings zu einer tiefroten Feuerkugel, die ihr vernichtendes Werk an der päpstlichen Hand fortsetzte.

Zu spät und schreiend zog Pius III. die Hand zurück. Als sie aus dem Kamin herausgezogen wurde, war sie von einem satanischen Handschuh umhüllt.

Das Feuer hatte die päpstliche Haut erfaßt. Es verbrannte die Dermis, verkochte das Blut und ließ Nerven schmelzen.

Der Papst hatte seinen Schmerz, mehr als genug davon. Er hatte sich verrechnet.

Filippo, in der zähflüssigen Materie seiner Geistesabwesenheit versunken, rührte sich nicht, um, wie eigentlich zu erwarten, das Feuer zu löschen. Er rettete die Hand Seiner Heiligkeit nicht vor den Höllenflammen des Kamins.

Teilnahmslos sah er zu, wie das Feuer unter den Fingernägeln des Pontifex hervortrat und in grausamer Sinfonie über seine Poren züngelte.

Der im Stich gelassene Pius III. veränderte die Tonlage seines Schreiens. Der anfänglich schmerzvolle Aufschrei erhob sich in die Sphären des Entsetzens und wurde zum furchterregenden Echo eines Mannes, der sich am ganzen Körper von einem Vulkanfeuer erfaßt und getötet wähnte.

Und dieser Schrei wurde in jener Nacht vernommen. Ein Schrei, der sich wie ein Lauffeuer durch die Flure und Korridore verbreitete.

* * * *

Wie Sie hier lesen können, Eminenz, sind die Umstände des päpstlichen Schreis vollkommen aufgeklärt.

Idioten! Nichts ist aufgeklärt! Der Brief ist vernichtet! Verbrannt! Jetzt haben wir es tatsächlich mit einem Geheimnis zu tun! Und das kann kein Deckenloch der Welt mit Panoramablick enthüllen. Denn dieses Geheimnis ruht nun in den Köpfen von Pius III. und Monsignore Filippo.

Und auch auf der Reiseroute des Seefahrers, Eminenz.

3 *Das Pferd, das in sich selbst hinein sah*

Und auch auf der Reiseroute des Seefahrers, Eminenz.

Der von Frei Camilo ausgesprochene Satz schwang wie ein Pendel durch das Kabinett. Er schwang hin und her, durch die Köpfe der Anwesenden, brach jedoch nicht das Schweigen des Kardinals und der Mönche.

Ja. Den Reisen des Mannes mit dem blauen Umhang nachzugehen war eine brauchbare Möglichkeit. Mit ihrer Hilfe konnte man, zumindest theoretisch, zum Kern des in dem Brief mitgeteilten Geheimnisses vordringen. Eine ausgezeichnete Idee, keine Frage.

Pessimistisch nahm della Rovere davon Abstand.

Nein. Er verfügte über eine Landstreitmacht, besaß aber keine Schiffe, weder eine Seeflotte noch Fluß- oder Lagunensegler. Zudem stellte sich die Frage, wo der Seefahrer war. Befand er sich an Land? Bewegte sich wie eine Schlange in den Labyrinthen des Vatikans?

Eine zweite, allerdings weit schwierigere Möglichkeit war, das Geheimnis den Köpfen von Pius III. und Filippo zu entlocken.

Ein höchst kompliziertes Vorhaben, angefangen von der Wahl des Mittels, um sich Zugang zu besagten Köpfen zu erzwingen, bis hin zum Verläßlichkeitsgrad des Ergebnisses.

Hätte der Kardinal ein sanfteres, weniger aggressives und launisches Naturell besessen, dann wäre der Dolch der Überredung für dieses Vorhaben die geeignete Waffe gewesen.

Della Rovere hätte eine Reihe hypnotischer Gespräche herbeigeführt, gewürzt mit Wein, Geduld und Lobhudelei, und damit dem Papst und Monsignore garantiert ein paar

Tröpfchen Wahrheit entlockt. Selbstredend nicht das Geheimnis in vollem Umfang. Aber doch ein paar Teilchen.

Vielleicht würden ein paar Fährten herauströpfeln, die zur Wahrheit führen konnten. Und dann? Wie diese Handvoll Teilchen zusammenfügen, damit das Geheimnis Gestalt annahm?

Das Problem war, daß der Dolch der Überredung scheinbar immer zu kurz ist. Hat man ihn einmal in den Körper des abstrakten Gesprächs gestoßen, kann man kaum präzise feststellen, was seine Klinge getroffen hat: das wahre Geheimnis oder nur die Blase der Lügen.

Die Wirkung dieses Dolches ist sehr fraglich. Da er eher tief eindringt, als daß er etwas herausschneidet, kann er zwar einen ganzen Strom von Enthüllungen bewirken, doch das Ergebnis ist immer von Zweifeln durchsetzt. Eine untrennbare Mischung aus Wahrheiten und Lügen.

Der Einsatz und die Handhabung der Waffe der Überredung erfordert Erfahrung, eine gute Portion Verstellung und viel Geschick. Die kleinste Unachtsamkeit kann das Opfer hellhörig werden lassen und den Angriff nutzlos machen. Voraussetzung für den Erfolg der Operation ist ein fortwährend feines Gespür, das bei den ersten Worten einer sibyllinischen Unterhaltung ansetzt und mit der Analyse des – immer spekulativen und verfärbten – Ergebnisses endet.

Folglich war dies keine Aufgabe für den Kardinal, einen Mann, der von Dolchen nichts hielt, denn er pflegte ganz ohne Umschweife mit einem langen, schweren Schwert zu kämpfen.

Eine andere, erheblich schmerzhaftere Möglichkeit, in den Kopf eines Menschen einzudringen, bietet die Öffnung des Schädels. Eine della Rovere durchaus bekannte chirurgische Technik.

Seinem Arzt und Freund Doktor Giovanni di Vigo zufolge wurde im alten Ägypten der Trepan verwendet, ein mit sehr scharfen Klingen versehenes Instrument, mit dem man den Pharaonen eine Art Fenster in den Schädel bohrte, damit die schädlichen Geister entweichen konnten, an denen die ägyptischen Herrscher erkrankt waren.

Mit diesem Verfahren konnte jeder Erkrankung der Garaus gemacht werden, vom entnervenden Kribbeln einer schlichten Frostbeule am Fuß bis zum nicht enden wollenden Anschwellen eines von einer komplizierten Darmverschlingung geplagten Leibes.

So wurde im alten Ägypten jede Krankheit geheilt, denn die Schädelöffnung beseitigte das Leiden durch die Beseitigung des Patienten.

Della Rovere wußte, falls er Pius III. oder Filippo einer Schädelbohrung unterzog, würde er Blut und Hirnmasse finden. Doch niemals Wörter, Erklärungen oder Geheimnisse, was bewies, daß besagtes ägyptisches Verfahren gänzlich nutzlos war.

Für Doktor Vigo war nicht das Gehirn, sondern die Leber als Reservoir des Lebenssaftes und möglicher Sitz der Seele das wichtigste Organ im menschlichen Körper.

Den primitiven, einfältigen Menschen im alten Ägypten war die Überlegenheit der Leber vollkommen unbekannt, so wie man damals auch nicht im entferntesten ahnte, daß ein kräftiger Aderlaß die wissenschaftlich perfekteste Behandlungsmethode zur Beseitigung der meisten körperlichen Leiden war. Abgesehen von zahlreichen Darmspülungen.

Der Gedanke an die medizinischen Pharaonengeschichten, von denen ihm der gelehrte Doktor berichtet hatte, nötigte dem Kardinal unter seinem zerzausten Bart die Andeutung eines verlegenen Lächelns ab.

Das Lächeln blieb von Carlo und Camilo unbemerkt, denn sie konzentrierten sich in ihrer Fassungslosigkeit ganz auf den reglosen della Rovere: die Ellbogen fest auf den Tisch gestützt, saß er über den vertraulichen Bericht gebeugt, als wäre die Lektüre der Pergamente noch nicht beendet. Eine zumindest ungewöhnliche Situation.

Der Kardinal war sonst immer in Bewegung, gelegentlich dachte er sogar laut und sprach im Schlaf. Schweigend und ruhig hatte man ihn noch nie erlebt.

Carlo und Camilo sahen sich an. Der rasche, scharfe Blickwechsel verlangte nach einer körperlichen Reaktion von della Rovere. Möglichst sofort.

Die beiden Mönche kannten sämtliche Register der Gestik und Schwingungen in der Stimme des gefürchteten Kardinals. Allein durch Beobachten seiner Motorik hatten sie gelernt, in della Roveres Gedanken zu lesen.

Ein Anheben der linken Hand bedeutete, daß er nachdachte. Ging er wie zwanghaft im Kreis, so war er tief beunruhigt. Der Körper des Kardinals verriet immer treffsicher und schon im voraus die emotionale Qualität seiner Reaktionen und verbalen Attacken. Die Mönche benötigten weder einen Trepan noch einen Dolch, nur ihre Augen, um in den Kardinal hineinzuschauen. Immerhin ein wertvoller Fortschritt in der Technik der Schädelöffnung.

Bevor della Rovere sprach, setzte er sich immer in Positur. Er verharrte reglos, lächelte nicht und strich sich nicht einmal den Bart, starr wie eine ägyptische Sphinx. Und wie jede Sphinx rätselhaft. Bedrohlich.

Des Kardinals Überlegungen kehrten zum Ausgangspunkt zurück und bedachten erneut Camilos Satz: Und auch auf der Reiseroute des Seefahrers, Eminenz.

Der Mann in Blau mußte um jeden Preis ausfindig gemacht werden. Es gab keinen anderen Weg.

Der Kardinal nahm sich übel, daß diese so klare Möglichkeit, dem Geheimnis auf die Spur zu kommen, nicht seinem Geist entsprungen war.

Doch sollte dies nicht die geringste Rolle spielen, er würde einen Weg finden, die Idee als seine eigene auszugeben. Und wenn er dafür den beiden Dominikanermönchen den Schädel aufbohren lassen mußte.

Della Rovere begann sich zu bewegen. Seine Hände und Finger erhoben sich, seine rechte Augenbraue verzog sich zu einem schiefen Bogen. Sein Lebens- und Lebersaft erhitzte sich in Spekulationen darüber, was zu dem Ereignis geführt haben konnte, das aus Pius III., diesem gutmütigen Trottel, eine Flamme des Leidens hatte machen können, die ihm die Hand verbrannte.

In diesem Augenblick betrat Frei Marcelino nach übertrieben respektvollem Anklopfen das Kabinett und bat gebeugt, ganz Demut, den Kopf zwischen die Schultern geklemmt, vielmals und unendlich um Entschuldigung. Er trat ein und flüsterte, säuselte keine zwanzig Silben in Carlos Ohr: Bruder, der Seefahrer flieht über die Westmauer des Vatikans.

Carlos informierte unverzüglich den Kardinal.

Triumphierend erhob sich della Rovere und verkündete: Habe ich es nicht gesagt! Der Seefahrer ist im Besitz des Schlüssels zu dem Rätsel! Der Mann hält sich also noch im Vatikan auf! Die göttliche Vorsehung ist auf meiner Seite! Ich werde ihn suchen!

* * * *

Der Boden unter der Stadt Rom ist sumpfig und höchst instabil. Schuld daran sind die tausendfachen Überschwemmungen des Tiber, dessen trübe Fluten lautlos in der Erde versickert sind und den Boden weich und feucht gemacht haben.

Der Appetit des Stromes hat sich offenbar immer mit dem Tal begnügt, nur selten ist der Fluß bis an die sieben Hügel angestiegen, die Rom beherrschen.

Die Zwillinge Romulus und Remus, die Gründer der Stadt, lebten nicht im Tal, sondern wechselten, getragen von der Wölfin aus der Sage, die sie adoptiert hatte und ernährte, von Hügel zu Hügel.

Wie es die Sage behauptet, war die Wölfin so mütterlich, daß sie die Zwillinge nicht nur mit ihrer Milch vor dem Tod bewahrte, sondern in ihnen auch die maßlose Illusion nährte, daß es möglich sei, auf diesen schlammigen Flußwirren eine Stadt zu gründen.

Nicht nur eine Stadt. Ein Imperium. Eine Zivilisation. Und dann noch ein Imperium. Noch eine Zivilisation. Eine endlose Folge von Imperien und Zivilisationen, die den übelriechenden Sumpf in den Rang des Ewigen erheben sollte. Das ewige Rom.

Außer Frage steht, daß die Wölfin wie jede echte Mutter entscheidenden Einfluß auf Erziehung und Charakter der Zwillinge ausgeübt hat. Und auf alle ihre verblendeten Nachkommen.

Die Stadt wuchs über dem stinkenden Tal, vom Volk Kloake genannt, und breitete sich in herrlicher Stilanarchie auf den sieben Hügeln aus: Palatin, Kapitol, Quirinal, Viminal, Caelius, Aventin und Esquilin.

Merkwürdigerweise gab es auf der anderen Seite des Tiber seit jeher ein Gelände, das sich bestens zur Errichtung einer Stadt eignete: eine hoch gelegene, offene Fläche, gekrönt von einem üppig grünen Hügel.

Aber weder die Wölfin, die Zwillinge, die ersten Etrusker, die dorthin kamen, noch die Osker, Samniten und Gallier, die dort durchzogen, ja nicht einmal die alte römische Zivilisation wagte sich dort niederzulassen.

Aus dem einfachen Grunde, weil man seit grauer Vorzeit wußte, daß jener Ort illustren Ursprungs war und von den Göttern sämtlicher Religionen dem allerhöchsten Gott als Heimstatt bestimmt.

Die etruskischen Wegbereiter tauften diesen achten Hügel auf den Namen *Mons Vaticanus*.

Für die alten Römer lebte dort der unnahbare Gott Vaticano, der bedeutendste unter den vierhundertsiebenunddreißig Göttern und Halbgöttern, die den Polytheismus des Imperiums und die heidnische Theologie belebten.

Die Bedeutung des Gottes Vaticano leitete sich davon ab, daß er absoluter Gebieter über die Gabe des Wortes, der Kommunikation war. Das sogenannte Orakel aller Orakel. Nur durch sein Machtinstrument, die Stimme, konnten sich die anderen Götter untereinander und mit den Menschen verständigen.

Ohne den Gott Vaticano wäre es dem Kriegsgott Mars unmöglich gewesen, den Menschen mitzuteilen, daß eine blutige Schlacht bevorstand, und der Liebesgott Cupido hätte kein junges Paar verzaubern und dafür sorgen können, daß sie sich ineinander verliebten und sich fortpflanzten.

Er spielte für die Dramaturgie der Götter eine so entscheidende Rolle, daß ohne ihn Jupiter immer ein stummer, schwerfälliger Planet geblieben und niemals der launische Herrschergott geworden wäre.

Der Adel, Patrizier, das einfache Volk und selbst die Sklaven des alten Rom führten ihre Kinder zum Hügel Vaticanus, um zu vermeiden, daß ihre Nachkommenschaft stumm blieb oder zu Stammlern und Stotterern wurde. Mehrfache Besuche des Hügels machten die Kinder zu Plappermäulern.

Die Macht des Gottes Vaticano war so gewaltig, daß es als ungehörig und sogar beleidigend galt, einen Tempel zu seiner Verehrung zu bauen. Außerdem besaß Vaticano weder Antlitz noch Körper, denn er war die reinste Abstraktion des Wortes, des Gedankens.

Aus dem Namen *Vaticano* entstand die lateinische Vokabel *vagitanus*, die durch Verschmelzung mit dem Verb *augire* das Verb *vagir* hervorbrachte: brüllen, heulen, schreien, wimmern, klagen und jaulen.

Der Gott Vaticano sorgte auch für die semantische Wurzeln des portugiesischen Verbs *vaticinar*: prophezeien, weissagen, ankündigen, hellsehen, voraussagen, vorhersehen.

All dies zusammengefaßt ergibt: heulen, prophezeien, brüllen, voraussagen, schreien, ankündigen, weinen, weissagen, klagen, vorhersehen, wimmern, hellsehen. An sich schon kurios und dazu auch noch wahr ist, daß der Hügel Vaticanus in der Sprache des einfachen etruskischen Volkes auf *uates* verkürzt wurde, eine Vokabel, die ins Lateinische übergegangen ist und zu dem Wort *Poet* führte.

Jenem, der mit Flüstern und Schreien Aufregendes prophezeien, lauthals die Zukunft verkünden, unser klägliches Menschsein beklagen, Glück und Leidenschaften vorhersagen, angesichts nutzloser Macht wimmern und allein durch Jonglieren mit Wörtern das Schicksal des Universums voraussehen kann. Und noch viel mehr vermag ein Poet.

Der Gott Vaticano verschwand mit dem Untergang des alten römischen Reiches. Vielleicht ist dies der Grund, warum man den Stimmen der Poeten und den Worten ihrer Gedichte seither so wenig Bedeutung beimißt.

Da der Gott Vaticano weder Körper noch Antlitz besaß, gab es nach seinem Tod keine Beerdigung. Auch verwandelte er sich nicht, wie so viele andere Götter, in einen Planeten. Vaticano wurde lediglich immer abstrakter, bis er vollends in den Bereich des Unvorstellbaren entrückt war.

Der achte Hügel wäre herrenlos geblieben, wenn sich nicht etwas Geheimnisvolles und Trauriges ereignet hätte. In einer regnerischen und sehr stürmischen Nacht rissen ein paar zerlumpte, ausgemergelte Gestalten den Hügel auf. Klagend bedeckten sie den leblosen Körper eines armen, in ein abgewetztes Leichentuch gewickelten Mannes mit Erde. Eines Fischers namens Petrus.

In derselben Stunde, als das Herz des heiligen Petrus auf dem höchsten Punkt des Vatikan-Hügels begraben wurde, entstand die Kirche Christi.

Als der Seefahrer durch den geheimen Ausgang der uneinnehmbaren Westmauer des päpstlichen Sitzes entwich, ahnte er nicht im entferntesten, daß er einen Komplex von siebenunddreißig Gebäuden hinter sich ließ, der im Laufe vieler Jahrhunderte Stein für Stein erbaut und den wachsenden Ansprüchen und der zunehmenden Bedeutung der Kirche Petri entsprechend auf gigantische Ausmaße erweitert worden war.

Genaugenommen war der Vatikan eine riesige und autonome Festung.

Rund um einen mit hübschen Brunnen verzierten Garten, in dem es immer blühte, gruppierte sich eine Reihe kompakter Gebäude, angefangen mit dem päpstlichen Palast, der Residenz Seiner Heiligkeit, im Anschluß daran die Sixtinische Kapelle, die Bibliothek, der Kartensaal, die Häuser der Garde und Wachposten, die Küchen, der Stall, das Heilige Offizium, die Katakomben mit furchteinflößenden Folternischen, die geheimen Gänge und Kammern, die Falltüren, die unzähligen Altäre, die Schreibkabinette der Kardinäle, die Dependancen der Nonnen, das Collegium Romanum, die Schlafräume für die Angehörigen und für die Gäste, das Gebäude der Mönche, der Dienstboten, der Flügel der Buchhalter und der Finanzverwaltung, die Lagerräume für Vorräte, Waffen, Geheimsachen, ein unterirdischer Friedhof und so weiter und so fort, bis hin zu dem ekelerregenden Haus mit den Männerlatrinen, wo einhundertzweiundzwanzig Plätze die stinkenden Exkremente der niedersten Kleriker und höchsten Dienstboten aufnahmen.

Der Seefahrer atmete tief durch, endlich befand er sich im Freien. Über einen Abhang voller Geröll entfernte er sich von der Mauer. Unter den Pfirsichbäumen versteckt fand er den Rappen.

Das Pferd ruhte, es war für eine lange Reise gerüstet. Der Mann tätschelte ihm die mit kurzem Fell bedeckte Nase und inspizierte das Reitgeschirr. Alles schien perfekt. Alles wie zuvor vereinbart. Zügel und Sattel aus Leder von ausgezeichneter Qualität.

Er stellte die Steigbügel auf die Länge seiner Beine ein, saß auf und ritt langsam los, damit das Pferd sich an sein Gewicht und seinen Stil gewöhnen konnte.

Auch der Seefahrer paßte sich der Größe und dem Schritt des Tieres an. Beide suchten miteinander ins Gleichgewicht zu kommen, damit Kommandos und ihre Ausführung so ineinander griffen, als wären ihrer beider Körper in Wahrheit ein einziger.

Vom langsamen Schritt gingen Reiter und Pferd in leichten Trab über. Der Seefahrer mußte sich von der gefährlichen Mauer des Vatikans entfernen. Nicht so schnell, daß es aussah, als sei er auf der Flucht, aber auch nicht so langsam, daß man ihn für eine leichte Beute hätte halten können. Eine blödsinnige Kriegslist, erfunden von den Phöniziern, die alle nachahmen, weil sie sich einbilden, daß niemand sonst sie kenne.

Der Seefahrer wollte die Stadt so anonym verlassen, wie er sie betreten hatte. Er und sein neues Pferd. Beide anonym.

* * * *

Della Rovere ließ keinen Widerspruch zu, als er dem Chef

der Garde befahl: Der Mann darf nicht getötet werden! Ich will ihn lebendig! Mit Mund und Zunge, damit er reden kann!

Acht Soldaten preschten auf ihren Pferden davon. Das Kommando über den Trupp führte der Hauptmann Ritter. Ein kräftiger, hochgewachsener Schweizer und profunder Kenner des Stadtgebiets, aller üblen Tricks, mit denen man einen Mann jagt, und der lustvollen Kunst, eine Frau zu penetrieren.

Der Kardinal gab außerdem Anweisung, am Ostturm des Vatikans die dunkelbraune Fahne mit roten Flecken zu hissen. Damit wurde den Wachen an den Haupttoren der Stadt angezeigt, daß sie niemanden passieren lassen durften.

Es war ein kalter, regnerischer Tag, aber nicht wolkenverhangen, weshalb wohl sämtliche Wachposten an den Stadttoren die Fahne sehen konnten. Sie würden dem Befehl unverzüglich Folge leisten und etlichen Reisenden, Kaufleuten, Bauern und sonstigen Passanten lästige Scherereien bereiten.

Rom interessierte sich nicht für das ständige Hissen und Einholen mehrfarbiger und gemusterter Fahnen oben auf dem Vatikanhügel. Alle wußten, daß es sich um verschlüsselte Botschaften des Papstsitzes an die Behörden der Stadt handelte. Nein, nicht um Botschaften, um Befehle. Der Papst war in erster Linie der Bischof von Rom.

Da der Seefahrer und das Pferd inzwischen das bestmögliche Gleichgewicht gefunden hatten, galoppierten sie nun in scharfem Tempo am Ufer des Tiber entlang Richtung Süden. Sie wollten die Tiberinsel passieren, den Fluß auf der Palatinobrücke überqueren, am Circo Massimo vorbei zu den Thermen von Caracella gelangen, die Stadt durch die Porta Metronia oder weiter südlich durch die Porta de San Sebastiano verlassen und über Roms älteste

Straße, die Via Appia, endgültig verschwinden. Dies war die Route, die der Seefahrer sich vorgenommen hatte, doch es sollte ihm nicht gelingen, sie vollständig zurückzulegen.

Als der Hauptmann Ritter den blauen Umhang über die Palatinobrücke flattern sah, stand für ihn fest, daß die Schlacht gewonnen war.

Die große Ebene in Roms Süden stellte den verkehrtesten Fluchtweg aus der Stadt dar. Da sie sich zu einer breiten, die spektakulärsten Ruinen des alten römischen Imperiums umfassenden Schlucht öffnete, täuschte sie den Flüchtenden, denn er fand sich erbarmungslos eingeklemmt auf der heimtückischen, gewundenen Via Appia, die zu diesem Zeitpunkt bereits gesperrt war.

Nach Ritters Meinung war der Mann in Blau ein unbedachter Tor, der den Verlockungen der Weite im Süden in die Falle gegangen war und mit Leichtigkeit würde gefaßt werden können. Dies war die Route, die sich der siegessichere Schweizer vorgenommen hatte, doch auch sie sollte nicht vollständig zurückgelegt werden.

Für den Hauptmann führte der sicherste Fluchtweg aus Rom mitten durch die Stadt. Und zwar zu Fuß. Durch ihr auf Sümpfen erbautes Zentrum. In dem Gewirr aus engen Straßen, Häusern, deren Türen und Fenster immer weit offen standen, Arkaden, Treppen und unzähligen Gassen, dort war es möglich, ja sogar leicht zu fliehen, denn dort befanden sich die Poren der Stadt, und was durch die Poren austritt, löst sich in Dunst auf.

Einige dieser Poren kannte der Schweizer nur zu gut. Zwei seiner fünf Frauen wohnten in diesem porösen Gebiet in Roms Stadtmitte. Und um dem Ruf des Schweizer Volkes gerecht zu werden, war er in allem sehr methodisch, auch bei seinen Frauen und Liebschaften.

Mit seinem vortrefflichen Geschlecht praktizierte er

neunmal pro Woche den Beischlaf, jeweils mit zweifacher Ejakulation. Seine fleischige Zunge bedeckte die Frauen mit Küssen, während sein heißgeliebter Penis sich anschickte, seiner Beute mehrfach kräftige Orgasmen zu bescheren. Wahrhaftige Wölfinnen. Römische, und alle läufig.

Als der Seefahrer die Brückenmitte erreichte, hörte er das Hufgetrappel hinter sich. Die Pferde von Hauptmann Ritters Trupp griffen im Galopp an und schnauften immer näher und bedrohlicher.

Die Gardeuniform, grau, schlecht genäht und schwer, mit einem enorm großen, auf den Stoff gemalten roten Kreuz, machte Ritter zu einer weithin sichtbaren, finsteren Erscheinung.

Die Nähte waren so dick und so schlecht gearbeitet, daß man meinen konnte, die Uniform wäre mit Seilen genäht. Richtig dicken und fest gezwirbelten. Vor allem in der Schamgegend für sein Reiterorgan zu knapp bemessen.

Um sein Geschlecht nicht durch ständiges schmerzhaftes Auftreffen im Sattel zu quetschen, galoppierte Ritter halb stehend. Über seinem Geschlecht erhoben, das über dem Tier baumelte. Ein Reiter, der auf einem Reiter ritt.

Als er und sein Pferd aus besagtem Reitergleichgewicht kamen, geriet der Hauptmann aus dem Tritt und sackte in den Sattel. Da brüllte er vor Zorn und Ohnmacht über die verfluchte Uniform, wütende Peitschenhiebe prasselten auf das wiehernde Pferd nieder, aus den beiden wurde eine galoppierende, haßerfüllte Masse, der niemand gewagt hätte, sich in den Weg zu stellen.

Am Ende der Brücke bog der Seefahrer nach Norden ab. Er gab seinen Plan auf und enttäuschte den Hauptmann. Vor allem änderte er sein Ziel. Er nahm Kurs auf eine Tragödie in den Poren der Stadt.

* * * *

Dank des Kirchenbaufiebers, das ganz Europa erfaßt hatte und mit skandalösen Bestechungen einherging, hatten die Marmorjäger von Rom ihr zuvor heimliches Tun zu einem einträglichen, geachteten und legalen Geschäft gemacht. Womit die Maxime des arabischen Handels, das Gesetz von Angebot und Nachfrage, wieder einmal mit seiner ganzen mathematischen Härte zum Tragen kommen konnte.

Das Ausgraben von Ruinen, das Schleifen heidnischer Tempel und der Abbruch der Bauten aus dem alten römischen Imperium wurden durch eine neue künstlerische Richtung geadelt: die Schule des Architekten Cosma, Spezialist für Mosaiken aus den Fragmenten der zerschlagenen Marmorflächen.

Damit lösten die Marmorhauer eine brutalere und sinnlosere Verwüstung der großartigen heidnischen Reliquien ihrer eigenen Stadt aus, als die Plünderungen der Goten im Jahr vierhundertzehn, der Sarazenen im Jahr achthundertvierzig und der Normannen im Jahr eintausendundvier es getan hatten.

Brüste von Aphroditen, Girlanden von Venusstatuen, Muskeln von Apollostandbildern, ganze Jünglinge und appetitliche Nymphen wurden zerschlagen, mit dem Hammer zertrümmert, bis sie die richtige Größe für die Scherben von Friesen und Gesimsen hatten, mit denen die Ausschmückung eines prächtigen Gemachs vervollständigt wurde.

Oder sie wurden in Verbrennungsöfen gesteckt, wo sie zu schimmerndem Pulver zerfielen, dem Kalk des Marmors, Zement genannt.

In Rom herrschte ein Statuenschlachtfest. Es war einfacher, einen Marmorblock aus dem Isistempel zu brechen oder den alten römischen Senat abzureißen, als den Marmor in schweißtreibender Arbeit mit kraftzehrenden Meißelhieben aus den schroffen Hügeln von Carrara zu schlagen. Vom Transport in die Stadt ganz abgesehen. Der Unmengen Zeit und Geld verschlang.

Das Abschlachten begann mit vereinzeltem, irritierendem Gehämmer, wenn die Stadt erwachte, und wenn der Abend nahte, stand über Rom weißer Rauch, der in Wolken aus den Schornsteinen der Zementöfen stieg. Seltsamerweise nahm offenbar niemand den Duft der Schönheit wahr, der vom toten Antlitz der Marmorsplitter aufstieg.

Auf einmal brauchten nicht nur Rom und der Vatikan, sondern sämtliche europäischen Königreiche, Fürstentümer und Grafschaften dringend neue Kirchen, Kathedralen, Klöster und Taufkapellen. Ein unerklärlicher Wettbewerb setzte ein, als hätte Gott, der Absolute, ein unendliches Bedürfnis nach Zuwendung und verlangte von den Menschen monumentale Marmorgebäude, auf soliden Fundamenten errichtet, umgeben von immens dicken Mauern und bekrönt von Arkaden und enormen Kuppeln. Ein Bedürfnis namens Gotik. Gotik-Barock. Barock.

Fortan versorgten die römischen Marmorhauer mit ihrer Bruchstückware nicht nur den lokalen Markt, sondern exportierten sie auch nach Pisa, Lucca, Salerno, Orvieto, zum Bau des Aachener Doms und nach London für die Westminster Abbey. Dank dieses irrsinnigen Handels erblühte der Reichtum so manches römischen Prälaten und zahlloser Bischöfe.

Als der junge Mann mit langem Hals, vortretendem Adamsapfel und eindringlichem Blick die Finger über den Marmor gleiten ließ, erkannte er auf der Stelle, daß der Stein erst kürzlich einer Ruine entrissen worden war.

Bischof Fabrizzi, ein fettleibiger, temperamentvoller und sentimentaler Mann, hatte all seine Leidenschaft daran gesetzt, Michelangelo aus Florenz nach Rom zu holen.

Er hatte dem Künstler sämtliche Kosten für Unterkunft und Reise bezahlt und ihm einen kräftigen Vorschuß in Dukaten zur Verfügung gestellt. Ohne jede Verpflichtung für den Künstler, rein aus Freundlichkeit und Wohlgefallen.

Fabrizzi hatte all seine im Laufe eines der Korruption geweihten Lebens geknüpften politischen und klerikalen Beziehungen spielen lassen, hatte demütigende Lobhudeleien unternommen und die Familie Medici, die Michelangelo lebenslang exklusiv engagiert hatte, mit den extravagantesten Juwelen beschenkt, derer er habhaft werden konnte.

Am Ende unzähliger Reisen nach Florenz hatte er die habgierigen Medicis dazu überreden können, daß der Künstler mit ihrer Genehmigung sein Grabmal errichten durfte.

Nun betrachtete der erschöpfte Fabrizzi hingerissen Michelangelo auf der Terrasse seines Palais.

Aufgewühlt, zu Worten nicht fähig, gab der Bischof immer wieder kurzes nervöses Gekicher von sich und dazwischen kleine Rülpser. Sein Entzücken war so maßlos, daß er schwitzte wie im heißesten Hochsommer und sein Auge nicht den hochgewachsenen jungen Mann mit den überproportional großen Händen schaute. Vielmehr betete der Bischof eine von ihm selbst geschaffene Gottheit aus Fleisch und Blut an, oder anders gesagt, er bewunderte eine schlanke Statue, geschnitten aus dem feinsten rosa Marmor, eine unsympathische, hochmütige und ziemlich wortkarge Gestalt.

Als Michelangelo seine Arbeit an der *Pietà*, von einem französischen Kardinal in Auftrag gegeben, beendet hatte, konstatierte alle Welt, daß der junge Künstler eine überaus seltene Begabung besaß: die Schönheit erblühen zu lassen.

Die Fähigkeit, Schönheit überall zu erkennen und zu enthüllen. Ein Blick, eine Berührung des Bildhauers genügte, und die verborgene, überdeckte oder selbst die offensichtliche, doch für andere Menschen nicht sichtbare Schönheit trat aus den Dingen zutage.

Der Künstler verfügte über die Gabe, allein mit seinen Sinnen die Schichten eines riesigen Blocks zu zerlegen und festzustellen, was er anschließend mit seinem Meißel bewies, daß nämlich in dem kompakten Stein ein herrlicher Erzengel, die strahlendste aller Frauen oder der vollkommenste Mann steckte.

Er liebte die Schönheit wie niemand vor ihm. Und die Schönheit offenbarte sich ihm in allem. Im Profil eines Jünglings, in den Bewegungen einer Kinderhand, in den Farben, im Ausdruck der Menschen. Im Geschmack einer Frucht. In der Form eines Kelches. In einem Stück Brot.

Keine Schönheit blieb von Michelangelos Kunst unberührt, sein Talent spürte sie ganz selbstverständlich im hintersten Winkel der Materie auf. Er weckte oder belebte erneut die schönste Seite aller lebenden und leblosen Organismen. Eine Begabung, die er unbeirrt, mit Hingabe und in aller Ruhe pflegte, im Gegensatz zu Fabrizzis besessener Ungeduld, was sein Grabmal betraf.

Der Bischof, der Künstler und der Marmorblock befanden sich im oberen Patio des Palais. Von dort überblickte man einen Teil der Stadt Rom und ein gutes Stück des Tiber. Auch hörte man ein unverständliches Stimmengewirr, das von dem kleinen Platz neben dem Palais heraufdrang: Dort standen die Bücherverkäufer.

Der Bischof haßte diese Händler, weil sie nicht nur lärmten, sondern durch gezielte Verbreitung von Büchern das Wissen dem gemeinen Volk zugänglich machten. Ein wahrer Skandal, und schuld daran war ein gewisser Gutenberg, der die sündige Druckmaschine mit den beweglichen Typen erfunden hatte.

Ciceros Reden, die Gedanken von Aristoteles und Platon, die klassischen griechischen Theaterstücke wurden reihenweise zu bedruckten Papierbündeln, dazu mit Umschlägen, die aussahen wie aus der Gosse. Allein in Venedig gab es mehr Verlags- und Druckhäuser, einhundertfünfzig an der Zahl, als Bordelle. Eine Sittenlosigkeit, die dem handgeschriebenen Buch, dem einmaligen, nur wenigen zugänglichen Manuskript, das wie ein Sakrament in den Scriptorien der Klöster entstand, Konkurrenz machte und es überflügelte.

Für Fabrizzi war der Buchdruck eine Dirne, die per Gesetz verboten werden mußte. Da es aber selbst den schärfsten Gesetzen nicht gelungen war und nie gelingen würde, die Prostitution aus der Welt zu schaffen, sollte dem Buchdruck ein langes gotteslästerliches Leben beschieden sein.

Der Bischof zog vor, an seinen Tod zu denken. Das Leben veränderte sich für seinen Geschmack zu schnell. Selbst der Quell seines Reichtums, der Marmor aus den Ruinen und Statuen des alten Rom, versiegte zusehends. Je mehr gegraben wurde, um so weniger fand man.

Ganz folgerichtig war seine große Sorge, die Einzelheiten seiner Reise in den Himmel festzulegen. Die Fahrkarte mit dem Bau eines unvergeßlichen Grabmals kaufen, das seinen Weg durch dieses undankbare Leben festhalten sollte, und das Ganze gekrönt von einem Werk des Schöpfers der *Pietà*. In Marmor, so ewig, wie die Bauherren des alten römischen Reiches es sich erträumt hatten. Und so vergänglich, wie die Marmorhauer, ihre Hehler und Auftraggeber es bewiesen hatten.

Michelangelo ließ sein Auge über den kleinen Platz schweifen und erblickte inmitten des Büchergewirrs auf dem Antlitz eines Jünglings die Kraft der Schönheit.

Sekundenlang überließ er sich dem Bann der männlichen Gestalt. Es verlangte ihn, sich mit dieser Schönheit zu vereinen und in ihr aufzugehen.

Er ahnte nicht, daß sein Wunsch wie der Fluch eines heidnischen Orakels Wirklichkeit werden sollte, auch nicht, daß der Jüngling Tommaso hieß und das Schicksal ihm bestimmt hatte, unter den Händen des Bildhauers Ekstase und Grauen zu erleben.

Der Bischof, der endlich seine Sprache wiedergefunden hatte, entriß Michelangelo der Schönheit und warf ihn zurück in die Realität des gewaltigen Steins.

Fabrizzi fragte den Künstler, welche schöne Gestalt er in dem kantigen Marmor erblicke.

Der Bildhauer antwortete, er ahne ein Tier.

Ein Tier? Welches Tier, mein Gott, konnte geeignet sein, das Grabmal eines Bischofs zu schmücken? Fragte sich Fabrizzi, während in seinem Kopf sämtliche Passagiere der Arche Noah stumm Revue passierten.

Ein Kamel. Das war es. Das in den Evangelien am häufigsten erwähnte Tier. Ein Kamel hatte die Jungfrau Maria auf ihrer Flucht nach Ägypten getragen, und ein Kamel konnte sich, den Worten des allerheiligsten Jesus zufolge, sogar durch ein Nadelöhr zwängen: Es ist leichter, daß ein Kamel durch ein Nadelöhr gehe, als daß ein Reicher ins Reich Gottes komme. Ein Satz, der im übrigen dem Klerus seit jeher einiges Kopfzerbrechen und den Theologen so manches Dilemma beschert hatte.

Die Statue eines Kamels. Der Bischof sah sich neben Jesus Christus persönlich, wie sie beide, starr auf dem Höcker des Wiederkäuers sitzend, durch das enorme steinerne Öhr einer hypothetischen Riesennadel ritten und glücklich im Reich Gottes Einzug hielten.

Seine Seligkeit wäre vollkommen gewesen, hätte der Bischof nicht gespürt, daß Ironie und Sarkasmus seiner

Phantasie leise Tritte versetzten. Aber das tat nicht weh, was zählte, war einzig die großartige Skulptur auf seinem Grabmal. Außerdem konnte solch fabelhaftes Werk jeden Zweifel an der Frage, ob Reiche in den Himmel kamen oder nicht, aus der Welt schaffen. Ein kindischer Glaube, aus purem Neid entstanden, denn Reiche kommen überall hinein, weil sie sich jeden Eintritt erkaufen können.

Ein Kamel. Natürlich, ein Kamel. Oder vielleicht ein Dromedar? Egal, sie sahen ja fast gleich aus.

Weder noch. Ein Nagetier. Antwortete Michelangelo, während er sich dem Ausgang des Patio näherte.

Ein Nagetier? Was für ein Nagetier?

Ein Riesennagetier, ergänzte der Bildhauer. Bösartig, feige und schäbig, weil Sie es gewagt haben, sich diesen Marmor aus einem alten Tempel zu schnappen, und damit etwas ursprünglich Schönes unwiederbringlich zerstört haben. Weil Sie damit den Marmor zu einem morschen, toten Kalkklotz gemacht haben, der nie wieder zu Schönem werden kann, weil er es schon einmal war. Folglich, Bischof Fabrizzi, lehne ich Ihr Angebot ab und nehme Ihren Auftrag nicht an.

Dem Bischof verschlug es endgültig die Sprache. Daß seine Obsession zunichte gemacht war, löste einen quälenden Anfall langer Rülpser aus. Sämtlich übelriechend.

Michelangelo ordnete seinen smaragdgrünen Umhang, legte den Vorschuß auf die Terrassenbrüstung und ließ den Blick über die Stadt wandern, bevor er sich auf die Suche nach jenem Jüngling machte.

Der Anblick eines fliegenden Pferdes, das an den Ufern des Tiber unter einem Umhang in einem ganz besonderen Blauton dahingaloppierte, gefiel ihm. Es war schön.

Und der Trupp, der ihm folgte, mißfiel ihm sehr. Die Uniformen der Gardisten in einer makabren Kombination aus Schwarz und Rot. Alles scheußlich. Man konnte fast meinen, sie wollten den Leibhaftigen zum Leben erwecken. Zumindest brüllte einer der Männer so.

* * * *

Weshalb das Pferd versuchte, den Tiber an seiner breitesten Stelle, wo es keine Brücke gab, zu überspringen, ist nicht bekannt. Niemand weiß, ob das Tier einem mit den Zügeln erteilten Befehl des Seefahrers gehorchte oder ob es aus reiner animalischer Verzweiflung handelte.

Jedenfalls flog das Pferd in hohem Bogen Richtung Fluß. Von der Geschwindigkeit angetrieben, den Rücken so weit wie irgend möglich gestreckt, Beine und Hufe an den Leib gezogen, sah das Tier aus, als würde es von einem fliegenden blauen Umhang hochgezogen. Einem Zaubermantel.

Viele Passanten sollten später gestehen, sie hätten für Bruchteile von Sekunden, die sich zu verblüffter Erwartung wandelten, das Unvorstellbare geglaubt: ein fliegendes Pferd. So lange währte der aufsehenerregende Flug.

Trotz der Unterstützung durch die Phantasie der Menschen, die ja immer nach den Wundern der Natur lechzt, flog das Pferd nicht weit genug und landete hart auf der niedrigen Granitmauer entlang des Flußlaufs.

Der heftige Aufprall zerriß ihm zwar nicht den gewölbten Leib, brach ihm aber auf der Stelle die Wirbelsäule. Das Pferd hing, vollkommen aus den Fugen geraten, über der Mauer und stieß ein schmerzerfülltes Wiehern aus. Die Zunge schoß ihm wie ein in Blutstürzen gebadeter Stachel aus dem Maul.

Durch den Aufschlag flog der Seefahrer in die Höhe und wirbelte durch die Luft. Immer noch beschützt von seinem Umhang, beschrieb er auf Roms bedecktem weißlichen Himmel eine blaue Wolke. Dann versank er in den trüben

Fluten des Tiber. Dem Fluß, der mit gekräuseltem, schmutzig schäumendem Hochwasser rasch zwischen Häuserreihen dahinströmte.

Als der Hauptmann Ritter und sein Trupp den Ort des Unfalls erreichten, taten sie fast nichts, konnten nichts mehr tun.

In seinem Todeskampf drehte das Pferd leichtsinnig den Kopf und spießte sein rechtes Auge auf einem in den Granit der Mauer getriebenen und dort vergessenen Eisenstift auf.

Der Stift erwischte nur die dünne Gallertschicht, die den Augapfel bedeckt, und schlitzte sie so mühelos auf, daß sich das Auge des Pferdes nach innen verkehrte. Wie durch gräßliche Magie drehte sich die natürliche Anatomie seines Sichtinstrumentes. Iris und Hornhaut verschwanden. Das Pferd zeigte der Welt einen Blutbeutel, durchsetzt mit Zotten und Tränen, während in seinem Schädelinnern die Hornhaut blind umherirrte und ins Nichts sah.

Den Eisenstift in die Augenhöhle gebohrt, das Auge nach innen verdreht, neigte das Pferd, anstatt zurückzuweichen, seinen Kopf noch weiter nach rechts und trieb sich damit den Stift tief ins Gehirn. Deshalb spürte es den Steinhagel nicht, der nun auf seinem Leib niederging.

Aus den Poren der Stadt tauchten ausgehungerte, schmutzige Bettler auf. Bettler jeden Alters und aller Art. Und mit ihnen kam der Steinhagel.

Ritter versuchte, die Bettler zurückzuhalten, doch war die Meute so groß und der Steinhagel so dicht, daß er sein Vorhaben aufgab.

Brüllend vor Freude und Genugtuung schleuderten sie die Steine auf das Pferd. Schlachteten es aus der Ferne. Zum Beweis dafür, daß die auf der Mauer hängende Fleischmasse bereits ihnen gehörte.

Schließlich machten sie sich mit Messern, Dolchen und

Händen über das Pferd her und zerlegten das schöne Tier in blutige Portionsstücke warmen, sehnigen Fleisches.

Fast alles wurde verwertet. Ohren, Mähne, die schiefen Hufnägel, Zähne und Schweif, alles wurde für brauchbar befunden. Selbst die Stachelzunge nahmen sie mit.

Nur das nach innen verdrehte, auf den Eisenstift gespießte Auge blieb unangetastet. Verborgen im Schädelskelett des Pferdes. Für eine Weile bildete es das konkrete posthume Denkmal für das erste Pferd, dem es gelungen war, in sich selbst hineinzuschauen. Dann fraßen es die Fliegen.

4 *Familienbande*

Der Kardinal schritt, den nassen Umhang des Seefahrers hinter sich her ziehend, in Kreisen durch den Raum. Aus dem Stoff, der nun nicht mehr blau war, troff eine dickflüssige, lehmige Substanz auf den Fußboden. Als wäre der Mantel die blutige Haut eines frisch geschlachteten Tieres. Körperlos und schlaff.

Als der Tiber Stunden später gesunken war, hatte Ritter den schlammüberzogenen Umhang in der Nähe des Unfallortes am Eisenring eines Ankerplatzes hängen sehen. Sofort brachte er das Fundstück zum Kardinal.

Der Hauptmann war überzeugt, daß der Seefahrer ertrunken war, und entschuldigte sich bei della Rovere für die Ungunst des Schicksals, sie allein sei schuld.

Der Schleuderflug des Pferdes war nicht vorhersehbar gewesen und das verhängnisvolle Verschwinden des Mannes im Wasser ein trauriges Malheur. Wenigstens den Umhang hatten sie sicherstellen können, zum Beleg für Ritters Theorie und die Bemühungen seines Trupps.

Dem Kardinal schienen die Ereignisse allzu stimmig. Der Unfall war in so klaren und so gut gewählten Farben geschildert, daß man meinen konnte, das ganze Tableau sei in der Absicht komponiert, eine andere Geschichte zu übertünchen, und zwar die wahre.

Della Rovere war kein Künstler, doch regte sich in ihm ein Gefühl, das man als *pentimento* bezeichnet: eine Art wenig bekanntes und kaum erforschtes Begehren. Der sehnsüchtige Wunsch, die ersten Pinselstriche und ursprünglichen Farben zutage zu fördern, die der Maler auf die jungfräuliche Leinwand aufgetragen hat: die Keimzelle des Bildes. Die später von ihrem Schöpfer vergessen, übermalt oder verändert wurde, bis daraus ein üppiges Gemälde entstand. Eine rückwärts gewandte Ungeduld, die uns dazu treibt, diverse Farbschichten abzuschaben, um die ursprünglichen Absichten des Malers aufzudecken. Die allerersten Anfänge der Kreation und Bildgestaltung. Kurzum, eine Erkundungsreise zum wahren Kern des Gemäldes.

Betrachtet man, wie sich eines zum anderen verhält, kann man sagen, daß das *pentimento* sich in umgekehrter Richtung zur Erinnerung der Menschen bewegt. Denn ersteres strebt danach, die ursprüngliche Absicht aufzudecken, während die Erinnerung aus reiner Täuschungslust die Wahrheit flieht.

Die Erinnerung neigt fast immer dazu, Taten und Ereignissen der Vergangenheit freundlichere Farben zu geben. In den meisten Fällen nähren diese Farben die Wahrnehmung der Menschen mit der schönen Illusion, sie seien früher zufriedener gewesen oder hätten mehr Glück erlebt. Was absurd ist, und schuld daran ist die Erinnerung, die das Glück zu einem Gefühlszustand macht, dessen Intensität mit der Zeit immer mehr nachläßt. Sich also abnutzen, verbrauchen kann.

Während er, die Schlammspur hinter sich her ziehend, durch den Raum schritt, dachte della Rovere über Ritters Bericht nach. Seine Überlegungen ließen Eindrücke, Schlußfolgerungen und Wahrnehmungen des Hauptmanns möglichst außer acht. Der Kardinal versuchte, sich allein auf die Beschreibung der einzelnen Vorgänge des Unfalls zu konzentrieren. Er suchte nach einem Detail, dem verborgenen, übermalten Pinselstrich, der den Keim der Wahrheit enthielt.

Irgend etwas entzog sich seiner militärischen Wahrnehmung. Über dem Ganzen wehte ein Hauch von Schwindel, das spürte er. Etwas an der Schilderung der Verfolgungsjagd klang ganz und gar nicht überzeugend. Wie arrangiert. Inszeniert.

Plötzlich hatte er es. Das verdammte Detail wurde dem Kardinal so schlagartig klar, daß er dem Hauptmann den Umhang ins Gesicht schleuderte. Ohne den Stoff loszulassen, schlug della Rovere zu. Einmal. Zweimal. Fünfmal schlug er zu.

Beschmierte das Gesicht des Hauptmanns mit Schlamm. Paßte Ritters Gesicht die Schandmaske an, bis er erschöpft war. Und überhäufte ihn währenddessen mit Demütigungen, laut brüllend, damit der ganze Trupp es hörte.

Denken Sie nach, Sie Schweizer Trottel! Der Mann war ein Seefahrer. Einer, der sich mit Wellen, Strömungen und Strudeln bestens auskennt. Wie hätte der in dem trägen Tiber ertrinken können? Wenn er sogar noch Zeit hatte, sich von dem Umhang zu befreien und ihn sorgfältig an einem Ring aufzuhängen, um seinen Tod vorzutäuschen? Der Mann konnte schwimmen wie ein Frosch. Denken Sie nach, Idiot! Alles hervorragend geplant, perfekt ausgetüftelt, denn er hat mit Ihrer und Ihrer Soldaten Dummheit gerechnet. Er wußte, daß Sie entgeistert haltmachen und stumpfsinnig zusehen würden, wie das Pferd in Blut und Schrecken verendet, statt sich in den Fluß zu werfen, um ihn zu jagen.

Nach diesen Worten ließ der Kardinal Ritter und seine Soldaten für acht Tage in den Kerker sperren. Eine übertriebene Strafe, die jedoch in vollem Umfang abgesessen wurde.

Sieben war die Anzahl der Masturbationen, deren sich Ritter in seiner einsamen Gefangenschaft unterzog. Nur um die Spannung zu lindern und von seinen Frauen zu träumen. Zwei Masturbationen fanden tagsüber statt. Während der einen stellte Ritter sich vor, er liege mit drei

Frauen gleichzeitig im Bett. Doch das Bild verschwamm, und seine Lust wurde nicht recht befriedigt.

Della Rovere gab Anweisung, daß unter der Leitung von Frei Carlo fünf Dominikaner und Frei Marcelino Monsignore Filippo rund um die Uhr beobachten sollten.

Frei Camilo, ein Bischof, vier Prälaten, zwei Nonnen und drei Gardisten wurden beauftragt, die Gemächer von Pius III. auszuspionieren.

Eine höchst schwierige Aufgabe, denn der Papst hatte sich zurückgezogen. Er empfing niemanden mehr, nicht einmal den kleinen Sänger Francesco. Alles deklariert als angeblich spirituelle Klausur, die acht Tage währte. So lange, wie Ritter eingesperrt war, im übrigen die einzige Gemeinsamkeit zwischen den beiden.

Seine Heiligkeit hatte weder Vorstellungen noch Phantasien, er litt nur. Er war in Sorge. Vertieft in schwierige Überlegungen: Welche Position sollte er einnehmen, wie reagieren auf das berechtigte Unverständnis des Königs von Portugal? Das Rätsel entglitt ihm unter wimmerndem Stöhnen ob der Verbrennungen.

* * * *

Carlo konnte nicht ahnen, daß der Auftrag, Monsignore Filippo nachzuspionieren, sein Dasein so radikal durcheinanderbringen würde.

Filippos Tagesablauf war sehr ausgefüllt. Manchmal grenzte er ans Chaotische. Unterricht, Messen, Gebete, Studien, Konferenzen und Besprechungen hinter verschlossener Tür mit Pius III. lösten sich ab. Der Monsignore war dabei so beflissen und so selbstsicher, daß Carlo ihn bald beneidete. Woher nahm der Mann solche Energie? Ganz gewiß war Filippo ein glücklicher Mensch.

Der Monsignore schlief praktisch nie und ruhte nur wenig, schon frühmorgens saß er mit wachem Blick in der Bibliothek. Anschließend schrieb er viel und steckte die Manuskripte in besagtes ledernes Handköfferchen, das er ständig und überall bei sich trug. Was studierte er? Der doch so viel wußte?

Weil er Filippo Tag und Nacht beobachtete, mußte Frei Carlo die Nächte durchmachen, dafür schlief er während der Messe. Was eine Qual gewesen wäre, hätte es für Carlo nicht Erleichterung bedeutet. Denn ihm bereitete das morgendliche Aufstehen die größten Probleme.

Wenn Frei Carlo erwachte, packte ihn immer eine nicht greifbare Angst. Sowie er die Augen aufschlug, setzte tiefe Verzweiflung ein angesichts des kommenden Tages, der Menschen, mit denen er zu tun haben würde, und der Aufgaben, die es zu bewältigen galt. Eine morgendliche Riesenbürde, die Herzklopfen, kalten Schweiß und ungeheuren Hunger auslöste. Eine unbeschreibliche Feigheit, deren Ursprung er durchaus kannte: die Stunde seiner Geburt.

Die Hebamme hatte berichtet, daß seine Mutter ihn nicht gebären wollte, weil ihr davor so graute. Sie preßte die Beine zusammen. Man mußte ihren einen Fuß an einem Balken im Zimmer festbinden, der andere wurde an einen schweren Stein auf dem Fußboden gebunden.

Die Frau lag breitbeinig, das Geschlecht weit gespreizt, und vier Hände waren nötig, um das Kind dem Mutterleib zu entreißen. Ein langwieriger Vorgang, der dem mütterlichen Grauen genügend Zeit ließ, durch die Nabelschnur auf das Kind überzugehen.

Die Mutter starb anschließend, und für sein ganzes Leben saß die Angst an der Öffnung seines Magens, der nach einer nie verzehrten Nahrung verlangte: den Ähren der Courage.

Verfluchtes Gebären, das mich unter Angst auf die Welt kommen ließ und mit der Angst leben läßt!

So verwünschte sich der fromme Bruder, in dem Glauben, er sei der einzige unter den Menschen, der Angst vor dem Leben habe. Weil er nicht sehen konnte, daß die anderen ihre Angst so geschickt überspielten, daß manche sogar Tapferkeit und Heldentum benutzten, um sie im Zaum zu halten.

Der dicke Frei Carlo griff nach dem Lauschgerät, einem gebogenen, trichterförmigen Horn, das den Schall durch Steine hindurch verstärken konnte, und drückte es auf die Wand zu Filippos Gemächern. Der Monsignore legte gerade seine Kirchengewänder an.

* * * *

Beruhige dich, Francesco. Keine Aufregung!

Ich bin hier sehr glücklich!

Ich habe es bereits gesagt! Du mußt den Vatikan verlassen.

Aber ich möchte hierbleiben, Onkel! Ich will nicht weg! Der Heilige Vater liebt meine Stimme!

* * * *

Als Carlo das Wort Onkel hörte, zuckte er zusammen. Niemand im Vatikan wußte von einer Verwandtschaft zwischen dem Sängerknaben und Monsignore Filippo. Onkel. Neffe. Warum die Heimlichtuerei?

Die Stimmen kamen und gingen. Offensichtlich half der Junge dem Onkel beim Ankleiden.

Frei Carlo preßte das Ohr noch fester auf die Spitze des Lauschhorns.

* * * *

Francesco, du verknitterst die Spitze an den Manschetten! So hält man keine Soutane!

Entschuldigung. Onkel, du hast gesagt, das vollkommene Glück gibt es nicht auf Erden, sondern nur im Himmel. Und manchmal kann man in diesem Leben eine gewisse Gelassenheit erreichen. Und dies sei schon sehr viel.

Ja! Das habe ich gesagt! Vorsicht mit der Soutane. Gib sie mir lieber, Francesco.

Und daß es viel vernünftiger sei, nach Gelassenheit zu streben, als nach dem Glück zu suchen. Aber was bedeutet das Wort Gelassenheit? Ich kenne nur meine Stimme.

Die Manschetten sind zerknittert!

Entschuldige, Onkel.

Deine Stimme bleibt nicht ewig so, Francesco!

* * * *

Carlo wunderte sich, warum der Monsignore so gereizt reagierte. Nur wegen der Spitzenmanschetten einer Soutane?

Gleichzeitig war er entzückt über das Verhältnis zwischen Glück und Gelassenheit. Angesichts seiner beklemmenden Ängste erschien ihm Filippos Rat, nach Gelassenheit zu streben, überaus wertvoll.

In diesem Augenblick beschloß Carlo, nicht mehr nach Courage und Glück zu hungern und sich statt dessen große Portionen Gelassenheit einzuverleiben. Vielleicht, indem er mehr Wein trank. Oder mehr Äpfel aß.

Aber warum war die Verwandtschaft so lange geheimgehalten worden? Aus Angst. Ganz offensichtlich. Carlo, ein Fachmann für diese Art von Gefühl, witterte den Dunstschleier der Furcht, die verhinderte, daß Filippo sich öffentlich zu der verwandtschaftlichen Beziehung bekannte.

Das Lauschhorn schabte über die Wand. Ein schrilles Geräusch schoß Carlo ins Ohr. Auf der anderen Seite weinte Francesco im Privatgemach des Monsignore.

* * * *

Ist es das? Dem Heiligen Vater gefällt meine Stimme nicht mehr. Seit einer Woche hat er mich nicht mehr kommen lassen. Jetzt verstehe ich, Onkel Filippo.

Nein, Francesco. Es ist dein eigener Körper, der die Veränderung bewirkt. Du wirst allmählich zu einem Burschen, deine Stimme wird tiefer, und dagegen läßt sich überhaupt nichts machen. Aber nicht das ist der Grund, warum ich verlange, daß du nach Hause zurückkehrst.

Du schämst dich meiner, Onkel. Das hast du schon immer getan. Ich weiß, was ich bin: dein Neffe, aber ein Bastard. Ich verspreche dir, Onkel, kein Mensch hat oder wird je erfahren, daß wir verwandt sind.

* * * *

Wie alle Waisen litt auch Carlo sehr darunter, daß er keine Mutter hatte. Auch wenn er der Verstorbenen die Schuld an seinem Leiden gab, lieber wäre ihm gewesen, sie wäre am Leben. Viele Jahre lang hatte er seine Kameraden verachtet, die noch Mütter besaßen und friedlich wie Katzen schliefen. Die Lösung fand sich, als er die heilige Jungfrau zu verehren begann, er wurde zu einem überzeugten Marianer, und seine Verachtung schmolz dahin.

Als er nun dem Gespräch lauschte und begriff, daß Francesco von seinem Onkel verachtet wurde, rührte ihn der Jammer des Knaben. Daß die Verachtung seine alte Verbündete und ihm durchaus vertraut war, gestand er sich nicht ein.

Frei Carlo überlegte und kam zu dem Schluß, wenn sich Filippo gegenüber dem Klerus und dem Vatikan zu Francesco als seinem Neffe bekannte, dann würde durch den einfältigen Sängerknaben vermutlich dem Gerede von seiner vornehmen Abstammung ein Ende gesetzt. Dem Gerede von seiner makellosen, vorbildlichen Familie.

Deshalb also die Geheimhaltung, folgerte Carlo. Der perfekte Monsignore hatte eine blödsinnige Angst. Ein Nichts, gemessen an seinem eigenen morgendlichen Grauen.

Von diesem Augenblick an empfand Carlo gegenüber Filippo keinen Neid mehr. Er wurde für ihn menschlich.

* * * *

Beruhige dich, Francesco. Das ist nicht der Grund, warum ich verlange, daß du nach Hause zurückkehrst. Beruhige dich. Große Ereignisse werfen ihre Schatten voraus, mein lieber Neffe. Weine nicht. Mit diesen Ereignissen kommen Verrat und Gefahren auf uns zu. Sei gehorsam. Geh zurück nach Hause.

Pius III. ist der Vertreter Jesu auf Erden. Er kann Wunder wirken. Ich will den Papst nur um ein einziges bitten: daß meine Stimme so bleibt, wie sie ist, wie sie immer war. Eine Nachtigallenstimme, wie alle sagen.

Päpste tun keine Wunder, Francesco. Päpste bezeugen nur die Wunder Gottes.

* * * *

Carlo nahm das Lauschhorn von der Wand und empfand Mitleid. Einen tiefen Schmerz, ausgelöst von Francescos

Angst, seine Stimme zu verlieren. Die einzige Eigenschaft, die ihm seinen Platz im Vorhimmel der Erwählten, der vom Papst Auserkorenen sicherte.

Vielleicht hatte er es seiner Stimme zu verdanken, daß er von Filippos Familie akzeptiert und in den Vatikan gebracht worden war. Vielleicht hatte die Familie ihn dem Papst als eine Art Geschenk präsentiert. Vielleicht waren sie Brüder. Natürlich. Das war es. Sie waren Brüder!

Carlo solidarisierte sich mit der Angst der beiden. Er schwor, Filippos Geheimnis niemals preiszugeben. Schon gar nicht dem Kardinal della Rovere, der Personifizierung all seiner Alpträume.

Carlos Sorge, keine Courage zu besitzen, wich einer gewissen Genugtuung bei dem Gedanken, den Kardinal zu hintergehen. Ihm nichts zu berichten. Auch nichts über das große Ereignis, von dem Filippo gerade im Flüsterton gesprochen hatte und das ihn zwang, schnellstens mit seinem Bruder zu verschwinden.

Plötzlich verging Carlo die Lust, er steckte das Lauschhorn in den Kasten und trat hinaus auf den Korridor. Unbemerkt hatte er Courage bekommen.

Monsignore Filippo verließ seine Gemächer und machte sich auf den Weg zum Collegium Romanum, um eine weitere seiner großartigen Vorlesungen zu halten.

Francesco blieb in Filippos Räumen zurück. Er weinte. Er blieb, bis die Glocke zur nächsten vollen Stunde schlug, dann schlich er sich unauffällig hinaus.

Als Carlo zum Auditorium gelangte, um Filippos Vortrag mitzuschreiben, traf er auf seinen Kompagnon Frei Camilo.

Der Dominikanermönch, so außer Atem, daß er kaum ein Wort herausbrachte, zog Carlo in eine Ecke und teilte ihm mit, was sich ereignet hatte. Pius III. hatte das Loch in der Decke über seinem Betthimmel entdeckt und Anweisung gegeben, es zu schließen. Folglich war es nicht mehr möglich, Seine Heiligkeit heimlich zu beobachten. Der Kardinal della Rovere tobte vor Wut und hatte den Verdacht, einer seiner Vertrauten habe ihn verraten. Mit anderen Worten, der Kardinal war drauf und dran, einen Dominikaner umbringen zu lassen.

Carlo gab sich besorgt, doch innerlich war er ruhig. Er bot Camilo das Stück Käse an, das er in der Tasche seiner Soutane hatte. Ihm sei nicht gut, gab er vor, die Nachricht habe ihn schrecklich nervös gemacht, er könne nichts essen.

Camilo nahm das Stück Käse entgegen und ging.

Carlo lächelte äußerlich und innerlich, dann begab er sich in Filippos große Lehrstunde. Thema des Vortrags: das irdische Paradies.

5 *Ein fast paradiesisches Lehrstück*

Vor lauter Verzückung über unseren Ideenreichtum hat der heilige Augustinus erklärt: Die Erfindungsgabe des Menschen hat so viele und so neue Kenntnisse und Künste hervorgebracht (einige davon notwendig, andere hingegen nicht), weshalb in dieser so vortrefflichen Fähigkeit nur der Beweis dafür zu sehen ist, daß dem Menschen als einzigem Lebewesen auf Erden ein schöpferischer Geist gegeben ist. Ich aber erweitere die Worte des Heiligen und verkünde: nicht nur das! Selbst wenn der Mensch sich mit nichtigen, überflüssigen oder verderblichen Dingen beschäftigt, beweist er immer, wie großartig diese seine Gabe ist. Welche Vielfalt hat er doch in Bauwerken, Bekleidung, Ackerbau, Seefahrt, Bildhauerkunst und Malerei ersonnen! Welche Vollkommenheit in Theaterdarbietungen oder im Domestizieren, Jagen und Schlachten wilder Tiere entwickelt! Wie viele Millionen Erfindungen auf dem Gebiet der Gifte, Waffen, Geräte, Kriegslisten und Sprachen. Wie viele Tausende Heilmittel für seine Gesundheit, Möglichkeiten, das Fleisch zu braten, auf daß es verdaulich werde, Wege und Mittel der Überredung, wie viele ergötzlich eloquente Reden, Verse, die uns erfreuen, Instrumente und Kompositionen in der Musik! Wie großartig sind die Erfindungen der Geographie, der Arithmetik, des Studiums der Gestirne und derlei mehr! Unmöglich, all diese Kenntnisse im einzelnen zu erörtern. Und doch ist diese eminente Fähigkeit, Neues zu ersinnen und schöpferisch tätig zu sein, in ihrer Gesamtheit winzig klein, gemessen an Gottes erfinderischen und schöpferischen Möglichkeiten! Als der Herrgott die Erde und den Himmel schuf, war noch keine Vegetation gekeimt, kein Busch stand auf Erden, denn der Herrgott formte den Menschen aus dem Staub, hauchte ihm durch die Nase den Odem ein, und der Mensch wurde zu einem Lebewesen. Dann pflanzte der Herr-

gott einen Garten, Eden genannt oder Garten der Lüste oder auch Paradies, und dort hinein setzte Er den Menschen, den Er geformt hatte. Und der Herrgott ließ aus der Erde Bäume aller Art sprießen, die verlockend anzusehen waren und schmackhafte Früchte trugen. In die Mitte des Gartens pflanzte Er den Baum des Guten und des Bösen, dessen Früchte der Mensch jedoch niemals essen durfte. Und der Herr formte aus der Erde alle wilden Tiere und alle Vögel des Himmels, und Er brachte sie dem Menschen, auf daß dieser sie benenne. Und der Mensch gab ihnen Namen. Doch fand sich unter all diesen Tieren keines, das dem Menschen entsprach und ihm zur Seite stehen konnte. Da ließ der Herrgott einen tiefen Schlaf über den Menschen kommen, und der Mensch schlief ein. Der Herr entnahm ihm eine Rippe und deckte die Stelle mit Fleisch zu. Aus der Rippe formte der Herrgott die Frau. Beide, der Mann und die Frau, gingen nackt, doch schämten sie sich nicht. Aufschreiben! Notieren! Wo befindet sich das irdische Paradies? An einem Ort namens Terra incognita! Dorthin zu kommen ist unmöglich! Warum? Dem heiligen Isodor zufolge verschloß der Herrgott nach der Vertreibung von Adam und Eva aus dem Paradies die Pforten zum Garten Eden mit einer Feuerzunge, welche im Laufe der Zeit zu einem riesigen Fels erstarrte. Unbezwingbar. Auch gestattete der Herrgott allerlei Dämonen und fremdartigen Geschöpfen, rund um die Terra incognita zu leben, um den Menschen die Rückkehr ins Paradies zusätzlich zu erschweren. Aufschreiben! Notieren! Diese tückischen Geschöpfe unterteilen sich in vier Zweige oder Familien, die da sind: die Seltsamen, die Prunkhaften, die Monster und die Wundersamen. Einige besagter Geschöpfe ließ der Herrgott dem heiligen Isidor im Traum erscheinen, und laut seiner Beschreibung zeigten ihre Füße nach hinten, sie hatten Augen auf dem Rücken und an jeder Hand acht Finger. Andere hatten auf dem Körper statt der Haut einen Panzer wie Kakerlaken und Füße dort, wo sonst die Ohren sitzen. Das sind die Antipoden! Aufschreiben! Auswendig lernen!

Wie sieht das irdische Paradies aus? Der Garten der Lüste oder Eden wird von vier Flüssen bewässert, dort gibt es eine Vielzahl von dem Menschen unbekannten Früchten, Bäumen und Tieren, welche einzig dem Zweck dienen, daß der Herrgott sich an ihnen erfreuen kann. Diese vier kristallklaren Flüsse vereinigen sich nahe dem Baum des Guten und des Bösen zu einem Wasserfall. Die vier Flüsse sind: Der Fison, welcher das ganze Land Hevila umspült, in dem das Gold liegt, ein sehr reines Gold. Dort gibt es auch Myrrhe und den Onyxstein. Der zweite Fluß ist der Geon, der das ganze Land Cuch umspült. Der Name des dritten Flusses lautet Tigeon. Und der vierte Fluß heißt Euphrat. Im Garten Gottes existiert das Böse nicht! Nur das Gute! Alles ist ruhig und friedlich! Der Garten Gottes ist der Hort der Glückseligkeit! Der Himmel auf Erden! Silentium! Das irdische Paradies wird beschützt durch ewigen Frühling und durch Engel aller Rangstufen, die zwar Federn besitzen, aber nicht fliegen. Und warum fliegen sie nicht? Weil sie über das Paradies wachen müssen! Und es nicht verlassen dürfen!

* * * *

Frei Carlo verließ das Auditorium vollkommen hingerissen von Monsignore Filippos Worten. Mehr noch, er war beflügelt von dem Gedanken, daß es einem Menschen eines Tages gelingen könnte, das irdische Paradies zu entdecken und für die Christenheit zurückzugewinnen. Das wäre herrlich, die vollkommene Glückseligkeit.

Ein Jammer, daß es rund um die Terra incognita diese mißgestalteten Geschöpfe gab. Aber wenn der Betreffende ein Heiliger war, dann würde er den Garten Eden finden können. Heilige besitzen so außergewöhnliche, himmlische Kräfte, daß sie jedes Hindernis bezwingen können, selbst einen solch diabolischen Schutzwall von Ungeheuern.

Carlo bedachte nicht, daß Filippo in seinem Vortrag diese Möglichkeit mit keinem Wort angedeutet hatte. Im Gegenteil, der Monsignore hatte sogar betont, die Terra incognita sei unerreichbar.

Aber spielte das eine Rolle? Schüler, Zuhörer und Leser hören und lesen, was sie wollen, sie nehmen nur das auf, was ihnen am meisten zusagt.

Damit erklärt sich, daß etliche Lehrende immer wieder bis zur Erschöpfung über dieselben Begriffe sprechen. Und daß viele Autoren immer wieder dieselben Geschichten erzählen, so mancher dafür mit Erfolg und Beliebtheit gesegnet wird.

Carlo begab sich auf den Weg zum Kabinett, zu della Rovere. Er wandelte wie ein Heiliger, beschwingt durch die Vision der paradiesischen Glückseligkeit und überzeugt von seinem neuen Glauben: den Kardinal zu hintergehen und Filippos Familiengeheimnis nicht zu verraten.

Er spürte geradezu das Gewicht des leuchtenden Heiligenscheins auf seinem Mönchshaupt. Sein Magen, durch eine verblüffende Appetitlosigkeit ruhiggestellt, regte sich nicht. Seine Gedanken aber schlugen Purzelbäume. Er wollte so eifrig studieren wie Filippo und eine unfehlbare theologische Strategie entwickeln, um den abscheulichen apokalyptischen Geschöpfen den Garaus zu machen, die den Zugang zum Garten Eden versperrten. Und den falschen, die seinem Genießerdasein im Weg standen.

Als Carlo vor della Rovere Platz nahm, wirkte er wie ausgewechselt; so tief war er vom Balsam der Courage durchdrungen. Der Kardinal tat, als habe er das neue Auftreten des Dominikaners nicht bemerkt. Schließlich konnte er der verwünschte Verräter sein. Della Rovere fragte, ob etwas im Leben des Monsignore faul sei.

Carlo blieb keine Zeit zum Antworten, denn der Kardinal schickte eine verhängnisvolle, vernichtende Bemerkung hinterher: Sie riechen nach Käse, mein lieber Frei Carlo, und zwar nach gutem.

Der überraschende Satz wurde Carlo mit solchem Sarkasmus entgegengeschleudert, daß er ganz und gar die Fassung verlor. Er tastete sogar seine Soutane nach dem nicht mehr vorhandenen Stück Käse ab. Sein Herz reagierte mit rasenden Schlägen, und augenblicklich stürzte er in den Abgrund des Hungers.

Unfähig, seine Neugeborenendämonen zu verraten, konnte Carlo sich nicht zurückhalten und berichtete dem Kardinal in allen Einzelheiten, was er über Monsignore Filippo erfahren hatte.

Frohlockend verließ della Rovere das Kabinett und begab sich direkt zu einer Audienz bei Pius III. Nach zehntägiger Wartezeit war es dem Kardinal gelungen, einen Termin für ein Gespräch unter vier Augen zu erhalten. Es würde ganz fraglos eine schwere Schlacht. Auf Leben und Tod. Della Rovere war fest entschlossen, die Wahrheit über den Brief des Königs von Portugal, die seine Allmacht so sehr bedrohte, aus dem Papst herauszuholen. Andernfalls würde er einen Krieg von unabsehbaren Ausmaßen gegen den Heiligen Stuhl anzetteln.

Carlo blieb, von Ängsten zermartert, allein zurück. Seine Anwandlungen von Courage, seine euphorische Sehnsucht nach dem Paradies, die Loyalität gegenüber Filippos Familie und die erregenden Vorstellungen von seinem künftigen Leben als Heiliger, alles dahin. Er fiel wieder seiner alten Feigheit anheim, wie ein Kind, das immer dasselbe Lied hören möchte. Wie ein alter Mann, der nur vom Sterben redet. Wie ein Frommer, der immer dieselben Gebete spricht. Wie ein Mensch.

6 *Ein gewisser protokollarischer Spaziergang*

Der Zeremonienmeister des Heiligen Stuhls teilte della Rovere mit, Pius III. werde ihn nach dem Mittagsmahl empfangen.

Das Protokoll sah vor, daß Seine Heiligkeit zur neunten vollen Stunde, also gegen drei Uhr nachmittags, seine Privatgemächer verlassen und sich zu einem Gespräch mit einer Abordnung von Bischöfen aus dem Königreich Frankreich in den Audienzsaal begeben werde.

Der Weg zwischen den beiden Gebäudeflügeln führte nicht zwangsläufig über die Sixtinische Kapelle, doch Seine Heiligkeit wollte aus Höflichkeit einen kleinen Umweg machen und sie in Begleitung des Kardinals durchschreiten.

Pius III. hatte Mühe beim Gehen, er bewegte sich mit kurzen, vorsichtigen Schritten. Seine Gestalt war so zerbrechlich und ausgemergelt, daß ihr inzwischen etwas Gespenstisches anhaftete. Das Gesicht, noch bleicher als bleich, schimmerte schon fast durchsichtig. Seine kaum hörbare, stockende Stimme klang wie die letzten Zuckungen eines Sterbenden. Und der voluminöse Verband, der seine rechte Hand mit einem dicken weißen Leinenpolster umhüllte, sah aus wie eine Tumorgeschwulst kurz vorm Aufplatzen. Die Mitra wackelte auf dem päpstlichen Haupt.

Ein lebender Leichnam, befand der Kardinal, als er vor Pius III. niederkniete und seinen Ring küßte.

Der Papst segnete della Rovere, dann begannen sie ihren protokollarischen Spaziergang, durchschritten die Sixtinische Kapelle vom Altar bis zum hinteren Ostausgang.

Die Sixtinische Kapelle, der Kampfplatz, war ein Vierteljahrhundert zuvor unter dem Papst Sixtus IV. erbaut worden und galt seinerzeit als architektonische Entgleisung.

Wegen ihrer fehlproportionierten Tunnelform, viel zu hoch im Verhältnis zu der geringen Breite, waren die von Botticelli, Perugino und Ghirlandaio geschaffenen Fresken auf den Seitenwänden die einzige Möglichkeit gewesen, die Kapelle freundlicher und farbiger zu gestalten.

Nach langen Diskussionen und Studien war man zu dem Schluß gekommen, daß lediglich die Wände die Möglichkeit boten, das düster anmutende, dunkle Ambiente ein wenig zu verschönern. Das Kuppeldach mit seiner Wölbung dagegen, unterteilt durch acht Fenster, dazwischen dicke Balken, zudem zerschnitten durch unterschiedlich große, in den Raum ragende Dreiecke sowie unzählige Auskragungen, war für Verzierungen so ungeeignet, daß die Architekten empfohlen hatten, den Bau abzureißen. Die Lösung zur Rettung der Kapelle bestand darin, daß die Kuppel gestrichen und mit dunklen Sternchen gesprenkelt wurde, was jedoch, anstatt das Gewölbe angenehmer wirken zu lassen, seine verwinkelte Architektur noch stärker ins Blickfeld rückte.

Della Rovere begann die Audienz mit Zynismus und Lobhudeleien, anders gesagt, in der Defensive, um den Feind auszuhorchen.

Eure Heiligkeit scheint mir bei sehr guter Gesundheit. Zunächst hatte man mir gesagt, Eure Heiligkeit habe sich für acht Tage in Eure Privatgemächer in Klausur begeben und würdet niemanden empfangen. Also habe ich gebetet, sehr viel gebetet, damit die Klausur vom Heiligen Geist erleuchtet und nicht gestört werde. Dann erhielt ich die wahre Nachricht, daß Eure Heiligkeit verletzt sei. O große Not! Also habe ich für die Gesundheit Eurer Heiligkeit gebetet. Dieser Verband muß doch sehr hinderlich sein! Hatte der Unfall etwas mit Feuer zu tun?

Pius III. beantwortete die hinterlistige Frage mit della Roveres eigenen Waffen, das heißt, er log.

Nein, Eminenz, es war ein kleiner Sturz. Ich bin gestolpert.

Della Rovere hatte nicht damit gerechnet, daß Pius III., der Gütige, die Stirn hatte, ihn so schamlos zu belügen, und deshalb ging er zum direkten Angriff über.

Ach ja? Ich dachte, es sei eine Verbrennung.

Mit dieser unseligen Bemerkung hatte della Rovere sich allzu weit vorgewagt, denn sie verriet, daß er von dem Vorfall wußte, und bestätigte ihn als Auftraggeber des indiskreten Lochs über dem Betthimmel. Der Papst war nun Herr der Lage; listig lächelnd tat er, als habe er nicht verstanden. Eine ausgezeichnete Taktik, die den Feind lähmt und in seiner eigenen Unvorsichtigkeit schmoren läßt.

Ich habe nicht verstanden, Eminenz. Was sagten Sie doch?

In die Enge getrieben, sprachlos, unfähig, seine Bemerkung, die ihm zum Verhängnis werden konnte, noch einmal zu wiederholen, beschloß della Rovere, einen Rückzieher zu machen, und wechselte das Thema.

Ich sagte. Ja, also. Ich sagte, Eure Heiligkeit, daß dieser Kapelle Lebendigkeit fehlt. Betrachtet zum Beispiel die Kuppel. Farblos, grau, nur ein paar kleine Sterne. Dabei ist dies der Ort, wenn Eure Heiligkeit mir gestatten, daran zu erinnern, wo der Heilige Geist wunderbarerweise auf das Konklave zur Papstwahl einwirkt.

Pius III. stellte fest, daß der Kardinal soeben einen weiteren strategischen Fehler begangen hatte, indem er das Gespräch auf die Theologie verlagerte, ein Gebiet, auf dem sämtlichen religiösen Schriften zufolge der Papst eindeutig der Meister ist. Und unfehlbar.

Das Absolute ist so, Eminenz. Schlicht. Grenzenlos wie die Farbe Grau und die kleinen Sterne. Die Sixtinische Kapelle stellt mit ihrer schmucklosen Kuppel das ganze Wesen Gottes dar.

Der Kardinal ahnte, daß er die Kontrolle über das Gespräch und somit den Verlauf der Schlacht verloren hatte. Es würde äußerst schwierig, zum Thema Feuer, zum verbrannten Brief, zur Enthüllung des Geheimnisses zurückzukehren. Die Lösung lautete, den Gott zu preisen, wie er ihn sich vorstellte und von dem er Schutz erhoffte.

Eure Heiligkeit! Gott ist alles! Kraft! Macht! Nicht nur sterile Güte, auch nicht gehaltlose mystische Schwärmerei. Hier in der Sixtinischen Kapelle begegnet mir nur Leere.

Mit der Beschreibung seines Gottes gab der Kardinal sich eine weitere Blöße und enthüllte seinen wahren Charakter. Der Papst beschloß, ihm noch im selben Augenblick eine vernichtende Niederlage beizubringen. Mit einem Meisterstreich.

Horror vacui. Das ist Ihre Angst, Eminenz. Horror vacui. Das Grauen vor der Leere. Was für einen so unersättlichen Menschen wie Sie, Eminenz, ein sehr großes und trauriges Leiden bedeuten muß. Denn seien Sie einer Sache versichert, Eminenz, Papst sein heißt allein sein in der Leere Gottes. Ein ewig Unzufriedener kann nicht Papst sein.

Della Rovere spürte den Hieb, Pius III. gab ihm durch die Blume zu verstehen, daß er zum Papst nicht geeignet sei und daß er alles tun werde, um den Traum des Kardinals zu vereiteln. Ein kühner, aber einwandfreier Affront. Der Kardinal zuckte verblüfft zurück.

Starke Worte, Eure Heiligkeit. Ich ahnte nicht, daß es so freudlos ist, Papst zu sein.

Pius III., nur in seiner äußeren Erscheinung gespenstisch, hatte den Angriff mit einer für della Rovere unvorstellbaren Leichtigkeit pariert. Und um seinen Sieg auszukosten, schlug der Papst den Kardinal auch noch mit vernichtender Offenheit und sprach aus, was er wollte und was alle Welt wußte.

Eminenz, Ihre Verachtung für meine Person ist allgemein bekannt. Sie neiden mir meine Macht in solch außergewöhnlichem Maße, daß Sie mich auf beleidigende Weise unterschätzen! Sie haben den Ehrgeiz, Papst zu werden. Blinder Ehrgeiz. Vermessenheit! So blind ist Ihr Ehrgeiz, daß er Ihr Denken verblendet und Sie nicht zu begreifen imstande sind, daß unter der Mitra eine Dornenkrone gleich jener existiert, die das blutende Haupt Jesu bedeckt!

Obwohl gedemütigt und vernichtend geschlagen, fast erledigt, innerlich nahezu tot, fand della Rovere noch die Kraft, einen letzten Pfeil abzuschießen. Vergiftet mit Sarkasmus, doch unschädlich.

Eure Heiligkeit! Das erklärt alles. Endlich verstehe ich, warum Ihr ständig unter Kopfschmerzen leidet. Das macht die Dornenkrone unter der Mitra!

Pius III. drehte ihm den Rücken zu und verließ die Kapelle durch die Osttür. Della Rovere schluckte trocken und schmeckte Blut.

Wortgefechte halfen nicht mehr weiter, überlegte der Kardinal. Nun mußte gemetzelt werden.

7 *Die Theologie des heißen Fußbads*

Die chemischen Bestandteile eines der kostbarsten Weine aller Zeiten, ein Saint-Poursin Jahrgang 1478, ruhten reglos in dem Silberkelch. Der Nektar formte einen riesigen glatten, funkelnden Rubin, eingefaßt vom Ring des Silberrandes.

Das fruchtige Aroma des perfekten Weines verdunstete gerade nur so viel, daß eine hauchfeine Spur seines Buketts über den Silberrand trat und den Kelch mit Frische umhüllte.

Sein Duft vermischte sich weder mit dem der gewürzten Oliven, dem ausgeprägten Geruch des Ziegenkäses, dem kaum spürbaren Duft des Brotes noch mit der süßlichen Ausdünstung der vier Birnen, die sich außerdem auf dem gedeckten Tisch befanden.

Das massive silberne Geschirr auf dem geschmückten Tisch reflektierte das flackernde Licht der acht Kerzen als sanft leuchtende Ähren. Der neben dem Tisch stehende alte Diener hatte kein Auge für die Schönheit des Arrangements. Seine Gedanken waren bei dem Menü, das zum Abendessen serviert werden sollte. Er betete, daß die stumpfsinnige Köchin bei der Spargelsuppe für die richtige Temperatur und Würze gesorgt, den im Ofen gebratenen Hasen auf den Punkt genau gegart hatte und daß die separat in Olivenöl zubereitete Leber des Hasen, wie della Rovere es wünschte, nicht durchgebraten war.

Denn der Kardinal hatte in sehr bestimmtem Ton gesprochen, als er dem Diener sagte, daß sein Nachtmahl mit Monsignore Filippo in jeder Hinsicht unvergeßlich werden müsse.

Da das Wort *unvergeßlich*, dem Inhalt nach, sehr vieles

umfaßt, war der Diener in Sorge, und dies zu Recht. Schließlich ist die Mehrzahl aller Dinge schnell vergessen. Um unvergeßlich zu werden, muß das Ereignis eine zumindest große, um nicht zu sagen außerordentliche Bedeutung haben.

Als der Kardinal zu dem *unvergeßlich* den Ausdruck *in jeder Hinsicht* hinzufügte, erhielt das Wort eine unwägbare, gefährliche Note. Es reichte jetzt plötzlich von der unwiderruflichen Tragödie bis hin zu der höchsten Glückseligkeit. Es verwandelte sich in etwas Entartetes, das dem *unvergeßlich* jede einzelne Minute, die Geltung eines ganzen Lebens beigesellen und sie sekundenschnell unendlich werden lassen konnte. Indem es die Sekunde zum unendlichsten Teil aller Zeit machte. Eine winzige Entgleisung zu einem Schandspruch für den Rest des Lebens. Einen Treffer zum Fehlgriff, einen Ruhm vergänglich. Eine Ungerechtigkeit, das Wort *unvergeßlich*, höchst gefährlich in jeder Hinsicht.

Wutschnaubend betrat della Rovere seine Privatgemächer, mit der Niederlage im Gespräch mit dem Papst hatte er sich bis aufs Blut blamiert. Und wer war daran schuld? Der Papst, denn er hatte sich wie tot präsentiert, dabei war er lebendiger denn je. Eine scheinheilige Wiederauferstehung! Von wem mochte Pius III. diese gemeine Technik, so typisch für hinterhältige Fallensteller, gelernt haben? Von Monsignore Filippo, keine Frage.

Der Kardinal war kalt wie eine Leiche. Eiskalt. Während er im Kreis durch den Raum ging, kribbelte es in seinen Fingern und Zehen. Endlich blieb er neben dem Tisch stehen und steckte augenblicklich den rechten Zeigefinger in den Weinkelch.

Das Eindringen des Kardinalsfingers brachte die feinen Moleküle des Saint-Poursin fast zum Sprudeln. Schließlich waren sie nicht dazu bestimmt, die harte Fläche eines Fingernagels oder die fleischige Haut eines Fingers zu benetzen, sondern dazu, über die weiche Schleimhaut des Mundes zu gleiten und über die Geschmacksknospen der Zunge zu spülen.

Der Kardinal rührte den Wein, daß die Moleküle verrückt spielten. Dann zog er den Finger heraus, roch daran und wischte ihn am Tischtuch ab, stellte den Kelch auf den Tisch zurück und verkündete, das Abendessen sei abgesagt, jedenfalls bis auf weiteres.

Verblüfft schloß der hakennasige Diener die Portiere zum Speisezimmer. Das Unvergeßliche war vertagt. Bis auf weiteres.

Della Rovere setzte sich in seinen hohen purpurfarbenen Lehnstuhl und wies den Diener an, ihm ein Fußbad zu bereiten, ordentlich heiß und versetzt mit den wirksamsten Badekräutern. Er wollte sich so schnell wie möglich aufwärmen, doch nicht mit den alkoholischen Ausdünstungen des Weines, die sein Denkvermögen vernebeln, seinen Haß betäuben konnten.

Er wünschte, einen klaren Kopf zu behalten, dabei aber warmes Blut zu haben, ohne chemische Bestandteile als seine natürlichen, kämpferischen eigenen.

Nach dem Gespräch mit Pius III. hatte della Rovere sich in den Katakomben des Vatikans mit dem Arzt Giovanni di Vigo getroffen, seinem besten Freund und hervorragenden Ratgeber, um rasche, vernichtende Gegenattacken zu planen. Das heißt, den Feind in Zugzwang zu bringen. In Gefahr.

Nicht nur die Kälte in den modrigen Katakomben hatte das heftige Frösteln des Kardinals ausgelöst. Abgesehen von der Beschämung über seine Niederlage, deretwegen ihm sogar die Knochen fröstelten, befand sich der Kardinal in größter Erregung, Folge eines unfehlbaren Planes, den er mit Vigo geschmiedet hatte.

Im selben Augenblick, als der Diener das Fußbad brachte, betrat Monsignore Filippo die Gemächer des Kardinals.

Während della Rovere vorsichtig die Füße in die dampfende Schüssel tauchte, überlegte Filippo, welchen Grund diese Inszenierung haben mochte. Der nicht gerade übliche Anblick von bläßlichen Kardinalsfüßen und verkrümmten Zehennägeln in einem braunen Kräutergewirr. Und was, wenn die Suppe, die bei dem Abendessen, zu dem er geladen war, serviert werden würde, genau so aussah wie diese trübe Brühe? Was sollte er dann tun? Ablehnen? In Filippo stieg Ekel hoch, Ekel vor dem Kardinal und der kommenden Mahlzeit.

O wie heiß! Welch ein Genuß, dieses Fußbad! Mein lieber Monsignore, ich bin zu Tode betrübt. Seine Heiligkeit hat eine miserable Meinung von meinem Charakter. Irgend jemand hat ihm erzählt, ich sei neidisch, ehrgeizig und unfähig. Ein Scheusal. Es waren nicht zufällig Sie, der ihm das eingeflüstert hat?

Der alte Diener hinter der Portiere wußte nicht, was er tun sollte. Die Kerzen löschen oder nicht? Was der stupiden Köchin sagen? Er stand vor einem überaus ernsten Problem, wenn man bedachte, daß die Mahlzeit nicht abgesagt, sondern nur aufgeschoben war. Auf wann? Auf später? Nach der Unterhaltung? Eine Komplikation, an der er, der Diener, selbst schuld war, denn er hatte nicht gewagt, den Kardinal nach näheren Einzelheiten über diesen vermaledeiten Aufschub zu fragen. Da er nun in der Ecke mit dem Tisch gefangen war, beschloß er, der Unterhaltung zwischen dem Kardinal und Monsignore Filippo aufmerksam zu lauschen. Vielleicht konnte er ihr einen wertvollen Hinweis entnehmen, was mit dem berühmten Abendessen geschehen sollte.

Eminenz! Nie wäre ich zu solchem fähig! Ich bin ein Monsignore der Kirche und würde mir niemals erlauben, über den Charakter eines Kardinals zu urteilen. Und erst recht nicht, mich Seiner Heiligkeit gegenüber darüber zu äußern.

Monsignore! Ich bedauere lebhaft, wenn ich zu Ihren hochtrabenden theologischen Theorien über Engel *mit Blähungen* und irdische Paradiese *in Kaskaden* etwas kritische Bemerkungen gemacht habe.

Diese Theorien stammen nicht von mir! Sie stehen in den Schriften der Heiligen, Eminenz!

Ich bedauere. Das sagte ich bereits, Monsignore! Wie heiß dieses Wasser ist! Fast wie Feuer! Zum Glück sind es keine Flammen wie jene, welche dem Heiligen Vater die fromme Hand verbrannt haben.

Ich weiß nicht, wovon Sie sprechen, Eminenz. Seine Heiligkeit ist gestürzt. Gestolpert.

Tatsächlich, Monsignore? Aber wechseln wir das Thema. Ich habe nachgedacht, mein werter Filippo: Was wäre, wenn ich dem Heiligen Vater ein unvergeßliches Geschenk machte? Würde er mir dann sein Vertrauen zuteil werden lassen?

Bei dem Wort *unvergeßlich* zuckte der Diener zusammen und ließ seine Gedanken erneut um den Begriff kreisen. Ein unvergeßliches Geschenk war eines, das für immer in Erinnerung blieb, nie aus dem Leben des Beschenkten zu löschen war. Folglich ein Markstein, ein unveränderliches Kennzeichen, wie eine Narbe. Für den Papst?

Der Diener ließ rasch seine Phantasie arbeiten, doch fiel ihm kein unvergeßliches Geschenk für Seine Heiligkeit ein. Für einen Mann, der die Welt besaß, ziemlich krank war und am Ende seines Lebens stand.

Ohne nachzudenken, griff der Diener nach dem Weinkelch und trank drei große Schlucke von dem Saint-Poursin. Das, ja, das war Leben. Ein herrlicher Wein. Keine Frage. Eine Himmelsgabe. Gesundheit konnte der Kardinal dem Papst schenken. Mit einem vom Doktor Vigo hergestellten unvergeßlichen Wunderheilmittel. Aber nein. Dem Tonfall von della Roveres Stimme entnahm der Diener, daß über besagtem Geschenk eine Drohung schwebte. Der Kardinal hatte anderes im Sinn. Genau das Gegenteil von Gesundheit, mehr und noch mehr Krankheit. Den Tod, die wahre Größe. Der Kardinal wollte den Papst töten. Mein Gott!

Eminenz! Pius III. ist von überströmender Güte, er vergibt jedem. Ich bin sicher, daß Seine Heiligkeit Ihnen sein unverbrüchliches Vertrauen zuteil werden lassen wird.

Ausgezeichnet, Monsignore! Dann sagen Sie mir, was in dem Sendschreiben des Königs von Portugal stand.

Wie bitte, Eminenz?

Ja, warum nicht, Monsignore? Erzählen Sie es mir. Nach dem unvergeßlichen Geschenk werde ich, wie Sie selbst glauben, der neue Vertraute des Heiligen Vaters sein. Sie machen am besten gleich den Anfang. Scheint es Ihnen nicht konsequent, daß Sie mir alles berichten?

Wieder hörte der Diener das Wort *unvergeßlich* und trank noch einmal von dem Wein. Aus lauter Sorge, er könnte der einzige Mensch sein, der die Beschaffenheit des schrecklichen Geschenkes für den Papst enträtselte, begann er mächtig zu schwitzen. Ihm wurde entsetzlich heiß. Sein Atem ging keuchend, fast erstickte er, da kam ihm die Idee, ein silbernes Messer vom Tisch zu nehmen, die Portiere zu öffnen, dem Monsignore die Mordabsichten des Kardinals zu offenbaren und della Rovere zu erdolchen. Ja. Denn bevor dieser den gütigsten aller Menschen ermordete, wollte er den Kardinal umbringen.

Monsignore! Ich frage noch einmal! Scheint es Ihnen nicht konsequent, daß Sie mir alles berichten?

Ich würde sagen, verfrüht, Eminenz.

Monsignore! Es ist für jeden Menschen gefährlich und

riskant, auf nur eine einzige Person angewiesen zu sein. Auf einen einzigen Vertrauten. Das gilt erst recht für einen so mächtigen Mann wie den Papst.

Kardinal della Rovere, wollen Sie damit etwa zu verstehen geben, ich sei für den Papst kein guter Vertrauter?

Ich will überhaupt nichts zu verstehen geben, Monsignore! Wohl aber sage ich, daß der Papst nicht vollkommen ist, weil er einzig Sie zum Ratgeber hat. Um wohlüberlegte Entscheidungen zu treffen, muß ein Mann jeden anhören. Vom Unhold bis zum Gutartigen. Sich auf die alleinige Stimme eines idealistischen, naiven und phantasierenden Monsignore Filippo zu beschränken ist inkonsequent! Auf einen Spinner! Bar jeden Gefühls für das praktische Leben! Begreifen Sie tatsächlich nicht, daß Sie sich mit Ihrer Ablehnung meinen ganzen Haß einhandeln?

Haß. Fieber. Dem Diener floß der Speichel aus dem Mund. Als wäre die Hydra des Wissens in seinen Kopf eingedrungen. Alles, was sein Herr della Rovere in nächster Zeit unternehmen würde, schien ihm klar und deutlich umrissen. Er träumte, er wisse genau, was geschehen werde. Dieses plötzliche Hellsehergefühl kam ihm ganz normal und heroisch vor. Nur er konnte Seine Heiligkeit vor der Ermordung bewahren, und dazu mußte er töten.

Während dieser widersprüchliche Größenwahn die Gedanken des Dieners überschwemmte, wurde er an Haut und Leib durch die Symptome von Sauerstoffmangel entstellt. Sein Körper verfärbte sich bläulich fahl, eine Ankündigung seines eigenen Todes.

Der alte Diener leerte den Kelch, ergriff das Messer und schwankte zur Portiere. Er starb an der Vergiftung durch eine toxische Substanz, die das Gehirn irreparabel angreift, eine hellgelbliche Substanz, die im Wein aufgelöst farblos geworden war.

Er starb mit verwirrtem Geist und hörte das Gespräch

wie ein sich ständig wiederholendes Echo, als hätte er eine Glocke im Kopf.

Sie haben sich meinen Haß eingehandelt, Monsignore! Haß!

Eminenz, Ihr Haß interessiert mich überhaupt nicht. Nicht die Spur. Meine Gedanken sind Gott zugewandt! Gott. Und nur Gott. Gott befindet sich weit darüber, wahrhaft fern dieser Ihrer Wutanfälle. Ihrer Wut. Wut und Eifersucht. Ja, Eifersucht.

Monsignore! Mit anderen Worten. Worten. Sie wissen, wo Gott sich befindet. Gott. Und welche Größe er hat. Das ist ja wunderbar! Wunderbar. Gottes Größe! Und das Böse? Wo befindet sich das Böse? Über, unter oder neben dem Paradies? Paradies. Paradies.

Eminenz, ich fürchte. Ich fürchte. Das Böse befindet sich hier. In diesem Augenblick. Unter uns. Die Kraft des Bösen.

Das erhobene Messer auf den Kardinal gerichtet, öffnete der Diener die Portiere, und aus seinem Mund rannen Wein, Speichel und unverständliche Worte.

Der Kardinal und Filippo wandten sich erschrocken um. Der alte Diener stolperte. Er versuchte noch, sich an der schweren Samtportiere festzuhalten, doch dann brach er mit einem allerletzten kurzen Zucken tot zusammen.

Della Rovere stieß das Fußbad beiseite und inszenierte einen ziemlich einzigartigen Gefühlsausbruch. Eine Mischung aus schweren Vorwürfen, tiefen freundschaftlichen Gefühlen und Trauer. Ein großes Gejammer.

Mein lieber alter Diener! Der Mensch, dem ich auf dieser Welt am meisten vertraut habe, wollte mich umbringen! Verräter! Judas! Irgend jemand steckt hinter dieser finsteren Verschwörung, mich zu beseitigen! Mich zu erdolchen! Vater unser, der du bist im Himmel! Geheiligter!

Einen Moment, Eminenz! Dieser arme Mann wurde

vergiftet! Sehen Sie den erbrochenen Wein! Er hat aus dem Kelch getrunken! Das Gift muß ihm zu Kopf gestiegen sein!

Monsignore! Aus meinem Kelch? Mein Wein, vergiftet? Ein doppelter Anschlag. Erklären Sie mir das bitte! Woher wissen Sie, daß mein alter Diener vergiftet wurde, weil er von meinem Wein getrunken hat? Und Sie kennen sogar die Art des Giftes. Bitte gehen Sie. Gehen Sie! Ich möchte alleine für die Seele dieses armen Dienstboten beten, zu dem ich so großes Vertrauen hatte und der für mich gestorben ist. Gehen Sie. Und hören Sie zu! Dieser Versuch, mich umzubringen, wird nicht ungesühnt bleiben. Jetzt gleich werde ich Seiner Heiligkeit von dem Vorfall berichten und ihm mitteilen, daß Sie, Monsignore, erstaunliche Kenntnisse über die Wirkung gewisser Gifte besitzen!

Filippo verließ den Raum, ohne auf die Unterstellungen des Kardinals zu reagieren. Es wäre auch zwecklos gewesen, della Rovere hatte sich schon neben den Leichnam gekniet und betete tief zerknirscht.

Wie vom Diener befürchtet, war das Nachtmahl, obwohl es gar nicht stattgefunden hatte, zu einem unvergeßlichen Ereignis geworden. Zu einem Augenblick, der ewig währte, und dies aus einem Grund, der dem Kardinal bekannt war: seine Angewohnheit, heimlich vom Wein seines Herrn zu trinken.

Nach einem sehr kurzen Gebet für die Seele des Unglücklichen griff della Rovere nach einer Birne und einem Messer, legte beides in eine silberne Terrine und verließ seelenruhig seine Gemächer. Als wäre der Tod des Alten ein ganz alltäglicher Vorfall.

Zurück blieben die brennenden Kerzen und der gekrümmte Leichnam neben der Portiere, doch statt zu Seiner Heiligkeit zu eilen, stieg der Kardinal hinab in die Katakomben. Er wollte einem weiteren schändlichen Ritual vorsitzen. Einem noch makabren und sinnloseren.

Der Diener existierte nicht mehr in diesem Leben, er war in die göttliche Ewigkeit eingegangen oder in das materielle Vergessen. Ein Dilemma, das alle Lebenden als unvergeßliche Frage verfolgt.

8 *Der Bottich des Bösen*

Das flackernde Licht der Fackel zeichnete die Schatten der beiden Männer auf die von Feuchtigkeit gläsern glänzenden Wände. Die Männer hatten es ziemlich eilig auf ihrem Weg hinunter zu einem westlich gelegenen Durchgang, der sie zu den Katakomben führen sollte.

Die Schatten auf den Wänden schrumpften, bis sie ganz verschwanden, zugleich erhoben sich andere von enormen Ausmaßen, dann verloschen auch sie. Das Karussell von Licht und Schatten drehte sich entsprechend den Windungen, Gewölbebögen, Rampen und Treppenstufen des abschüssigen Ganges, an dessen Ende ein großer unterirdischer Raum lag, wo Doktor Giovanni di Vigo seine Experimente durchführte.

Della Rovere wurde begleitet von einem Gardisten, der den engen Steinkorridor mit seiner Fackel erhellte. Der Kardinal reagierte nicht auf das Kaleidoskop der Schatten, er nahm es kaum wahr, seine einzige Sorge galt der silbernen Terrine mit der Birne und dem Messer, die er mit größter Vorsicht balancierte. Die Frucht sollte auf keinen Fall beschädigt werden.

Anders als zu erwarten gewesen wäre, hatte der von Vigo für seine anatomischen und biologischen Studien benutzte große Raum überhaupt nichts Erschreckendes. Sämtliche eventuell bedrohlich wirkenden oder abstoßend anzusehenden Gegenstände waren im Laufe des Nachmittags eilig entfernt worden. Die Knochen, Totenschädel, Operationsinstrumente, die voluminösen medizinischen Kompendien, Eimer mit Operationsabfällen, Schüsseln mit Fetten, Töpfe mit Kräutern, Messern, einbalsamierten Föten, Flakons mit Arzneimitteln, die gehäuteten und sezierten Tiere, Gipsabdrücke bestimmter Körperteile und Schautafeln der menschlichen Eingeweide waren hinter einen Vorhang geschafft worden. Alles war sauber, hell erleuchtet und von diversen Lampen und kleinen Feuerstellen erwärmt. Auf dem Fußboden war ein großer Wollteppich ausgebreitet, an der Wand ein Kruzifix befestigt und im ganzen Raum Myrrhenduft verteilt worden.

Mit viel Arbeit war es gelungen, dem Verlies seinen makabren, finsteren Charakter zu nehmen und ihm ein undefinierbares, neutrales Aussehen zu verleihen. Und ein merkwürdiges, denn mitten im Raum stand ein mächtiger Bottich aus dickem Glas, gestützt und umrahmt von einem kräftigen schmiedeeisernen Gestell.

Ein Feuer erhitzte das Wasser in dem bis zum Rand gefüllten Bottich. Aus dem warmen Naß hinter den Glaswänden stiegen leichte Dampfschwaden auf. Man hätte das Ganze für eine Traummaschine halten können, ersonnen, den Betrachter zu faszinieren, hätte nicht hinter dem Szenarium eine böse Intention gestanden, die jedoch nicht erkennbar werden durfte, andernfalls das angebliche Wunder nicht stattfinden würde.

Das Verlies war nämlich als Schauplatz eines Pseudowunders hergerichtet worden. Und die acht Assistenten des Arztes hatten alle Mühe darauf verwandt, eine hehre Atmosphäre zu schaffen. Die das Außergewöhnliche, das große Wunder herbeiführen sollte. Sie hatten ihr Ziel auch fast erreicht.

Zwar war es ihnen gelungen, den finsteren Eindruck zu kaschieren und das Böse zu verschleiern, doch die so sehnlich erwünschte hehre Atmosphäre hatten sie nicht herstellen können. Die spürbar alles beherrschende Falschheit, von den Steinwänden verströmt und in den Details der Gegenstände deutlich erkennbar, diese zu beseitigen waren sie nicht imstande gewesen.

An jenem Abend hatte Vigo dem Kardinal erklärt, daß Töpfe, Kessel und Bottiche von der Größe, daß ein Mensch hineinpaßte, in der Medizin des Altertums äußerst wichtige Gerätschaften waren, und zwar aus dreierlei Gründen.

Im ersten Fall wurde ein schwacher Kranker in einen Bottich gelegt und mußte darin ausharren, bis er eine im selben Bottich zubereitete fette Wildschweinbrühe vollständig ausgetrunken hatte und wieder zu Kräften gekommen war. Diese Behandlung wurde der *Kessel der Fülle* genannt.

Im zweiten Fall wurde der Kessel als Mittel zur Wiederbelebung verwendet. Der walisischen Erzählung *Branwen* aus dem *Mabinogion* zufolge pflegte man die Toten in kochendes Wasser zu stecken, damit sie am nächsten Tag wieder zum Leben erwachten. Ein Verfahren, das höchst selten von Erfolg gekrönt war, und selbst wenn der Betreffende tatsächlich wieder zum Leben erwachte, war er völlig verbrüht und starb anschließend. Was für die Familie einen Alptraum bedeutete, denn der Leichnam wurde zur neuerlichen Wiederbelebung abermals in den heißen Kessel gesteckt, und am Ende war er bis auf die Knochen durchgekocht.

Bei der dritten Anwendungsform erfüllte der Bottich die überaus vornehme – als wären die anderen beiden dies nicht – Aufgabe, den Betreffenden zu opfern. Manche abgesetzten Könige und Herrscher wurden nicht enthauptet, wie es die druidische Sitte verlangte, sondern in großen, mit Wein gefüllten Bottichen ertränkt. Dieses Verfahren nannte sich *Kessel der trunkenen Majestät*.

Zum Abschluß seiner Ausführungen stellte Doktor Vigo eine scharfsinnige Verbindung zwischen den drei medizinischen Verwendungsarten der alten Menschenbottiche und der Idee vom Heiligen Gral her. Der von Jesus geweihten, in den Zeitläuften verschollenen Schale großherziger Vergebung, wundersamer Wiederauferstehung und immer wieder neuer Aufopferung durch Ihn, Jesus Christus, Gottes Sohn. Ein gedanklich treffender Zusammenhang, der Fülle, Wiederauferstehung und Opferung, Kessel und Kelche miteinander verband, doch beim Größenverhältnis zwischen dem Heiligen Kelch und dem riesigen Menschenbottich versagte.

Ein bedeutungsloses Detail, gemessen an den langen, untadeligen Studien, die Doktor Vigo veranlaßt hatten, die Riesenbottiche als die jüngste Revolution in der Medizin wieder zur Verwendung zu bringen. Nicht mehr als Opferstätte, sondern als wahrhaftig betäubendes Ruhelager.

Vigo hatte herausgefunden, daß warmes oder vielmehr heißes Wasser den Schmerz bei chirurgischen Eingriffen linderte, weil es die Nerven betäubte. Der im Bottich liegende Patient litt weit weniger und bewegte sich folglich nicht viel, was die chirurgischen Maßnahmen wesentlich einfacher machte, sowohl die Einschnitte in die Haut als auch das Abklammern der Adern und Vernähen des Fleisches.

Medizinisch zweifellos ein Fortschritt, dessen einziger Nachteil das Wasser war. Das Blut des Patienten trübte das Wasser so schnell, daß es dem Chirurgen jede Sicht nahm und er fast immer blind, das heißt, nach Gefühl arbeiten mußte. Aber auch dies eine winzige Kleinigkeit, gemessen an der humanitären Größe des wissenschaftlichen Kampfes, den Doktor Vigo gegen den Schmerz focht.

Francesco schlief und träumte gerade seinen neunten Traum, als er von Frei Camilo aus dem Bett entführt wurde. Bei der Ankunft im Katakombenverlies war er sehr verängstigt. Und noch größer wurde sein Befremden. Denn der Mönch mit den kalten Händen nahm ihm den wollenen Umhang ab, so daß er in seinem dünnen, weißen Nachthemd dastand.

Doch seine Ängste verflogen jählings. Mit schönen Worten Güte verströmend, trat der Kardinal della Rovere in den Raum, Camilo verschwand hinter dem Vorhang und ließ die beiden allein.

Kurz darauf wandelten ein faszinierter Knabe und ein lächelnder Kardinal um den Bottich herum. Beide gleichermaßen entzückt. Das Kind über die enormen Ausmaße von allem, die Einmaligkeit des mit Wasser gefüllten Bottichs und die überraschende Unterhaltung. Der Mann über sein eigenes Handeln und die Tarnung der zur Verführung des Knaben gewählten Gerätschaften. Beide voller Erwartungen, doch auch in dieser Hinsicht aus vollkommen gegensätzlichen Gründen.

Eminenz, das Wunder geschieht dort im Wasser?

Ja, sicher, Francesco! Das Wasser ist geweiht! Denk nach! Ist es nicht dein Wunsch, daß deine Stimme für alle Zeiten so schön und hell wie die einer kristallisierten Nachtigall bleibt?

Doch, Eminenz. Aber man hat mir gesagt, daß sich meine Stimme im Laufe der Zeit verändern wird.

Stimmt nicht, mein Kind! Wir werden die Zeit durch ein kleines Wunder anhalten.

Der Körper des Knaben spiegelte sich im gläsernen Bottich mit nie gesehenen Konturen. Wenn Francesco das Gesicht näher an den Bottich schob, wuchs seine Nase zu der eines Riesen, während seine Ohren im gleichen Augenblick die Form reizender Eichhörnchenlauscher annahmen. Das konnte nur die großartige Wunderkraft des geweihten Wassers sein.

Aufregend war der Schnitt, mit dem der Kardinal die Birne in zwei exakt gleiche Hälften teilte. Ein Wunderwerk, vollbracht in einer silbernen Terrine.

Schau her, Francesco! Ich schneide die Birne genau in der Mitte durch. Nun entferne ich mit dem Messer die Kerne. Anschließend füge ich die beiden Hälften der Birne wieder zusammen. Nun? Was haben wir jetzt?

Ich verstehe nicht, Eminenz.

Eine Birne ohne Kerne, Francesco! Ohne Zukunft! Verstehst du? Wir haben die Zeit angehalten. Ein Wunder!

Der Kardinal verknüpfte seine sprachlichen Jonglierkünste geschickt mit der Balance seines Handelns. Er führte dem Jungen ein zweifelhaftes Illusionsstück vor. Einen Zirkel der Gefühle. Ein Zirkusstück.

Ich glaube, jetzt habe ich verstanden, Eminenz! Sie werden die Samen entfernen, die meine Stimme verändern!

Wie klug du bist, Francesco! Genau! So! Und nun geh in den Bottich!

Wie ein Gaukler kletterte Francesco die an den Bottich gestellte Holztreppe hinauf. Er stieg in das warme, glitzernde Wasser, als begäbe er sich in ein Zauberkarussell. Sah sich im Geiste schon singend auf dem Schoß des Papstes sitzen, von der Äbtissin umarmt. Er tauchte unter, nur sein Kopf ragte noch aus dem Wasser. Nachdenklich. Hellwach. Und er kam zu dem Schluß, daß sein Onkel Filippo ihn getäuscht hatte, denn es gab sehr wohl ein Mittel gegen das gnadenlose Tieferwerden seiner Stimme: das von della Rovere vorgeschlagene Wunder.

Der Kardinal glaubte felsenfest, er habe sich seine Lorbeeren verdient, weil er die Naivität des Knaben auf höchst intelligente und phantasievolle Weise manipuliert hatte. Richtig, das hatte er. Doch war es vor allem Francesco selbst, der es mit sich hatte geschehen lassen, aus Freude und Sehnsucht nach Rache an seinem Onkel und maßloser Eitelkeit wegen seines Sängertalents. Alles sehr passend, denn wer meint, Kinder seien durch und durch unschuldig, war vermutlich nie ein Kind.

Eminenz, wie lange dauert es, bis das geweihte Wasser das Wunder bewirkt?

So einfach ist das nicht, mein Kind. Weihwasser ist kein Lösungsmittel. Auch keine Säure. Vergiß nicht, jedes Wunder ist schmerzhaft! Der Schmerz ist unvermeidlich, aber das warme Wasser lindert ihn ein wenig. Das sagen die Wunderärzte.

Ärzte? Welche Ärzte, Eminenz?

Der Kardinal lächelte, klopfte dreimal mit dem Messer an die Silberterrine, der dicke Vorhang öffnete sich, und heraus traten Doktor Vigo und zwei Assistenten. Alle Chirurgen.

Sie waren mit entsprechenden gewachsten Lederschürzen gegen die unerwünschten Blutspritzer bekleidet. Zudem trugen sie rohlederne Masken mit mandelförmigen Schlitzen für die Augen, die ihr Gesicht von der Stirn bis zur Nase bedeckten, daran in Höhe der Nasenlöcher einen Behälter mit Rosenblütenblättern. Ein unverzichtbarer Schutz gegen üble Gerüche, Pestilenzen des Patienten sowie fliegende Würmer, die im unpassendsten Moment aufzutreten pflegten.

Alles sehr hygienisch, um die Ärzte vor Schaden zu bewahren, doch wenig wirksam als Schutz für den Patienten. Denn außer bei schnellen Amputationen blieben nur wenige Menschen von dem teuflischen Eiter verschont, der sich in chirurgischen Wunden hartnäckig einnistete. Ein Geheimnis, das Vigo ebenfalls untersuchte.

Als die Chirurgen eintraten, erschrak Francesco und bewegte sich unruhig im Bottich. Er ahnte das Böse. Das Wasser schwappte über den Rand, die Maskierten kamen die Treppe herauf und stellten sich rund um den Bottich in Position.

Hab keine Angst, Francesco! Kein Grund zur Sorge! Du wirst der friedlichste Mensch der Welt. Ganz gelassen.

Und weißt du, warum? Du wirst weder Mann noch Frau sein, nur Stimme! Stimme, Francesco!

Eminenz! Eminenz! Man sagt, Monsignore Filippo sei ein großer Kirchengelehrter! Man sagt, er studiere und kenne die Wunder besser als der gesamte Klerus! Eminenz, ich möchte, daß Monsignore herkommt! Daß er jetzt herkommt! Bitte holen Sie Monsignore Filippo! Bitte, Eminenz! Holen Sie ihn.

Er kommt her, mein Kind. Keine Angst, Francesco. Ich lasse ihn holen. Oder vielmehr, ich bringe dich zu ihm!

Wann, Eminenz?

Später. Aber erst rufe ich meine beiden Dominikaner, die sich ebenfalls mit Wundern auskennen, sie sollen beten, daß alles gutgeht. Frei Carlo! Frei Camilo!

Im selben Augenblick betraten der dicke Carlo und Frei Camilo, die schon auf della Roveres Rufen gewartet hatten, wortlos den Raum.

Mit dem Auftritt der Mönche war die Inszenierung komplett, die Posse konzentrierte sich nun auf das letzte Geschehen. Mit einem gräßlichen und schändlichen Höhepunkt, weit entfernt von den lächerlichen Knalleffekten der echten Bühnenpossen.

Betet!

Unverzüglich befolgten die Mönche die Anweisung des Kardinals, sie knieten vor dem Bottich nieder und setzten zu einer endlosen lateinischen Litanei an.

Beide beteten für alles und konzentrierten sich auf Ablenkung, denn sie konnten dem Anblick und den Geräuschen der gräßlichen Operation nicht entfliehen.

Camilo erbat vom Herrn in der Höhe Glück und flehte inständig, einen solchen operativen Eingriff, wie er dem Knaben widerfuhr, niemals selbst erleiden zu müssen. Er bat um Vergebung für nie begangene Sünden und wünschte sich, Gott möge ihn den Anblick des sich im Wasser hinter der Glaswand panisch wehrenden Knaben vergessen lassen. Den Anblick der Hände der Chirurgen, die nach dem Hodensack des Knaben suchten. Das in das Geschlecht der Knaben eindringende gebogene Skalpell. Den Einschnitt. Das Aufklappen des Fleisches. Das Grauen im Gesicht des Knaben. Das Blut, das sich im blauen Wasser ausbreitete und in dem Bottich einen roten Fleck in der Form eines Baumes zeichnete. Eines großen, unförmigen Baumes. Eines bösen Baumes.

Carlo erbat Unmögliches, er bemühte sich, durch die Litanei eine vorübergehende, doch vollkommene Taubheit herbeizuführen. Mit geschlossenen Augen und immer lauter sprechend, wünschte sich der dicke Mönch, er wäre ein Hund mit großen, behaarten Hängeohren, die sein Gehör gegen sämtliche Geräusche im Raum vollkommen abdichteten. Gegen das herzzerreißende Flehen und Schreien des Knaben. Die Anweisungen und Erwiderungen der Chirurgen. Das Klappern der Instrumente. Das im Bottich wirbelnde Wasser und Blut, das am Glas hinunterlief und überallhin spritzte.

Carlo und Camilo beteten mit wachsender, wirrer Inbrunst. In dem Bestreben, die Zeit so schnell wie möglich verrinnen zu lassen und nicht die Hoden des Knaben in der silbernen Terrine berühren zu müssen. In Blut schwimmende, zu Klümpchen verklebte, kleine welke, tote Samen.

Trotz ihres Flehens, der Herrgott möge ihnen Augen und Ohren verschließen, wurden die Mönche sehend und hörend Zeugen des verhängnisvollen Ausgangs einer Operation.

Ein Unfall! Ein Problem! Welch Unfähigkeit! Das Skalpell ist abgerutscht! Der Junge hat sich bewegt! Mein Gott! So viel Blut! Verdammtes Skalpell! Vorsicht! Der Penis ist ab! Sie haben dem Jungen den Penis abgeschnitten! Großer Gott! Sie sollten ihm doch nur die Eier rausnehmen! Unseligerweise ist der Penis mit draufgegangen! Er blutet sehr stark! Holt den Jungen aus dem Wasser! Er ist ohnmächtig! Die Blutung ist massiv! Wir müssen den Schnitt sofort nähen! Das wird nichts nützen! Holt den Jungen aus dem Wasser und nehmt das Brenneisen! Diese Blutung kann nur das Eisen zum Stillstand bringen! So eine Schinderei! Und was nun? Wie soll der Junge urinieren? Ohne Penis! Falls er es überlebt. Falls Francesco es überlebt. Das glühende Brenneisen. Hört zu! Ich wollte ein unvergeßliches Geschenk für den Papst! Einen Kastraten! Und nicht die Leiche eines Kindes ohne Geschlechtsteil!

Die Litanei verstummte. Offensichtlich hatten Camilo und Carlo gebetet, flehentlich, eindringlich, inbrünstig gebetet, doch da der Herrgott wohl nicht anwesend war in jenem Verlies, hatten die Mönche das Wesentliche des Gebets vergessen: den Herrn zu loben.

9 *Der Stoff, aus dem die Wunder sind*

Francesco starb nicht. Doktor Giovanni di Vigo brachte die Blutung an der kindlichen Scham mit einem glühenden Eisen zum Stillstand. Ein ziemlich übliches Verfahren, und im Gegensatz zu dem chirurgischen Eingriff wurde es mit Sachverstand und Präzision gehandhabt.

Die normale Anatomie von Francescos Geschlecht wurde vollkommen verstümmelt und der Nutzen des berühmten Menschenbetäubungsbottichs von den Assistenten in Frage gestellt. Diese Erfindung bedurfte einer gewissen Verbesserung oder Weiterentwicklung, sonst konnte man sie für immer vergessen.

In Vigos Augen hatten seine Assistenten die Brauchbarkeit der Menschenbottiche voreilig angezweifelt. Der Junge war der erste und einzige, an dem der Bottich ausprobiert worden war. Da der Fortschritt der Wissenschaften nicht auf einer einzigen Beurteilung beruht, war mit noch mit einer ganzen Reihe von entmannten Opfern zu rechnen, bis die neue Technik vollständig ausgereift war. Was im übrigen durchaus der wissenschaftlichen Tradition der Gelehrten entsprach: häufig im Verborgenen irren, mit seltenen Treffern prahlen.

Nachdem sie die Blutung an Francescos Scham besiegt hatten, wurde ihm ein Wickel aus zerstoßenen Kräutern mit Bäuschen von Spinnweben umgelegt, einem hochgradig blutstillenden und heilungsfördernden Material. Da der Penis des Knaben vollkommen vernichtet war, mußte die schlitzförmige Wunde voller Blutbläschen irgendwie abgedeckt werden. Ein rosettenähnliches Gebilde, gekrönt von dem, was vom Harnleiter übriggeblieben war, eine winzige Erhöhung, durch die der Knabe in Zukunft urinieren würde.

Nach der Operation lag Francesco besinnungslos und bleich wie ein Toter. Auch dann, als sie seinen Leib in eine Art Leichentuch aus weißem Leinen wickelten, ihn in eine kleine Sänfte setzten und zu Filippos Privatgemächern brachten.

Carlo und Camilo trugen die Sänfte mit dem bewußtlosen Knaben durch den abschüssigen, für sie nun aufsteigenden Gang der Katakomben. Dank der Mithilfe des Wachpostens im Gebäudeflügel mit den Privatgemächern der Monsignori wurde Francesco allein in Filippos Bett zurückgelassen, während der Monsignore gerade in der Bibliothek einen mystischen Rausch erlebte.

Filippo sollte nach dem Willen des Kardinals den Körper seines entmannten Neffen überraschend vorfinden. Oder waren sie vielleicht Brüder? Das spielte keine große Rolle. Die Hauptsache, sie waren eng verwandt, Blutsverwandte.

Für della Rovere war es entscheidend, daß Filippo die Fassung verlor und begriff, daß niemand im Vatikan sich den Launen des Kardinals verweigern durfte. Und erst recht nicht ihm wertvolle Informationen vorenthalten, die ihm bei seinem Plan, Papst zu werden, hinderlich sein oder gar den Plan ganz in Frage stellen konnten.

Denn er würde auf dem Heiligen Stuhl Platz nehmen, o ja, und zwar zum Wohle der Kirche ebenso wie zu Gottes Freuden. Deshalb zwang der Kardinal Filippo, ihn abgrundtief zu hassen, seinen Zorn gegen die Hierarchie des Klerus zu richten, sich über sich selbst zu empören, weil er feststellen mußte, daß er rachsüchtig war und vor Wut schäumte. Qualen litt.

Und wenn ein Qualen leidender Mann angreift, begeht er Fehler, denn er handelt unter dem Diktat seiner Gefühle. Della Rovere hoffte, daß sich dem Monsignore die Zunge löste, daß er alle denkbaren Geheimnisse preisgab und die Mauer des Schweigens durchbrach, die um Pius III. errichtet worden war.

Eine perfekte, brillante Strategie, von Vigo zusammen mit della Rovere ausgeheckt und durch nichts zu untergraben, zumindest bislang hatte sie sich als unfehlbar erwiesen.

Da der Kardinal wußte, daß sein Diener zunehmend ungeniert, wie es alten Dienstboten eigen ist, von seinen Weinen und Likören trank, war der Becher mit dem Saint-Poursin von einem der Assistenten des Doktor Vigo genau bemessen vergiftet worden. Dem Kardinal blieb nur die Unannehmlichkeit, Höflichkeit vorzutäuschen und Filippo zum Nachtmahl einzuladen. Und anschließend die Mühe, seine Gereiztheit wegen der künstlichen Verzögerung des Essens im Zaum zu halten. Ein Aufschub, der dem Diener genug Zeit lassen sollte, von dem vergifteten Wein zu trinken.

Die Überraschung ging auf das Konto des grandiosen Auftritts des Alten in seinem Todeskampf. Niemand hatte damit gerechnet, daß er ein silbernes Messer schwingend sterben würde, das war das Werk des Zufalls oder des Gifts.

Ab diesem Augenblick stand Filippo formell unter Mordverdacht und saß folglich in der Falle.

Der zweite Schritt bestand darin, die nervliche Schwächung des Monsignore einzuleiten, durch die Kastration seines Neffen, die dank technischer Probleme als Entmannung geendet hatte. Eine weitere Überraschung, weder angenehm noch unangenehm, einfach belanglos im Hinblick auf das Ziel der wunderbaren Strategie: die Herrschaft des Papstes Pius III. unterminieren und vernichten.

Beide jedoch hatten einen wesentlichen Faktor vergessen, und dieser sollte den Plan zunichte machen: das weibliche Element. Die Äbtissin. Die Frau als Pol, der das Streben des Mannes nach Transzendenz leitet. Die als einzige die Pläne der Männer durcheinanderbringen kann, denn nur die Frau verfügt über das Vermögen, Männer mit ihren Plänen zu empfangen und zu gebären.

* * * *

Während die Mönche den Knaben forttrugen, gingen Vigo und drei seiner Assistenten den Leichnam des vergifteten alten Dieners holen, um ihn zu präparieren. Zum materiellen und zweifelsfreien Beweis dafür, daß auf den Kardinal ein finsteres Attentat hatte verübt werden sollen, entnahmen sie der Leiche den Magen und die Zunge und bewahrten sie auf. Und zum Beweis ihrer Güte gaben sie den Rest des Verstorbenen frei und gestatteten, daß er auf heiligem Boden beerdigt wurde. Auf einem Friedhof weitab vom Vatikan.

In diesem Augenblick trat della Rovere in das Vorzimmer der päpstlichen Gemächer. Die weißen Spitzenbesätze seiner purpurnen Soutane waren von Blutspritzern bedeckt, mit verzerrter Miene verlangte er schreiend, von Pius III. empfangen zu werden.

Da die hierarchische Pyramide Nonnen nicht gestattet, sich mit Kardinälen zu messen, vor allem nicht, wenn sie sich im Zustand der Raserei befinden, wahrte die Äbtissin Schweigen und ließ della Rovere mit argloser Verneigung vor. Als sie die Tür zum Schlafgemach des Papstes öffnete, bemerkte sie, daß die Soutane des Kardinals feucht war, das untere Drittel sogar ziemlich naß. Woraus die Äbtissin schloß, daß die Blutspritzer nicht beseitigt worden waren, weil sie Eindruck machen, die Wasserflecken hingegen Neugier wecken sollten.

Der Heilige Vater schlummerte, als della Rovere an seinem Bett niederkniete, nach seiner Hand griff und den

Ring küssen wollte. Instinktiv zog Pius III. die Hand zurück, und ohne vorher um Erlaubnis zu fragen, brach della Rovere in einen chaotischen Redefluß aus. Sprudelnd wie eine heftige Blutung.

Der Papst war sekundenlang verwirrt, er wußte nicht, ob er träumte oder die Szene wirklich erlebte. Ein höchst normaler Umstand, denn manche alte Menschen beschreiben ihr Leben im Rückblick als einen banalen Traum, so substanzlos wie eine verdorrte Pflanze.

Andere Greise indes sagen, dieser lange Traum sei gar nicht so gewöhnlich, denn das Träumen enthalte ja eine verborgene Dramaturgie. Eine phantasievolle These, der zufolge alle Menschen nächtliche Literaten und Träume die älteste aller Künste wären. Älter sogar noch als der Mensch, denn auch Tiere träumen bekanntlich, vor allem Löwen und Hunde.

Zwar schilderte della Rovere einen Alptraum, doch seine Worte waren echt und für die beschriebenen Ereignisse gab es unwiderlegbare Beweise. Der Kardinal beschuldigte Filippo, er habe sich mit einem Diener verschworen, um ihn umzubringen. Und der Diener habe über ihm, dem Kardinal, im Sterben Blut, Wein und ein umfassendes Geständnis von sich gegeben, daher die Blutflecken auf seiner Soutane. Die Schandtat versetze ihn in das Recht, das heilige Offizium einzuberufen und Filippo verhaften zu lassen.

Der Kardinal sagte, er sei tief bekümmert über alle Ereignisse des Vortages, auch über den mißlichen Verlauf der Audienz bei Seiner Heiligkeit in der Sixtinischen Kapelle. Eine unerquickliche Begegnung, weshalb er den Papst nun im Namen Gottes um Vergebung bitte. So wie er Pius III. bitte, als Entschuldigung ein unvergeßliches Geschenk entgegenzunehmen, die ewige Lösung für die quälenden päpstlichen Kopfschmerzen: den Erhalt der segensreichen Stimme des Knaben Francesco.

Ein erhabenes Ereignis hat stattgefunden. *Nobili genere natus!* Mein Wundarzt hat den Quell der perfekten Stimme entdeckt. *Il castrato*. Man entfernt die Hoden, und fertig: zum engelsreinen Gesang gesellt sich die Keuschheit. Ist dies nicht ein meisterhaftes Experiment? Ich erhoffe mir Eure allerheiligsten Glückwünsche zu diesem großen Fortschritt sowohl in der Kunst der Musik als auch der medizinischen Wissenschaft.

Doktor Vigo hat Francescos Hoden entfernt?

Ja, Eure Heiligkeit. Die Hoden waren dabei, die Stimme des Jungen zu schädigen. Eine Störung, die nun beseitigt ist. Wenn Ihr gestattet, daß ich dies sage, Eure Heiligkeit, Gott und die moderne Medizin kennen Bedürfnisse und Lösungen, die sich von den unseren deutlich unterscheiden. Sehen wir doch: Ich empfinde Insekten als etwas Störendes, was vielleicht nicht richtig ist. Wenn es aber so viele Flöhe gibt, muß Gott sie mögen. Ehrlich gesagt, Eure Heiligkeit, ich brauche die Flöhe, die zu Tausenden durch Rom hüpfen, nicht, aber Gott offenbar doch. Oder existieren die Flöhe nur, damit sie von den Menschen getötet werden? Wenn es so ist, dann schuf Gott die Flöhe, damit sie umgebracht werden. So wie Er auch Francescos Hoden schuf, um seine Stimme zu zerstören. Eine Sinnlosigkeit, die nicht sein darf! Folglich hat die medizinische Kunst nur eine Entgleisung der Natur korrigiert und ist damit einem Wunsch Gottes entgegengekommen: eine Stimme so rein und voll zu erhalten, daß sie Ihn preisen kann.

Ziemlich hochtrabend und kompliziert, Ihr Gedankengang, Eminenz. Dennoch einleuchtend und denkbar. Logisch.

Eure Heiligkeit, Ihr seid immer so gütig. So aufgeklärt.

Aber Sie nannten vorhin eine Redensart.

Nobili genere natus. Ich kann auch noch eine andere nennen, Eure Heiligkeit. *Post gloriam invidia sequitur*. Wo

Ruhm ist, folgt Neid. Eine Auffassung, an die ich nicht uneingeschränkt glaube, denn die Aussage leitet sich von einem heidnisch-römischen Sprichwort ab. Wer tatsächlich nach Ruhm trachten sollte, ist Gott! Die Kirche! Das Papsttum! Eure Heiligkeit in Person!

Danke, Kardinal. Schöne Worte. Ich wäre Ihnen sehr verbunden, wenn Sie im Hinblick auf die schwere Anschuldigung gegenüber Monsignore Filippo keine sofortigen Maßnahmen ergriffen.

Natürlich nicht, Eure Heiligkeit. Seien Sie unbesorgt. Es ist spätnachts, nun beabsichtige ich zu beten und schlafen zu gehen. Das heilige Offizium werde ich erst morgen früh von den Ereignissen in Kenntnis setzen. Gute Nacht, Eure Heiligkeit.

Der Kardinal ging, wie er gekommen war, mit stürmischem Schritt. Doch innerlich in anderer Verfassung, entzückt über die Details seines hysterischen Auftritts. Und auch mit veränderter Physiognomie, einem leicht zuckenden Mundwinkel, der Ironie verströmte. Jenes von Genugtuung und Rachlust erfüllte Lächeln, die von einem gelangweilten Satyr zum eigenen Vergnügen entworfene subtile Maske.

Die Äbtissin erkundigte sich sehr vorsichtig, ob Pius III. noch etwas wünschte. Er bejahte die Frage. Er müsse dringend mit Filippo sprechen. Doch war sie es, die dann ein Gespräch unter vier Augen mit dem Papst führte. Eine lange Unterhaltung, die dem Monsignore und seinem Neffen einen neuen abenteuerlichen Lebensabschnitt bescheren sollte.

* * * *

Ein Verbrechen! Ein Akt der Unmenschlichkeit! Welch grausames Ungeheuer! O Herr, du mein Gott, hilf mir verstehen, wieso du einen Fürsten von solcher Entartung im Schoße deiner Kirche duldest? Der Kardinal hat den Jungen getäuscht! Er hat ihm seine Männlichkeit geraubt! Sein Geschlecht! Den Lebensquell für Wonnen, die er noch nicht einmal genossen hat. Wofür? Warum, o Herr? Aus schierem Machthunger! Eigensinn! Rache! Neugier, vom Inhalt eines Briefes zu erfahren! Lauter schäbige Motive! Wie ist das möglich, o Herr? Nichts rechtfertigt eine so sinnlose Tat!

Unter Tränen und Schreien klagte Filippo zum Herrn, während der auf dem Bett liegende, in zwei Decken gewickelte bleiche Francesco allmählich zur Besinnung kam. Von Zeit zu Zeit wisperte er das Wort Wunder, mit einem Stimmchen so leise wie das Knirschen von Kies in einem Abgrund.

Gott antwortete auf Filippos Fragen mit tiefem Schweigen. So geschieht es immer, Gott flüstert das Nichts, er gestattet der Willkür, sich zu äußern, und läßt die Menschheit ihre eigenen Antworten auf die an ihn gerichteten Fragen finden.

Der süßsäuerliche Geruch des Todes wehte durch das Schlafgemach des Monsignore. Scharf und stark stieg er aus dem geronnenen Blut des Knaben im Kontakt mit den Kräutern, den Spinnweben und dem Leinen des Verbands. Dann formte er sich zu einer kraftvollen, phallisch aufragenden Luftsäule über den beiden Bettdecken, die den eigenartigen Geruch nicht zu dämpfen vermochten. Ein Geruch, der daran erinnerte, daß das Unwiderrufliche geschehen war. Der warnend darauf hinwies, daß sofortige Maßnahmen zu treffen waren, bevor die Fortsetzung der von della Rovere ersonnenen Ereignisse am nächsten Morgen zur vollendeten Tatsache wurden. Zumindest glaubte dies die im Raum anwesende Äbtissin.

Nach dem Gespräch mit Pius III., in dem sie ihn überzeugt hatte, daß er Stellung beziehen mußte, hatte die Äbtissin das päpstliche Schlafgemach verlassen und sich in das Geheimzimmer neben dem Vorraum begeben. Sowie sie allein war, entledigte sie sich ihres weißen Ordenskleides und schlüpfte in eine grobgewebte Kapuzenkutte aus brauner Wolle, wie sie die Mönche trugen.

Da jede Frau schon von Geburt an weiß, daß die meisten Männer von dem zermürbenden Wahn befallen sind, sich als die Herren der Schöpfung zu betrachten, manche gar sich einbilden, selbst gebären zu können, bot die Verkleidung als Mönch der Äbtissin die einzige Möglichkeit, selbständig Entscheidungen herbeizuführen, ohne die Männer zu kränken.

Auf ihre Art hielt sie die anstrengende Krankheit der Männer am Leben. Ohne es selbst zu merken, vertrat sie die Langlebigkeit und Überlegenheit der Frauen. So behandelte sie Angelegenheiten, löste Probleme und drang zu Orten vor, die allesamt als strikt männliche Domäne galten. Und das waren nicht wenige im Vatikan, einer Hochburg der Männer.

In das Mönchsgewand gehüllt, betrat die Äbtissin, breitbeiniger gehend als üblich, den Rumpf vorgebeugt, den Kopf auf den Brustkorb gesenkt, ungehindert und von den Wachposten kaum bemerkt, den Gebäudeflügel der Monsignori.

Beim Anblick des vor Empörung weinenden Filippo, der neben dem Sängerknaben kniete und diesen seinen Neffen nannte, wurde der Äbtissin klar, daß die Taten des Kardinals auch auf die Vernichtung des familiären Zusammenhalts abzielten. Der zu den kompliziertesten und sensibelsten Sphären im Leben zählt.

Geschwächt und in die Enge getrieben, vom Unglück gebeutelt, durchlitt Filippo ein qualvolles Martyrium. Da alle Menschen zu jedem Augenblick ihres Lebens alles sind, was sie je waren und was sie je sein werden, sah die Äbtissin im Monsignore einen kleinen Jungen, der theologische Alpträume erlebt, und einen Mann, der nach der Sicherheit eines mütterlichen Schoßes verlangt.

In ihrem großen Mitgefühl gestattete die gutherzige Äbtissin Filippo, an ihrem Leib zu weinen. Die Tränen des erwachsenen Mannes wie des kleinen Jungen.

Sie setzte sich auf die Bettkante und erlaubte dem Monsignore, den Kopf auf ihren Frauenschoß zu legen. Ohne sich dessen bewußt zu sein, begann sie, Filippo an Nacken, Hals und Kinn zu streicheln. Ihre Hand glitt über die rauhen Bartstoppeln des noch nicht rasierten Kinns, sie glitt über seine fettige Haut. Die Berührung ihrer Finger, von der männlichen Ausstrahlung wie magnetisch angezogen, kannte keine Barrieren.

Wunder.

Ich habe es nicht richtig gehört, Äbtissin. Hat mein Neffe etwas gesagt?

Ja, Monsignore. Francesco hat das Wort Wunder geflüstert.

Wunder. Das war die List, die der Kardinal benutzt hat. Was versteht della Rovere von Wundern? Wunder geschehen aus Liebe, Äbtissin. Aus Liebe! Sie liegt allen Wundern zugrunde: die Liebe. Die Liebe zu Gott. Die Nächstenliebe. Die Liebe zur Natur. Nur Liebe, Äbtissin.

Monsignore, alle Welt meint, wer gut ist, sei dumm, und wer bösartig ist, sei intelligent. Ich glaube das nicht. Ich meine, genau das Gegenteil ist der Fall. Schlechte Menschen sind einfältig, Monsignore. Sie tun Böses, weil sie sich nicht vorstellen können, was ihr Verhalten im Gemüt, im Leben des anderen anrichtet, sie bedenken nicht die Konsequenzen ihres Tuns. Sie sind grenzenlose Egoisten. Seelenlose Geschöpfe, die nur an sich denken. Toren. Simpel, die sich vom erstbesten Impuls leiten lassen. Gutes zu tun, das hingegen ist schwierig. Das heißt lieben können.

Zwar war der Äbtissin bewußt, daß sie nicht mehr jung war, doch zeigte ihr Antlitz noch die Züge der Schönheit. Ebenso ihre Körperhaltung und ihre ewig mädchenhaften Hände. Ein Teint wie Milch, schwarzes Haar, warme braune Augen, sie wußte, daß sie hübsch war, nicht nur wegen der Blicke, die ihr begegneten, sondern vor allem dank der Gewißheit, die der Spiegel schenkt. Als getreue Braut des Herrn war sie rein und keusch. Nicht aus Veranlagung, sondern aus Prinzip, aus Liebe zu Gott.

Als ihre Hand über Filippos Wangen glitt, erkannte ihr Streicheln die männlichen Züge des attraktiven Monsignore und verwandelte sich in Liebkosung.

Äbtissin, warum haben Sie die Augen geschlossen? Warum liebkosen Sie mich?

Pardon, Monsignore.

Warum halten Sie mich in den Armen, Äbtissin?

Nur aus Liebe.

Äbtissin, wenn Leidenschaft, wie man sagt, eine Kunst ist, derer man nicht Herr ist, so glaube ich, daß die Liebe ein Gefühl ist, das man zügeln und den eigenen Wünschen entsprechend lenken kann. Und wir haben geschworen, unsere Liebe Gott und der Kirche zu schenken!

Sie haben recht, Monsignore. Wir sollten lieber vergessen, was geschehen ist. Aber ist hier überhaupt etwas geschehen? Ich glaube nicht. Wie dem auch sei, möge das Vergessen barmherzig sein.

Barmherzig? Aber wovon sprechen Sie, Äbtissin? Von uns?

Von allem, Monsignore. Von fast allem. Seine Heiligkeit hat Francescos Kastration hingenommen, als hätte der Kardinal ihm ein liebevolles Geschenk bereitet. Als wäre sie das perfekte, ewige Mittel gegen seinen Kopfschmerz.

Deswegen sollten Sie alles vergessen, den Kardinal, die Kastration, den Vatikan, den Papst, die Liebe. Vergessen Sie das. Und träumen Sie nicht von der Zukunft. Machen Sie sich kein Bild von dem, was geschehen könnte. Träumen Sie nicht, Träumen ist sehr riskant.

Filippo rückte von der Äbtissin ab, sie blieb sitzen, wandte nun aber ihre Aufmerksamkeit Francesco zu. Und begann den Jungen zu streicheln.

Ohne den Monsignore anzusehen, berichtete die Äbtissin, Pius III. habe nach ruhigen Überlegungen einen geheimen Fluchtplan entworfen, damit er, Filippo, unversehrt dem Vatikan entkomme.

Einen Fluchtplan? Wieso Fluchtplan, Äbtissin? Ich habe nichts getan! Warum sollte ich aus dem Vatikan fliehen?

Wir haben geschworen, unsere Liebe Gott zu schenken, und ebenso haben wir geschworen, die Anweisungen unseres Oberhirten ohne Widerspruch zu befolgen, Monsignore!

Mit dieser Feststellung trat die Äbtissin an den Rand des Abgrunds aus Schweigen, der sich zwischen ihnen aufgetan hatte.

Bevor der Monsignore sein Gemach verließ, um Pius III. aufzusuchen, sprachen sie noch ein wenig über die Verstümmelung und das Unglück, das Francesco widerfahren war.

Das Gespräch verlief verhalten und trist. Geprägt von dem abwesenden Blick der Äbtissin und dem resignierten Zuhören des Monsignore. Von Worten, gedämpft durch lange Pausen und in knappe, fast einsilbige Sätze gefaßt. Ein stockender Dialog, von Emotionen erfüllt, in seinem Fluß gehemmt durch besagte eingeschlossene Liebe.

10 *Zwei obskure Fluchten, zwei ungewöhnliche Bitten*

Der Kardinal hat gesagt: Ich akzeptiere nicht, daß auf den Ruhm der Neid folgt, denn diese Auffassung stammt aus einem heidnischen Sprichwort. Vielmehr glaube ich, daß Gott, die Kirche und Eure Heiligkeit nach Ruhm trachten. So lautete della Roveres Gedankengang.

Vorsicht, Eure Heiligkeit. Jedes Wort aus dem Munde des Kardinals bekommt eine bösartige, schädliche Nuance.

Ja, Sie haben recht, Monsignore. Aber della Roveres Ansicht hat eine gewisse Gültigkeit, wenn sie unterstellt, daß ich nach Gottes Ruhm trachte. Das könnte der Höhepunkt meines Pontifikats werden, Monsignore! Festzustellen, was an dem Sendschreiben des Königs von Portugal wahr ist und was erlogen.

Wenn Eure Heiligkeit mir diese Worte gestatten, der Kardinal will mich loswerden und sich anschließend Eures Amtes bemächtigen.

Das hat della Rovere erreicht, Monsignore. Zumindest, Sie loszuwerden. Er beschuldigt Sie der Verschwörung, des Verrats und eines Mordes.

Diese Anschuldigung ist eine Blasphemie, Eure Heiligkeit!

Das weiß ich, mein lieber Monsignore! Ich glaube von Herzen an Ihre Unschuld, Filippo. Indes, der Kardinal behauptet, im Besitz sozusagen wahrhaftiger Beweise zu sein. Nehmen Sie sich in acht, Monsignore! Wenn della Rovere so furios attackiert, ist er sicher, daß er am Ende den Sieg davontragen wird. Außerdem wäre es für meine Person sehr mühsam und anstrengend, meinen bewundernswerten Vertrauten vor dem heiligen Offizium verteidigen zu müssen. Das wäre ein Skandal! Und wie Sie wissen, möchte ich, daß mein Pontifikat von Eintracht und Vergebung gekennzeichnet ist. Ich brauche Sie nicht daran zu erinnern, daß ich keinerlei Maßnahme angestrengt habe, noch nicht einmal habe untersuchen lassen, woher dieses ungebührliche Loch in der Decke über meinem Betthimmel stammt. Ich habe festgestellt, daß jemand mich überwachte und ausspionierte. Und was habe ich getan? Nichts. Ich habe das Loch schließen lassen, mehr nicht, ich habe der Indiskretion ein Ende gesetzt. Nein. Nein, Monsignore. Ich verabscheue Skandale! Und ein Prozeß vor dem höchsten Gericht der heiligen Inquisition gegen meinen Monsignore, meinen Theologen, würde ungeuerliche Ausmaße annehmen! Den gesamten Klerus beunruhigen, ganz ohne Frage. Nein! So etwas ist undenkbar: der Vertraute des Papstes unter Mordverdacht!

Eure Heiligkeit! Wenn ich fliehe, kommt dieses einem Schuldeingeständnis gleich, was den angeblichen Anschlag betrifft.

Unsinn, Monsignore! Genau das Gegenteil. Sie verlassen den Vatikan nur vorsorglich und vorübergehend, und das verschafft mir die notwendige Zeit, den Kardinal zu besänftigen und das heilige Offizium von Ihrer Unschuld zu überzeugen.

Sie sollten über die Angelegenheit noch einmal nachdenken, Eure Heiligkeit.

Was erdreisten Sie sich, Monsignore!

Ich bitte um Vergebung, Eure Heiligkeit.

Ich habe bereits nachgedacht und meine Entscheidung getroffen, Monsignore! Ich kann mir sogar vorstellen, daß die Anschuldigungen des Kardinals ein vom Heiligen Geist ersonnener Winkelzug sind. Um das Rätsel des Königs von Portugal, das an mir zehrt, ein für allemal zu klären.

Eure Heiligkeit, die Fragen Seiner Majestät Dom João II.,

König von Portugal, sind äußerst vielschichtig und können die gesamte Christenheit erschüttern.

Das ist mir bewußt, Monsignore. Durchaus bewußt.

Sie sollten ein Konklave einberufen, Eure Heiligkeit. Oder noch besser, Sie versammeln die Theologen und Kardinäle und lassen darüber beraten.

Nein, Monsignore! Ich habe eine gloriose Entscheidung getroffen! Das Licht des Heiligen Geistes hat zwischen den Worten des Kardinals hindurch geschimmert und die Lösung für meine Unruhe gebracht. Und wissen Sie, warum? Ihre Flucht wird nicht nutzlos sein! Mit anderen Worten, es wird keine Flucht sein. Sondern eine Mission. Die grundgute Äbtissin hat alles vorbereitet. Sie werden den Vatikan unbemerkt verlassen und eine geheime Reise ans Ende der Welt antreten. Nach göttlichem Recht und zum Ruhme meines Pontifikats muß ich als erster erfahren, bis wohin die portugiesischen Seefahrer vorgedrungen sind! Sie, Monsignore, werden meine Augen und mein Verstand sein. Sie werden die wahre Bedeutung dieser Entdeckung einschätzen und Ihr Urteil fällen. Und mir die Antwort bringen!

Pardon, Eure Heiligkeit. Aber dieses Ermessen steht nur Ihnen zu, damit bin ich vollkommen überfordert. Ich bin nur ein schlichter Monsignore!

Der Papstring! Hier ist er! Nehmen Sie ihn! Worauf warten Sie, Monsignore? Nehmen Sie den Ring mit! Mit dem Besitz des Papstringes wird verfügt, daß Monsignore Filippo im Auftrage all meines Ermessens, meiner Heiligkeit und Unfehlbarkeit handelt! So geschehe es, amen!

Amen, Eure Heiligkeit!

Sie können gehen, Monsignore!

Eure Heiligkeit! Bevor ich gehe, möchte ich Sie um etwas bitten. Ich bitte um die Erlaubnis, den kleinen Francesco mitnehmen zu dürfen.

Wie bitte, Monsignore? Den Sängerknaben? Wozu? Warum?

Er ist mein Neffe, Eure Heiligkeit.

Von dieser Verwandtschaft haben Sie mich nie unterrichtet, Monsignore.

Sie haben niemals danach gefragt, Eure Heiligkeit.

Logisch. Das ist logisch. So sei es denn. Nun liegt alles in Ihrem heiligen Ermessen. Amen.

* * * *

Liebevoll und vorsichtig trug die Äbtissin Francesco auf dem Arm durch Galerien und Gänge unzähliger Gebäudeflügel bis zum Pferdestall, wo Filippo sie erwartete.

Der Knabe war warm und wach, doch sprach er kein Wort und rührte sich nicht. Er wimmerte nur, wie das schwache, ferne Klagen einer sterbenden Nachtigall. Sein fiebriger Blick traf auf Türen und Arkaden, und da sein Kopf auf den Schultern der Äbtissin ruhte, schienen ihm die Gänge endlos.

Der schlichte, dunkle Holzsarg wurde in die Kutsche geschoben, die hinten im Stall stand. Ein finster dreinblickender Monsignore Filippo, den Reisekoffer fest im Griff, beobachtete den Sarg, in dem der Leichnam des Dieners lag. Ohne Zunge und Magen.

Der alte Dienstbote, jener, der zu Lebzeiten seinen Magen für den Wein der vom Kardinal ausgeheckten, perfiden Zeremonie hergegeben hatte. Nun, da er tot war, sollte seine Beerdigung als Tarnung für Filippos Flucht dienen. Eine lange Zunge, die den Monsignore aus dem Vatikan ausspuckte. Leben und Tod, Zunge und Magen verbanden sich zur Schlinge des Unvorhersehbaren.

Nur der Leichnam des Dieners durfte in dieser Nacht den Vatikan verlassen. Der Kardinal hatte äußerste Vorsichtsmaßnahmen verfügt, um eine eventuelle Flucht Filippos zu verhindern. Sämtliche Tore waren gesperrt und mit Wachposten verstärkt. Hauptmann Ritter hatte Order erhalten, auch an den Außenmauern der Zitadelle bewaffnete Soldaten aufzustellen. Ein Militärapparat war aufgeboten, der ein ganzes Heer von Frevlern hätte aufhalten können, jedoch nicht die Phantasie der Äbtissin zu bannen vermochte, denn in einem Anfall von Kreativität hatte sie die als Beerdigung kaschierte Flucht ersonnen.

Als die Äbtissin mit Francesco den Stall betrat, stellte sie fest, daß der Kutscher betete, voller Angst, er könnte wegen einer unerlaubten Tat eingesperrt werden. Schlimmer noch, man könnte ihn der Ketzerei und eines Verbrechens beschuldigen, weil er die Flucht einer Person vor der heiligen Inquisition deckte. Ein Delikt, auf das Folter und der Tod standen.

Der Mann beschwerte sich mit gewissem Recht bei der Äbtissin: Abgemacht hatten sie, daß er eine schlanke Person in seinem Fuhrwerk versteckte, doch niemals einen hochgewachsenen Monsignore, einen dicken, mit allerlei Zeug vollgestopften Reisekoffer und einen stumpfsinnig blickenden Knaben, der allem Anschein nach von der Hüfte abwärts gelähmt war.

Hinter dem Protest seine Angst verbergend, wies der Kutscher auf das kleine Fuhrwerk und stellte, dieses Mal völlig zu Recht, fest, so viele Leute und Sachen auf einem vollkommen offenen und so simplen Fuhrwerk zu verstecken, das sei ausgeschlossen.

Die Glocken läuteten und verkündeten mit dem üblichen Lärm die Matutin, die immer gegen halb vier Uhr nachts begann. Mönche und Novizen, Franziskaner, Dominikaner und die Angehörigen aller anderen Orden wurden in ihren jeweiligen Gebäuden zum Gebet geweckt.

Der Vatikan erwachte mit einem bunten Geräuschgemisch aus endlosen Litaneien, Novenen, Gähnen, Husten, Gespucke, Niesen und sonstigen natürlichen Absonderungen, und all das verschmolz mit dem anhaltenden Läuten der Glocken. Ein akustisches Wirrwarr, das zu Gott um Erbarmen flehte, damit der Tag so begänne, wie er bislang begonnen hatte, ohne Schrecken, in den bläulichen und violetten Farben, die die Sonne schmücken. Alles ganz normal dank der Matutin, dieser Gebete von fundamentaler Bedeutung, weil ihrem Wesen nach antiapokalyptisch.

Es war wohl das alles in seiner Gesamtheit: das Läuten der Glocken, das Erwachen der Mönche und der Anblick des Sarges. Oder vielleicht auch das vage und ungenaue Zusammenwirken verschiedener Einzelheiten: eine blecherne, aus dem Takt geratene Glocke plus die kopflose Hysterie eines einzelnen Gebetes plus der Blutfleck auf dem Sarg. Kleine Teile des Ganzen, die Schlafwandler wecken konnten. Wie dem auch sei, irgend etwas löste in Francesco einen unbezwingbaren Weinkrampf aus und noch dazu fruchtlose Strampelei.

Während sich die Äbtissin bemühte, den Knaben mit Umarmungen zu beruhigen, verspürte Filippo ein mystisches Kribbeln und sah im Zusammentreffen all dieser Umstände den Finger Gottes.

Den Blick fest auf den Kutscher gerichtet, setzte der Monsignore zu einem feierlichen Vortrag an, als stünde er im Amphitheater des Collegium Romanum. Im Brustton der Überzeugung erklärte er, der Leichnam des alten Dieners befinde sich nicht von ungefähr dort. Gott habe, zwar verhüllt, doch ungemein kreativ, mit Hilfe des Leichnams des Dieners einen gnädigen Zufall geschehen lassen. Ein glaubwürdiges Zeichen, daß die Flucht mit dem Fuhrwerk in jedem Fall vonstatten gehen müsse, sonst werde der Allmächtige aus Verdrossenheit den Tag nicht anbrechen und statt dessen in dieser frühmorgendlichen Stunde die Apokalypse hereinbrechen lassen.

Seine Rede war so düster und so üppig gespickt mit erhabenen, diffizilen Ausdrücken, daß das Grün seiner Augen stechend wurde, die Glocken verstummten und Francesco sich beruhigte.

Von der überwältigenden Geisteskraft des Monsignore hypnotisiert, erkannte der Kutscher in Filippo die Heiligkeit und willigte ein. Er kniete nieder, bat um seinen Segen und schwor, er werde alles auf sich nehmen, um den Monsignore, den Reisekoffer und den Knaben zu retten.

Trotz Filippos wundersamem, alles befriedendem Elan war das physische Problem noch nicht gelöst: wie all das auf einem so kleinen Fuhrwerk verstecken?

Das Fuhrwerk kippelte, als es am Nordportal von den Wachposten angehalten wurde. Monsignore Filippo hatte sich in eine schmutzige Decke gehüllt und spielte den Kutscher. Im Sarg lagen Francesco und der Reisekoffer.

Der Schweizer Gardist erkannte den Passierschein als gültig an, und seine Soldaten umringten das Fuhrwerk, um es zu inspizieren. Als sie sich dem Sarg näherten, stieg ihnen ein scharfer Gärungsgeruch in die Nase. Die Ausdünstung von fauligem Fleisch, von einem verwesenden Kadaver. Das alarmierende Zeichen dafür, daß der im Sarg ruhende Tote einer ansteckenden, den Körper zersetzenden Krankheit zum Opfer gefallen war.

Wie eine imaginäre Pest übermannte Ekel die Soldaten, sie traten vom Fuhrwerk zurück und ließen es ohne Untersuchung passieren. Dieses nachlässige, verschlafene Verhalten der Soldaten führte zu einer weiteren Bestrafung des für die gesamte Garde verantwortlichen Hauptmanns Ritter. Erneut wurde er in Einzelhaft gesperrt, dieses Mal für zwölf Tage. Eine Zeitspanne, während der er von seinen Frauen träumte und ernsthaft daran dachte, endgültig in seine Heimat, die Schweiz, zurückzukehren.

Träume und Strafen, echte und wahre, Frucht einer falschen Voraussetzung: Den Gestank hatte der Kutscher erzeugt, indem er die Holzteile von Fuhrwerk und Sarg mit dem Dung verschiedener Tiere eingerieben hatte. Ein gewöhnlicher Trick, der Soldaten verscheucht, Fliegen anlockt und Übelkeit verursacht.

Es tagte. Als das Fuhrwerk in die Stadt Rom hineinfuhr, war der tote Diener kurz zuvor vom Kutscher hinten im Stall begraben worden. In keineswegs heiligem Boden, dafür jedoch ganz in der Nähe des heiligen Petrus.

Nachdem sie dem Kutscher eine feste Arbeit in den Dependancen des Heiligen Stuhls versprochen hatte, kleidete die Äbtissin sich um und kehrte zu ihrer eisernen Routine zurück. Traurig beendete sie die Vorbereitungen für die erste päpstliche Mahlzeit: gekochte Eier.

Der Abschied Filippos von der Äbtissin hatte fast wortlos und von nur wenigen Gesten begleitet stattgefunden. Flüsternd hatte die Äbtissin den Monsignore instruiert, welchen Weg durch Rom er nehmen mußte, um das Palais des Bischofs Fabrizzi zu finden. Dort habe das hochgeheime Bindeglied zwischen Pius III. und dem König von Portugal Quartier bezogen: Seine Exzellenz, der Herr Marquis António dos Santos Ferreira de Castro e Souza Marrecos, Bevollmächtigter Botschafter Seiner Königlichen Hoheit Dom João II., König von Portugal.

Mit tränenfeucht glänzendem Blick hatte die Äbtissin Francesco geküßt und ihn in den Sarg gelegt. Der Knabe war wieder in Benommenheit und Schlaffheit versunken, der Blick geistesabwesend und fiebrig.

Als das Fuhrwerk den Stall verließ, glaubte sie, vor Schwermut zu weinen. In Wirklichkeit vergoß sie Tränen wahrer Liebe. Das mächtigste aller Gefühle, denn selbst eingesperrt findet wahre Liebe ihren Weg aus dem Innersten des Körpers.

* * * *

Monsignore Filippo hielt das Fuhrwerk irgendwo im Gassengewirr des Zentrums von Rom an. Er lockerte das Zaumzeug des Pferdes, ließ es praktisch frei. Dann holte er seinen Neffen und den Reisekoffer aus dem Sarg, und bevor er sich auf den Weg machte, entledigte er sich des verräterischen Sarges, indem er ihn in den Tiber warf. Das Fuhrwerk wie auch das Pferd würden, das wußte er, ebenfalls verschwinden. Als Beute von Dieben.

Als der Monsignore den Platz mit den Buchhändlern überquerte und das Palais des Bischofs Fabrizzi betrat, war es hellichter Tag. Die ambulanten Buchhändler scherten sich nicht um den Mann mit Kapuze, der schweißtriefend einen Knaben auf dem Arm trug und in der Hand einen Reisekoffer. Die Buchhändler, die sich als Meister der Kunst verstanden, die Gelehrsamkeit unters Volk zu bringen, täuschten sich, denn sie sahen in dem übel riechenden, erschöpften Mann die Verkörperung des Analphabeten.

Der bevollmächtigte Herr Marquis und Botschafter zeichnete sich durch die Diplomaten eigene Höflichkeit aus. Eine bestimmte Lebhaftigkeit, geprägt durch einen wachen Blick, elegante Bewegungen und eine gepflegte, adjektivreiche Sprache. Die Gestalt kostbar umhüllt von einer bis zum Hals zugeknöpften karamelfarbenen Tunika. Die Knöpfe bestanden aus Perlen.

Ohne es zu erkennen zu geben, war der Botschafter tief beeindruckt, als er auf Filippos Handfläche den Ring des Heiligen Vaters erblickte. Er wies die beiden zu seinem

Gefolge gehörenden portugiesischen Dienstmädchen an, sich mit größter Sorgfalt und Hingabe um den schwachen Francesco zu kümmern.

Da er nicht nachgefragt hatte, was geschehen war, vermutete der höfliche Marquis, der Knabe habe sich die Verletzung bei einer kindlichen Unvorsichtigkeit zugezogen. Die Dienstmägde kamen der Anweisung gehorsam nach und flößten Francesco eine schleimige, doch höchst nahrhafte Brühe ein: die uralte Schweinskopfsuppe nach portugiesischer Art, mit Wein gekocht.

Der Monsignore wurde in ein separates Gemach geführt, wo er zerknirscht betete, sich mit einem feuchten Schwamm erfrischte, rohen Schinken sowie Käse mit Brot aß und Ziegenmilch trank. Sodann kleidete er sich um und legte ohne zu zögern die Lakaientracht an, die auf seinem Bett bereit lag. Ein subtiler Hinweis des Botschafters, die Filippo bedeutete, daß, solange er sich in Rom befand, jede Vorsichtsmaßnahme angebracht war. Die kleinste Unachtsamkeit konnte die geheime Reise des Monsignore vereiteln.

Dick, mühsam atmend, lag in einem von Halbdunkel und den Lichtreflexen der silbernen Gegenständen spärlich erhellten Zimmer Fabrizzi im Bett und siechte rülpsend und pausenlos sprechend dahin.

Aus seinem Munde rann mit erloschener Stimme höchst Konventionelles. Der Bischof deklamierte Sprichwörter: Wer Wind sät, der wird Sturm ernten; bekannte lateinische Sentenzen: *fas est ab hoste doceri*, auch vom Feind darf man lernen; juristische Maximen: Wer kein Recht hat, kauft es sich, wer es hat, bezahlt es; geläufige Zitate: Gebt, so wird euch gegeben; gereimte Verse: Wer Rosen bricht, die Finger sticht; und berühmte Aussprüche: für das Volk Brot und Spiele im Zirkus. Nichts an eigenen Gedanken, Ideen, Meinungen oder Gefühlen gab er von sich. Er dachte nur bereits Gedachtes in Form fieberhafter, endloser Wiederholung von Gemeinplätzen. In seiner Todespein glitt er mit dem monotonen Herzschlag der Mittelmäßigkeit dahin.

Da der Bischof geistig vollkommen umnachtet war, nahm er nicht wahr, was in seiner Umgebung geschah. Er wußte nicht, wer seine Gäste waren, und erst recht nicht, daß er ein Palais besaß und ein Kirchenfürst war. Was ihn zum idealen Gastgeber für den Botschafter, sein Gefolge und seine Taten machte. Undurchsichtige, geheime Machenschaften, in pompöse Diplomatenfeierlichkeiten gekleidet.

Lüge und Sarkasmus mit erlesener Erziehung verhüllend, legte der Botschafter Filippo seine Sorge wegen Fabrizzis geistigem und körperlichem Zustand dar. Nebenbei erwähnte er, daß die Gesundheit des höchst liebenswürdigen Bischofs sich nach einem brutalen Schock verschlechtert habe: der Weigerung des genialen Michelangelo, für seine Grabstätte eine Statue zu meißeln.

Die Enttäuschung hatte Fabrizzi so tief getroffen, daß er überzeugt war, niemals in den Himmel zu kommen. Zumindest nicht auf die originelle und so gar nicht mittelmäßige Art, die er sich gedacht hatte: auf dem Höcker eines marmornen Kamels.

Während sie über die Terrasse des Palais spazierten, unterhielten sich Filippo und der Botschafter noch über weitere Nichtigkeiten wie die Unbilden des Daseins oder die klimatischen Verhältnisse des Tages und priesen die von dem angenehmen hängenden Garten aus sichtbaren Schönheiten Roms.

Sie lauschten dem Geschrei der Straßenbuchhändler und wandelten mehrfach um den mächtigen Marmorblock herum, der die Mitte der Terrasse einnahm. Geduldig und erfahren umging der Botschafter auch das wichtigste Thema der Unterhaltung: auf welche Weise der Monsignore und Francesco heil aus Rom herauskommen konnten.

Als Filippo den riesigen Marmor berührte, sah er keine Schichten, spürte keine Häßlichkeit, erahnte keine tote Schönheit, so wie Michelangelo. Er stellte lediglich fest, daß der glatte Stein kalt war. Der Botschafter nutzte die Gelegenheit.

Es handelt sich um einen sehr kostbaren Marmor, Monsignore. Der Stein stammt aus einem antiken heidnischen Tempel.

Leider verstehe ich sehr wenig von Marmor und Architektur, Herr Marquis.

Solche Wissenslücke läßt sich wunderbar durch Bücher füllen, Monsignore. Dieser Marmor hier ist verkauft. Er wird in Kürze nach Barcelona transportiert. Wie es scheint, wollen die Katalanen dort eine Kathedrale oder eine sehr große Kirche errichten.

Gelobt sei der Herr!

Amen! Nun ist es so, Monsignore, daß die Käufer sehr strikte Auflagen gemacht haben. Der Kaufvertrag sieht vor, daß ein Architekt oder Werkmeister mitreist und die Verantwortung dafür trägt, daß der Stein unversehrt den Hafen von Barcelona erreicht. Ich denke, Sie, Monsignore, könnten diesen Auftrag übernehmen. Zwar meine ich, daß es für einen Monsignore eine, wie soll ich sagen, etwas ungewöhnliche Art zu reisen wäre, doch in Anbetracht Ihrer Mission und Ihres Zieles gewiß die sicherste.

Filippo strich noch einmal über den Marmor. Eigentlich unvorstellbar, daß dieser so undurchdringlich wirkende Stein Flügel bekommen und mit ihm und Francesco in weite Ferne fliegen können sollte. Doch genau das geschah. Mit Hilfe von Seilen und Rollen fortbewegt, verwandelte sich der Marmorblock in einen wandernden Berg, begab sich nordwärts durch die italienischen Lande und schiffte sich in Genua nach Barcelona ein, dem Machtzentrum der katalanischen Grafschaft.

Der seelenlose Stein erlangte eine Berühmtheit, die Michelangelo nie vermutet hätte. Der Marmor, von dem Künstler verschmäht, weil er schon einmal Schönheit gewesen war, rächte sich. Auf allen Landstraßen, in allen Städtchen und Dörfern, die er passierte, bewunderte und beklatschte das Volk seine Größe und sein reines Weiß. Wie ein Grabmal auf der Suche nach einer Ruhestätte zog er über Land und per Schiff quer über das Mittelmeer nach Barcelona. Womit er bewies, daß selbst einem Genie gelegentlich ein vorschnelles Urteil unterläuft.

Filippo sollte eine neue Koinzidenz erleben, dieses Mal jedoch, ohne es zu wissen.

Jahre zuvor hatte sich in Barcelona der Raub einer geheimnisumwobenen Kostbarkeit zugetragen: des begehrtesten Juwels aus der Schatzsammlung des von Mallorca stammenden Juden Abraham Cresques. Die letzte Hoffnung, dem Belagerungsring von Dämonen und Ungeheuern rund um die unerreichbare Terra incognita den Garaus zu machen.

11 *Ungeheuer und Dämonen der tiefen See*

Als die Judenverfolgung im Königreich Aragon mit aller Wucht entbrannte, war Abraham Cresques schon tot. Fast prophetisch hatte der illustre jüdische Weise dafür gesorgt, daß seine Nachfahren nicht auf der Insel Mallorca, wo sie geboren waren, ihr Leben verbringen würden, und schon gar nicht in Barcelona, dem Hof, dessen Untertanen sie waren.

In dem ausführlichen Testament, das er seinem Sohn Jehuda übergeben hatte, wies der Alte darauf hin, daß seine Enkelin Lea, erst sieben Jahre alt, einem achtundvierzigjährigen jüdischen Bankier aus Porto im Norden des Königreichs Portugal versprochen war und somit verpflichtet, die Ehe mit ihm einzugehen.

Noch seltsamer war das plötzliche Erscheinen eines Sendboten des Bankiers. Ein kluger und sehr tatkräftiger Mann, begleitet von zwei Cousinen, beide Näherinnen, und deren jeweiligen Männern, beide Schneider, die er sofort mit der Anfertigung der Aussteuer für die kindliche Jungfrau beginnen ließ, während er Überlegungen anstellte, was für die Reise der gesamten Familie zu der prunkvollen Hochzeitsfeier in Portugal notwendig war.

Dem Sendboten zufolge drängte der Herr Bräutigam aus dem Finanzadel auf Eile, denn Zeit sei Gold wert. Mehr noch, er wünschte die Eheschließung mit dringlichster Dringlichkeit, und in diesem Punkt galt ihm die Zeit so viel wie Saphire vermengt mit Smaragden. Kurzum, eine höchst mißliche Lage, wenn man bedachte, daß der leibliche Vollzug dieser Verbindung erst nach langjährigem Warten möglich sein würde, wenn die kleine Lea herangereift war. Oder zumindest ihre erste Menstruation eingetreten war.

Der Sendbote, offenbar im Besitz eines nie versiegenden Schreins voller Münzen, war anmaßend und von reizbarem Naturell und zeigte von Tag zu Tag ein gröberes Benehmen. Hinzu kam ein massiver Starrsinn.

Zur Verwunderung der Familie sprach der Sendbote zu keiner Zeit das Thema Mitgift an, ein wichtiger Aspekt für das Zustandekommen jedweder Ehe, erst recht bei einem vermögenden und auf Eile drängenden Gemahl. Auch hatte der Mann offenbar keine Vorstellung davon, woraus der Tradition nach die Aussteuer eines Fräuleins aus vornehmem Haus zu bestehen hatte. Eine Sammlung von Stickereien, Spitzen, nützlichen und erlesenen Gegenständen sowie eine Reihe verschiedener Gerätschaften, die im Alltag des künftigen Heimes für Harmonie und Wohlbefinden sorgen sollten. Nichts dergleichen verlangte der Mann. Er interessierte sich nur für Tuchwaren und Pelze. Er kaufte Stoffe und noch mehr Stoffe. Breite, lange und dicke Stoffe, aus denen die Schneider und Näherinnen lange Tuniken, Capes und Umhänge für die viel zu junge Braut schneiderten und nähten.

Angesichts dieser offenkundigen Ungereimtheiten kam Abrahams Bruder, der alte Onkel Jacó, bei einer recht oberflächlichen Berechnung zu dem Schluß, daß seine Großnichte die nächsten neunundsiebzig Winter vor strenger Kälte geschützt war.

Da die Näherinnen und Schneider auf Mallorca außerordentlich rasant arbeiteten und die Umhänge ungewöhnliche Ausmaße hatten, wurde das geräumige Schreibzimmer voller Gewölbebögen, Landkarten und Kalkulationen des verstorbenen Kartographen Abraham Cresques als Schneideratelier benutzt.

Das phantastische Brautkleid wurde in Barcelona angefertigt: eine Art Decke voller Brokatstickereien, bestehend aus mehreren Schichten verschiedener Stoffe. Ein ganz maßloses Gewand von eindeutig schlechtem Geschmack, mit dem nach den oberflächlichen Berechnungen von Onkel Jacó achtzehn Leas hätten bekleidet und umhüllt werden können.

Nach dem halsstarrigen Willen des Sendboten wurde das Hochzeitsgewand im Kartographieraum in einem Nebengebäude des königlichen Palastes genäht, wo der verstorbene Abraham früher gearbeitet hatte. Ein Umstand, der Jehuda allerhand Ungemach bereitete, denn erst nach hitzigen Diskussionen konnte er einige Mitglieder des Hofes, für die Ruhe im königlichen Palast von Barcelona verantwortlich, überreden, den Raum seinem toten Vater zuliebe freizugeben.

Die Seltsamkeiten erreichten ihren Höhepunkt und wurden zum Rätsel, als die Hochzeitskarawane sich gen Südportugal bewegte, anstatt wie vorgesehen nach Norden der Stadt Porto entgegen.

Der durchlauchte Brautvater Jehuda, ebenfalls Kartograph, verlor endgültig seine schier unerschöpfliche Geduld, es kam zu einer scharfen Auseinandersetzung mit dem zynischen Sendboten. Dieser bewahrte zwar die Ruhe, ergriff jedoch einen Dolch, zerschnitt Leas Umhänge, Tuniken und Kleider und führte der friedfertigen, gutgläubigen Familie Cresques vor Augen, daß sie einen denkwürdigen Raub begangen hatten: den geheimgehaltenen, detaillierten katalanischen Atlas, ein umfangreiches Kartenwerk, das fortan unter Obhut und Schutz der portugiesischen Krone stehen sollte.

Im Futter all dieser Massen an Stoffen und Decken reisten die gigantischen Karten und Berechnungen, die erstaunlichen kartographischen und nautischen Forschungsarbeiten des Abraham Cresques nach Sagres an der Steilküste im Süden Portugals. Eine Kostbarkeit, äußerlich nicht erkennbar, die jedoch die Seele der Seefahrerkunst zu fernen Zielen enthielt: die Tabellen zur Berechnung der astrolabischen Neigung, mit anderen Worten, des Breitengrades.

War die Meeresküste nicht bekannt oder überhaupt keine Küste in Sicht, bot der Breitengrad die einzige Möglichkeit, die Position eines Schiffes zu bestimmen.

Die Seefahrer berechneten den Breitengrad danach, wie hoch der Polarstern am Himmel stand. Segelten sie weiter nach Süden, ging der Polarstern unter, und über ihnen dehnte sich eine diabolische Finsternis mit lauter neuen Gestirnen. Ein Unglück, das den Seefahrern die Orientierung nahm und sie erbarmungslos in der Schreckenssee versinken ließ, auf dem Weg zum Unerreichbaren.

Mit dem Aufkommen der von Cresques berechneten mathematischen Tabellen und des *Almanach perpetuum* von Zacuto gingen die Seefahrer dazu über, den Sonnenstand als Parameter für den Breitengrad zu benutzen. Und da es über allen Meeren Tag wird, konnte die geographische Breite fortan auch an bewölkten Tagen bestimmt werden. Niemand verirrte sich mehr, selbst wenn er über die Schreckenssee südwärts segelte.

Dieses Wissen war für die Eroberung der Ozeane durch die Portugiesen von entscheidender Bedeutung. Da sie nun nicht mehr wie Sklaven auf den Polarstern angewiesen waren, befuhren die portugiesischen Seefahrer die Meere auf den vorher undenkbaren Nord-Süd- und Süd-Nord-Routen. Die Tabellen ruhten streng bewacht in einer geheimen Kammer im Bauch der lusitanischen Schiffe, und die anderen Völker, die nur dort zur See fahren konnten, wo der hochverehrte Polarstern leuchtete, verzehrten sich vor Neid.

Aus all diesen Gründen hatte der Infant Dom Henrique, Onkel des Königs Dom João II. und Architekt sämtlicher portugiesischen Entdeckungen zur See, jedes Risiko auf

sich genommen, die verständlichen Vorbehalte seiner Ratgeber in den Wind geschlagen und den Auftrag erteilt, Cresques' Arbeiten zu rauben. Den komplizierten Plan dafür hatten Abraham und der Infant insgeheim ausgearbeitet. Unseligerweise starb der Kartograph, noch bevor das Unternehmen durchgeführt war, doch Dom Henrique hielt sich an die Vereinbarung. Aus Edelmut und Dankbarkeit nahm er alle Nachfahren Cresques' in Portugal auf.

Sagres, ein hohes, ins Meer ragendes Felsenkap, hatte der Infant zum Ort seines Lebens und Sterbens gewählt. Dort ließ er eine Festung errichten, und dort ersann er mit Menschen aller Hautfarben und Glaubensbekenntnisse die großartigen portugiesischen Seereisen.

Dom Henrique verlangte in allem Perfektion. In der Mathematik, den Künsten, der Seefahrt und vor allem von sich selbst. Die Keuschheit seines Körpers und sein unbeirrbarer katholischer Glaube wurden nie befleckt. Sein – seelisches wie körperliches – Zölibat war so unversehrt, daß er eine makellose Jungfräulichkeit mit ins Grab nahm. Obwohl er ständig von gedemütigten jüdischen Gelehrten, widerwärtigen maurischen Denkern und unmoralischen Abenteurern mit breiter behaarter Brust und erstaunlichen Schweißströmen umringt war, starb Dom Henrique rein und unberührt.

Was die für die Besitztümer des königlichen Palasts in Barcelona verantwortlichen Hofbeamten betraf, so maßen sie dem turbulenten Aufbruch der Familie Cresques und dem Verschwinden der unverständlichen Tabellen wenig Bedeutung bei. Schließlich war das alles Nachlaß und Nachkommenschaft eines Juden von Mallorca, verwerfliche Leute, die längst hätten des Landes verwiesen werden müssen.

Sämtliche Beamten waren sich darin einig, daß der verstorbene Abraham ein Lügner und Gotteslästerer gewesen war, denn er hatte auf seinen Karten nicht die Stadt Jerusalem, den Nabel der Welt, als Mittelpunkt des Universums eingezeichnet. Zu keiner Zeit hatte er das Himmelsgewölbe mit dem Göttlichen und den Engeln über einer ebenen, viereckigen Erde dargestellt. Und er hatte sich, was noch schlimmer war, geweigert anzugeben, wo sich der Garten Eden oder die Hölle befanden, statt dessen besagte Lücken auf seinen Karten als noch zu entdeckende Länder und Meere bezeichnet.

Deshalb hatte sich Abraham Cresques zum Abschluß seines Testaments eine Art Klage vom Herzen geschrieben, die im Gemüt seines Sohnes Jehuda tief nachhallte: *Wir sind Juden, Juden, möge Jehova sich unserer, der Verfolgten, erbarmen und desgleichen der Verdammten, der Verwirrten, Verrückten und Dichter, möge Jehova sich der Verstoßenen, Andersartigen und Besessenen erbarmen, denn die Mächtigen ächten solche Menschen, doch ohne sie geht die Zeit nicht voran, ändert sich das Leben nicht und findet kein Wandel statt.* Shalom.

* * * *

Francesco legte die Reise in einer würfelförmigen Aushöhlung im oberen Teil des Marmorblocks zurück. Vor allen verborgen, nur den Himmel und seine Wolkenbilder über sich, genas der Knabe von der Operationsverletzung.

Filippo kletterte ständig auf den Marmor, um sich zu vergewissern, daß Francesco aß, schlief und nicht gestorben war. Die Wunde hatte sich tatsächlich ohne zu eitern geschlossen, straffe, glänzende Haut hatte sich gebildet, aber der Liebreiz des Knaben war zunichte gemacht. Sein Naturell hatte sich auf eine Art ewiges kindliches Erschrecken reduziert, doch frei von Ängstlichkeit und Befürchtungen. Was man für einen Widerspruch hätte halten können, da auf Erschrecken normalerweise großes Entsetzen folgt. Francesco hingegen reagierte mit innerer Kälte. Ein trauriges Symptom, das einen furchtbaren Gemütszustand verriet: den des seelischen Schmerzes.

Nachdem sie Moraste und lehmige Straßen hinter sich gelassen und sogar Unwetter mit Hagelschauern in einem ganz unüblich stürmisch-regnerischen Winter in den italienischen Landen überstanden hatten, gelangten sie und der Stein an Bord einer nach Barcelona auslaufenden Galeone. Sie rechneten mit von Stürmen aufgewühlter See, statt dessen empfing sie ein von feinem Regen berieseltes Mittelmeer, still wie ein Binnensee.

Die vollbeladene genuesische Galeone, ein mächtiges, mehrtönniges Schiff mit bogenförmigen Segeln, schnitt weder durch Wellen noch pflügte sie durch Wogen, weil diese für sie schlicht und einfach nicht existierten. Das Schiff glitt wie eine dicke Blase auf einem friedlichen Bach dahin.

Unterwegs erblickte Filippo portugiesische Naus und mehrere venezianische Karaken. Die eine größer und schwerer als die andere, eine gemächliche Vorführung dessen, was seit jeher das Wesentliche in der Seefahrt ist: Geschäfte und Handel, je größer das Schiff, desto größer der Gewinn.

Es waren nur drei Geheimnisse. Aber drei von der portugiesischen Krone sorgsam gehütete Geheimnisse: die für den Erfolg ihrer Seefahrt verantwortliche Dreieinigkeit. Das erste war die rätselhafte Fähigkeit, auf jedem Meeresstückchen den Breitengrad bestimmen zu können. Das zweite Geheimnis bestand in dem Entwurf, dem Bau und der Nutzung eines unbequemen und unförmigen Schiffes. Ein wahrer maritimer Mißgriff: die Karavelle.

Aus der Kreuzung zwischen den elefantösen arabischen Schiffen, *cáravos* genannt, speziell für den Transport von siebzig Pferden gebaut, und einem winzigen Kahn, der, mit höchstens drei Fässern Portwein beladen, auf dem Douro in Nordportugal fuhr, entstand die Karavelle. Das unglaublichste aller je vom Menschen ersonnenen Schiffe.

Da sie viel leichter war, nur ein Fünftel dessen, was herkömmliche Schiffe wogen, pflügte die Karavelle nicht durch die Wogen, sondern schwebte auf ihnen dahin. Was zu einer verblüffenden Geschwindigkeit führte, insbesondere bei Stürmen. Entfernungen, für die andere Schiffe Wochen brauchten, wurden von der Karavelle binnen weniger Tage zurückgelegt.

Dank ihrer überdimensionalen dreieckigen, schiefen Segel nutzte sie jeden Windhauch. Dies bedeutete, daß sie sogar gegen den Wind segeln konnte. Ein nautisches Wunder, das ihr segensreich ermöglichte, von jedem Ort heimzukehren. Sofern sich ein Lüftchen regte. Vorzugsweise ein Sturm.

Das Problem war der Platz. Anders gesagt, der Mangel an Platz. Der geringe Tiefgang erlaubte keinen großen Schiffsbauch, es gab keinen Lagerraum für Waren oder zusätzlichen Proviant. Welch unsinnigem Handel widmen sich die Portugiesen? So lautete die Lieblingsfrage der Kaufleute am Mittelmeer. Doch bei aller Ironie und Kritik mußten sie zugeben: Die Karavelle konnte selbst bei Ebbe an jedem Strand anlegen. Das Ganze sah nicht wie ein Schiff aus, eher wie eine Halluzination. Wie ein Amphibienfuhrwerk.

Alles an ihr war genau bemessen und knapp. Die Besatzung, bestehend aus einem Dutzend Männer, litt unter der strengen Rationierung des Trinkwassers, dem wenigen Proviant an Bord und unaufhörlicher Seekrankheit infolge des heftigen Schaukelns. So manche Geschichte berichtete von tragischen Meutereien. Deshalb regierte an Bord eine dreischwänzige Drahtpeitsche, um einen eventuellen Aufstand niederzuschlagen und dem unvermeidlichen Chaos scheinbar Grenzen zu setzen.

Trotz ihrer vielen Mängel war die Karavelle das einzige Schiff, das etwas weit Wertvolleres als reinrassige Araberpferde und so Besonderes wie das Aroma von Portwein beförderte: Kenntnisse. Die Konturen der Länder, die Richtung der Meeresströmungen, die Geographie der Welt. Eine nicht wahrnehmbare, nicht konkret vorhandene Materie, im Kopf des Seefahrers sicher transportiert. Vorausgesetzt, er kehrte heil, unversehrt und schnell heim, damit seinem Gedächtnis kein noch so winziges Detail der unterwegs beobachteten geographischen Gegebenheiten verlorenging.

Dies war das Geschäft, dem sich die Karavellen widmeten. Das lukrativste aller jemals vom Menschen ersonnenen Geschäfte. Wissen.

Auch das dritte Geheimnis der portugiesischen Seefahrt wurde Filippo offenbart. Es war in der zweiten oder fünften Nacht an Bord der Karavelle, die ihn in Barcelona aufgenommen hatte.

In der fünften oder der zweiten? Ein drittes Geheimnis? Alles war sehr schnell vonstatten gegangen. Zumindest empfand Filippo es so. Die Ankunft in Barcelona, die Übergabe des von einer Möwengirlande gekrönten Marmorblocks, die Abfertigung der Dokumente, die Gespräche mit den Käufern des Marmors, der herzliche Abschied von den Matrosen der Galeone und die unmittelbar darauf erfolgende Einschiffung mitsamt Francesco auf der Karavelle, die sie auf der Reede liegend erwartete. Die Zeit verrann so rasend schnell, daß Filippo die Orientierung verlor. Konnte es nicht vielleicht in der zwölften Nacht gewesen sein? Die Enthüllung des Geheimnisses.

Selbstverständlich sprengte die Zeit weder die Fesseln ihrer Normalität, noch verrann sie schneller. Nur in Filippos Erinnerung bekam die Zeit ein anderes Tempo. Lief arhythmisch und aus dem Takt. So als hätte seine innere Uhr einen Zeiger verloren und bewegte sich ruckweise.

Filippo erlebte keine permanente mystische Ekstase und erst recht nicht die Benommenheit eines Wachtraums. Was geschah, war anderer Art.

Ihn übermannte ein eigenartiges Gefühl, das über das Träumen und Fiebern der Ekstase weit hinausging. Von einer verwirrenden Fügung vereinnahmt, konnte der Monsignore nur noch Bruchteile der Realität um sich herum wahrnehmen.

Filippo ließ den Kopf hängen. Fortan blickte er langsam hierhin und dorthin, von unten nach oben, gewahrte Einzelheiten, die Gesamtheit blieb aber eine verschwommene Masse.

Vielleicht lag es daran, daß dies seine erste Schiffsreise war. Oder an den Wellen, die sein Gehirn durchschüttelten. An den Launen der Gezeiten. An der hypnotisierenden, unendlichen und bedrohlichen Linie des Horizonts. Am Wind.

Am logischsten wäre die Erklärung, daß die Einsamkeit ihn innerlich mehrfach gespalten hatte. Oder zumindest sein Inneres zweigeteilt. Seine elementaren Triebe zu äußerster Stärke hatte erwachen lassen. Die Angst, das Aufbegehren, seine Wünsche, seine Widersprüche, die Liebe zu Gott. Seine Phantasie. Und folglich sein Zeitgefühl verändert hatte.

Deshalb hatte Filippo von Barcelona nur die Lichter wahrgenommen, so klar und rein, als wären sie aus Wasser. Und hatte kein bewunderndes Auge für die Schönheit der Stadt, der Gebäude und ihre liebenswerten Bewohner gehabt. Ein Wunder der Zivilisation.

Und er hatte auch keine Gespenster gesehen, als er von dem Seefahrer im blauen Umhang begrüßt wurde. Ein

Mann, der offiziell im Tiber ertrunken war, aber die Karavelle befehligte, die ihn zu der Terra incognita bringen sollte.

Ein Mann mit mächtigem, von leuchtendem Blau umhülltem Brustkorb, dem Francescos Anwesenheit auf seiner Karavelle nicht paßte. Ein kraftloser, weißhäutiger Knabe noch ganz ohne Flaum, ein gefährlicher Leckerbissen, der seine zahnlosen Matrosen zu Teufeln machen konnte. Folglich wurde Francesco im Schiffsbauch untergebracht. Praktisch verbannt.

Filippo fiel auf, daß die Besatzung der Karavelle ganz anders war als die der Genueser Galeone. Die Matrosen des Seefahrers im blauen Umhang sprachen nicht, sie knurrten nur. Zwischen ihnen herrschte eine fast brutale Spannung. Da sie sich auf der Route zur Mauer der Dämonen rund um die unbekannten Länder befanden, verbreiteten sie nichts als schlechte Laune. Eine unverhohlene Wut, die gelegentlich in platte Vulgarität umschlug. Kleinmütige Männer, die sich beim Anblick des Knaben die Lippen leckten. Womit sie zeigten, wie abgründig weit sie ohne Gewissensbisse zu gehen imstande wären.

Auf der Karavelle war das Meer überall präsent. Mit seinem Geruch, seinen Farben, seinem Wogen. Das Deck wellte sich, die Masten wirkten wie gen Himmel gereckte Fischgräten, die Haut der Männer wurde schuppig und aller Atem zu einem salzigen Hauch.

Der Wind kannte keine Schranken, er drang überall durch die klebrigen, salzverkrusteten Planken. Jede Bö rüttelte die Knochen durch, grub in die vor Übelkeit schmerzenden Mägen unsichtbare Mulden. Und zerriß den Körper in tausend ausgetrocknete Teile.

Je weiter nach Süden sie segelten, um so häufiger schien die Sonne. Eine immer heißer brennende Sonne voller winziger Feuerzungen. Eine verhaßte Scheibe, die Dämonen wärmte. Verfluchte Geschöpfe, die als weiße, unförmige, gefräßige Fische getarnt umherschwammen. Teufel, die sich mit ihren toten Gallertaugen um die Karavelle scharten. Ein finsteres Gefolge, das sie begleitete, Unheil ankündigte und das Gute verhöhnte.

So war der Seefahreralltag auf der Schreckenssee: höchst unbequem. Das hatte der Marquis, derselbe Bevollmächtigte Botschafter wie zuvor, bei dem kurzen Aufenthalt der Karavelle in Lissabon vorhergesagt.

Zum Ort für die Begegnung zwischen Filippo und dem Botschafter war der am Ufer des Tejo stehende Turm von Belém gewählt worden. Das Nachtmahl wurde in einem fensterlosen Raum mitten in dem Festungsturm serviert.

Der durchlauchte Botschafter hatte in seiner Eleganz übertrieben, denn er trug Schuhwerk mit Goldschnallen, was zu den Geräuschen seines speichelreichen Kauens wenig paßte.

Filippo, der ja nur Zeitfetzen wahrnahm, verteilte seine Aufmerksamkeit auf Details der Gegenstände. Wie er feststellte, waren die Arme der Kandelaber mit nackten Frauenkörpern verziert. Und der Botschafter stopfte sich mit zarten Salatblättern und blutigem Wildschweinbraten voll.

Ich habe Rom nach Ihrer Abreise verlassen, Monsignore. Apropos, Neuigkeiten habe ich keine zu berichten. Ich hatte keine Zeit, mich um Nachrichten aus dem Vatikan zu kümmern.

Seine Rede durch wiederholtes Nippen am Wein unterbrechend, schilderte der Marquis die Befürchtungen des portugiesischen Hofes im Hinblick auf die schicksalsträchtige Entdeckung.

Wem eigentlich sollen die entdeckten Gebiete gehören? Den Portugiesen, den Spaniern oder der katholischen Kirche? Ein Dilemma, mein werter Monsignore. Im übrigen gibt es den Vertrag von Tordesillas, den der Vatikan abgesegnet hat. Danach teilen wir uns mit den Kastiliern den Besitz der Schreckenssee und der neuen Ländereien aufgrund einer imaginären Nord-Süd-Linie, die dreihundertsiebzig Meilen westlich von ein paar Inseln verläuft. Durch dieses Abkommen wurde ein Krieg zwischen den beiden Völkern vermieden, und der Seefahrer Christoph Kolumbus konnte bis nach Westindien reisen. Wenn aber Westindien so unermeßlich groß ist, wie man sagt, und heute dem Reich Aragon und Kastilien gehört, dann müssen die neuen Gebiete im Süden uns, den Portugiesen, gehören. Selbst wenn sie im Quadranten der Kastilier liegen. Und ganz gleich, welcher Art diese Gebiete sind.

Ganz gleich, welcher Art diese Gebiete sind? Marquis! Und was, wenn diese Gebiete Gott gehören?

Mir scheint, ich habe mich unglücklich ausgedrückt, Monsignore Filippo. Was ich sagen wollte, ist: Wenn Sie, Monsignore, nach Ihrer Reise zu dem Schluß kommen, daß dort nicht der Ort ist, den wir vermuten, dann gehören diese Länder uns! Was einen Krieg auslösen kann. Ein ungewolltes Blutbad auf der Iberischen Halbinsel.

Alle Länder gehören Gott!

Theoretisch ja. In der Praxis nicht, verehrter Monsignore.

Sie gehören Gott! Eines Tages kehrt alles heim in das Reich Gottes!

Und mit seinem durch die Einsamkeit übermächtig gewordenen Geist, von Gott in Atem gehalten, segelte Filippo auf der Schreckenssee in unheilvollen Nächten immer weiter gen Süden.

Die Nächte auf der Karavelle waren belebt von Angst. Von den mondsüchtigen Matrosen, die gepreßt stöhnend an Deck schliefen. Von Filippos Gebeten, die Francesco ins Ohr drangen. Von den Ratten, die wie ständige Gischt nagten. Von einem blau gekleideten Kapitän, der sich in die geheime Kammer im Schiffsbauch zurückzog, um mit Zahlen zu jonglieren und an Quadranten und Astrolabien zu drehen. Für den richtigen Kurs des Schiffes.

Eines Nachts. War es in der fünften Nacht? Oder vielleicht erst in der dreizehnten Nacht der Reise? Der Seefahrer ließ sich vom Monsignore die Beichte abnehmen. Bat um Vergebung für alle seine Sünden. Für die Schändlichkeiten seiner Besatzung. Erklärte kategorisch, er sei der Sohn einer Familie von Gotteslästerern. Sein Vater, ebenfalls Seefahrer, sei mit ihm nach Thule gereist, ans Ende der Welt, nach Island. Dort in Reykjavik hätten sie an Geisterbeschwörungen und okkulten Ritualen teilgenommen. Nackte Frauen, die sich im Laster suhlten, erzählte er. Alles im Namen der portugiesischen Krone, die durch sie als falsche Hexer in den Besitz eines dunklen, glänzenden Pulvers gelangt sei, das erstaunliche Fähigkeiten besitze, denn es zeige die Wohnstatt der Dämonen immer umgekehrt an. Und wie eine Uhr den Schiffskurs in der Dunkelheit.

Wenn man besagtes Pulver auf einer dünnen Metallnadel verreibe, drehe diese sich immer wie ein Pfeil Richtung Norden. Woraus sich ergebe, daß Luzifers Ungeheuer im Süden wohnten.

Diese heidnischen Feste in Thule hätten seine Seele verdorben. Er liebe die Frauen nicht mehr. Er quäle sie, bevor er sie langsam in Besitz nehme. Er liebe den Geruch des Blutes, das ihnen schaumig aus dem Mund trete, wenn er sie schlage. Er peitsche Frauen aus. Zerkratze mit Lust ihren Körper, zerbeiße und quetsche ihre Brüste. Eine ungeheuerliche Lust, die ihn zum Herrn der Bisse und Sklaven des Schmerzes anderer mache.

Das war das Geheimnis des Seefahrers. So absonderlich wie die Wirkungsweise des magnetischen Pulvers, so ketzerisch wie das dritte Geheimnis der portugiesischen Seefahrt: der Kompaß.

Der Mann im blauen Umhang betete zur Buße siebenunddreißig Ave-Marias und dreiundzwanzig Vaterunser. Alles wurde von Filippo vergeben und vergessen. Geheimnisse und Sünden durch die Einsamkeit seinem Gedächtnis entzogen. Ein Gemütszustand, der den Menschen innerlich in Gärung versetzt. Und ihn unfähig macht, Gefühle mit einem anderen Menschen zu teilen. Ein schweigender, nach innen gekehrter Körper, der das Ich vervielfältigt und jedes Zeitgefühl verdreht.

* * * *

Die Karavelle, allem Anschein nach vor den Attacken der Dämonen geschützt, segelte südwärts über die Schreckenssee. Zumindest vor den Attacken der sichtbaren Ungeheuer schien sie geschützt. Denn Luzifers Miasmen lauerten in den Fischen, brodelten in den Ängsten der Matrosen und hallten wider im Schädel des Monsignore. Der Seefahrer im blauen Umhang schien, da er von Gewalttätigkeiten träumte, gegen sie immun zu sein.

Was Francesco betraf, so litt er nicht nur unter dem moralischen Leiden und der Verbannung, sondern, vielleicht infolge von beidem, an einer Abmagerung ohnegleichen. Er wurde durchsichtig wie die Rückengräte eines Fisches.

Als die Karavelle sich dem unvorstellbaren, von den portugiesischen Seefahrern noch nicht ausgemachten Ort näherte, verdichtete sich das Meer. Aus seinen Tiefen stieg eine dicke, graue Masse auf, als wäre das Wasser geschmolzenes Blei. Der Himmel verzog sich mitsamt der Sonne, statt dessen entstand eine gigantische Orchidee aus grauen Wolken. Alles grau. Firmament und Meer schlossen sich zusammen zu einem Rund, einem Tunnel. Ohne Ende. Ohne Licht. Ein Ring des Grauens, der die Karavelle dem unendlichen Bösen anheimgab.

Der graue Tunnel drehte sich. Er löste eine Sturzflut aus, die weder Ursprung noch Ziel kannte, nur anhaltende Gegenwart. Luzifers Kräfte offenbarten sich auf hoher See als absurdes Unwetter, das die Karavelle gegen die Mauer der Dämonen schleuderte. Mehrfach geteilte Blitze schossen aus dem Nichts hervor und zerrissen den grauen Tunnel in unheilvoll leuchtende Brocken. Alles stürzte. Vier Männer konnten gerade noch die Kerzen einsammeln, andere flüchteten sich in den Schiffsbauch, zwei wurden von den Wogen mitgerissen. Fast nichts blieb an Deck übrig. Nur der Seefahrer, an das zerfetzte Ruder geklammert. Und Filippo, der sich mit Francesco und seinem Reisekoffer an den Mast gebunden hatte.

Ohrenbetäubend krachende Salven verkündeten, daß die Kehle der gefallenen Engel der Ort ist, woher die Donnerschläge kommen. Und der peitschende Wind ist ihr schleimiger Speichel.

Die Karavelle zerbricht! Wir erleiden Schiffbruch!

Noch nicht! Beten Sie, Monsignore! Beten Sie. Wir befinden uns auf der verwünschten Passage! Im Meer der Furien! Beten Sie!

Wie lange dauert es noch, bis wir die Terra incognita erreichen?

Wie lange? Was spielt das für eine Rolle? Die Zeit zählt nicht mehr, Monsignore. Die Karavelle treibt ohne Kurs und Ruder.

Francesco! Halt dich fest, Francesco! Laß mein Bein nicht los! Francesco ist ohnmächtig geworden!

Machen Sie den Mund des Jungen auf! Sehen Sie nach, ob das Zahnfleisch sehr blutig ist. Monsignore! Tun Sie, was ich Ihnen sage!

Ja! Ganz und gar blutig! Was um Himmels willen ist das? Was für eine Krankheit?

Das ist keine Krankheit, Monsignore! Das ist der Skorbut! Der Rache-Dämon, der vielen in den Leib fährt, die es wagen, über das tiefe Meer zu segeln. Beten Sie, Monsignore! Beten Sie! Denn Ihr Neffe wird als verdammte Seele sterben!

Mein Gott! Francesco kämpft mit dem Tod!

Filippos gefühllose Finger tasteten nach einem Gegenstand, den er in der Soutane versteckt hatte: der Ring von Pius III.

Als er sich den Ring über den Finger streifte, tat er dies nicht in dem Glauben, ein Wunder werde geschehen, die Belagerungsmauer der Dämonen durchbrechen und sie vor tödlichem Schiffbruch bewahren. Er glaubte nur, als Hüter des päpstlichen Ringes könne er den Dämon Skorbut vertreiben, der sich Francescos bemächtigt hatte. Bescheiden betete er nicht für das Leben, nur für die ewige Erlösung seines Neffen. Und seiner selbst.

Der Ring schien auf die Anrufungen des Monsignore nicht zu reagieren. Da Gottes Ratschlüsse sich immer verblüffend äußern, indem sie auf das Begehren der Menschen mit unerwarteten Lösungen reagieren, geschah vor Luzifers Nase ein Wunder. Nein, kein Wunder. Ein Unfall.

Von der Mastspitze löste sich ein Querholz und traf Filippo mit hartem Schlag am Halsansatz. Dem Monsignore schwanden die Sinne, er versank in eine noch tiefere Ohnmacht als sein vom Teufel besessener Neffe.

Filippo fiel in heillose Schläfrigkeit. Er sah keinen Lichttunnel, wie es die in den Menschenbottichen Sterbenden berichteten, auch verspürte er nicht das seltsame Gefühl, sich vom eigenen Körper zu lösen, wie es die wenigen, die von der Pforte des Todes zurückgekehrt waren, geschildert hatten.

Fragwürdige Behauptungen, denn da wir durch den Vaginalkanal zur Welt kommen, sind Leben und Tod angeblich mit lauter Bauwerken bestückt. Tunnel. Kanäle. Pforten. Treppen und Brücken. Blödsinnige Ideen, typisch für Sterbende und Neugeborene, die, da sie an nichts denken müssen, ihre Daseinsleere mit imaginären Bauten ausfüllen.

Ein ernüchternder Gedanke, der diese beiden transzendentalen Augenblicke zu etwas erbarmungslos Trivialem macht. Viel brutaler als die Manie der Möchtegern-Dichter, Frauen mit Blumen zu vergleichen. Und Männer mit Tieren. Vorzugsweise Vierbeinern.

Filippo schlief wie ein Fürst, den das Röcheln des Unwetters kaltläßt. Und so unbeteiligt erwachte er in der strahlenden Schönheit des Morgens, der klar und hell angebrochen war.

Ich habe es geschafft. Ich habe die Schreckenssee abermals überquert! Aufwachen, Monsignore! Wir sind da, Monsignore! Dort! Sehen Sie den hohen spitzen Felsen dort? Sehr merkwürdig, nicht wahr? Geht es Ihnen gut? Können Sie aufstehen? Halten Sie sich an meinem Arm fest. So! Sehen Sie die Bäume dort, da beginnt das Unerreichbare Land. Kein Mensch ist je dort gewesen. Lassen Sie mich das Seil lösen, mit dem Sie am Mast festgebunden sind. Die Karavelle wirft hier den Anker, wie vom König von Portugal befohlen.

Francesco! Wir sind da, Francesco! Großer Gott, er reagiert nicht! Francesco! Du darfst nicht sterben!

Aber er stirbt! Was tun Sie, Monsignore? Wohin wollen Sie mit dem Jungen? Wollen Sie seine Leiche ins Meer werfen?

Nein! Ich werde Francesco in der Terra incognita begraben.

12 *Zwischen zwei Welten*

Die Äbtissin weinte nicht. Sie schluckte die Tränen hinunter, zügelte ihre Erregung und verließ, von unerklärlicher Entschlossenheit gepackt, die päpstlichen Gemächer.

Ohne den raschen Rhythmus ihrer Schritte zu drosseln, fest und resolut auftretend, durchquerte sie das Mittelgebäude sowie zwei Innenhöfe. An einer Ecke der Wallmauer betrat sie das Latrinengebäude. Das Gebäude mit den hundertzweiundzwanzig Männerlatrinen für die niederen Kleriker und die höheren Dienstboten.

Die Äbtissin an diesem verbotenen Ort zu sehen war so absurd, daß ein Mönch glaubte, ihm sei der Segen einer Erscheinung der Jungfrau Maria zuteil geworden.

So vernichtend war das Defilee der weißen Kutte der Äbtissin durch die von stinkenden Dämpfen geschwängerten Gänge, daß schamhafte Männer sich beleidigt fühlten, entblößte Mönche fluchten, doch niemand sich nach dem Grund für solch sündiges und aberwitziges Eindringen fragte.

Der alte, fast blinde Mönch, der die Latrinen säuberte, das letzte Glied in dieser übel riechenden Hierarchie, reagierte nicht. Er beugte sich weiter über den Holzkasten, in dem er die Exkremente der Nacht einsammelte. Seine von dicken, harten Adern durchzogenen Hände fischten mit Hilfe einer Kelle eklige Brocken aus den Gruben.

Erst als sie neben dem blinden Mönch niederkniete und ihr Ordenskleid mit klebrigem Dreck beschmutzte, da weinte die Äbtissin.

Er legte die Kelle in das Holzgefäß, richtete sich auf, wandte das Gesicht zu der von Schmutz geschwärzten Decke und erblickte die Unendlichkeit. Er dachte an die Ewigkeit und begriff, daß Petri Stuhl vakant war. Pius III. war soeben gestorben.

Der Papst aß gerade die beiden gekochten Eier seiner ersten Mahlzeit, da erlitt er einen Infarkt und krümmte sich einem Fötus gleich zusammen. Er ließ den Blick durch das Schlafgemach kreisen, das wie ein umgestülptes Ei aussah, und murmelte zwischen Eigelbkrümeln seine letzten Worte. Seine allerletzte Botschaft an die Menschheit. Ein elementar wichtiger Satz, der später in Büchern und Kompendien als Quintessenz seines Lebens geheiligt werden sollte. Eine Lehre für die Welt, die Novizen, Studenten und Professoren endlos auswendig nachsprechen würden.

Diesen Worten galt die erste Frage von Kardinal della Rovere, als es ihm endlich gelang, mit der Äbtissin zu sprechen: Hochverehrte Äbtissin, was hat Seine Heiligkeit uns enthüllt, bevor er seinen letzten Seufzer tat? Welchen aufschlußreichen Satz hat er uns als Vermächtnis hinterlassen?

Denn die Äbtissin hatte auf alle erdenklichen Arten zu verhindern versucht, daß der Kardinal und seine Dominikaner in die päpstlichen Gemächer eindrangen und die Zeit nutzten, um sich Dokumente, Pergamente und andere Geheimnisse des Papstes zu sichern. Als sie feststellte, daß der Heilige Vater gestorben war, hatte sie ihre Trauer hinuntergeschluckt. Sie hatte weder dem heiligen Offizium noch den Kardinalssekretären mitgeteilt, was geschehen war, obwohl sie dazu verpflichtet gewesen wäre.

Und erst recht dachte sie nicht daran, Doktor Vigo zu rufen, um den reglosen Körper des Papstes wiederzubeleben. Ihr Wunsch und Wille konzentrierten sich auf die moralische Verpflichtung, Pius III. und seine Herrschaft so lange zu erhalten, bis der neue, von Gott erwählte Papst antrat.

Aus Dankbarkeit und Bewunderung bewahrte sie die

Gemächer ihres Papstes vor der wahrscheinlichen Plünderung durch Kardinal della Rovere. Vor dem blinden Mönch im Latrinengebäude niederkniend, setzte sie sich über die hierarchischen Vorschriften hinweg, die im Vatikan für den Tod des Heiligen Vaters galten. Sie mobilisierte den Mönchsorden, der unter solchen Umständen als letzter zu rufen war: den Orden der Hüter des Apostolischen Stuhls, der für die Einbalsamierung der Päpste zu sorgen hatte.

Als della Rovere vor den Gemächern von Pius III. eintraf, erstarrte er. Die Hüter, alte Mönche, die verschiedenen Orden angehörten, hatten bereits den Eingang zum päpstlichen Schlafgemach gesperrt, Türen und Flure versiegelt, die Truhen mit den Dokumenten und Pergamenten verplombt und präparierten den Leichnam des Heiligen Vaters für die Trauerfeierlichkeiten.

Entgegen alle Erwartungen löste die von der Äbtissin errichtete Blockade beim Kardinal keine Wut aus. Vielmehr war er entzückt über die Courage der frommen Frau und ihre Loyalität gegenüber dem Papst, auch noch über den Tod hinaus. Eigenschaften, die della Rovere von seinen Untergebenen und Soldaten auf dem Schlachtfeld verlangte, die jedoch in Palästen, gleich welcher Art, sinnlos sind.

Machtkämpfe in Palästen sind so heuchlerisch, daß am besten fährt, wer niemandem gegenüber loyal ist. Da der gleisnerische Feind von heute zum Mächtigen von morgen werden kann, ist das Beste, überhaupt keinen Feind zu haben. So zu tun, als gäbe es keine Kämpfe, das Ideale. Courage und Loyalität abzuschwören, das Zweckmäßigste. Solche Charaktereigenschaften als Verirrungen zu bezeichnen, der Gipfel des gesunden Menschenverstandes.

Bei Palastkämpfen schlägt Courage leicht in Waghalsigkeit um und schließlich in Rücksichtslosigkeit. In schwerwiegende Disziplinlosigkeit, in Unverschämtheit. Loyalität wird mit Naivität verwechselt und führt zu Mißverständnissen: Sie gilt als Verlust des Selbsterhaltungstriebes. Denn auf den Fluren der Macht stirbt man nicht in Blutlachen oder unter Dolchhieben, man fällt in Ungnade. Zum richtigen Zeitpunkt die Fronten wechseln, darauf kommt es an. So argumentierte ein großer Teil der Kardinäle unter den Klerikern.

Und die Kardinäle hatten, getreu den Palastmaximen, Pius III. schon seit geraumer Zeit seinem Schicksal überlassen.

Nach Filippos unstatthafter Flucht und dem Beginn des Prozesses gegen ihn vor dem heiligen Offizium hatte der Papst sich erneut zurückgezogen. Dieses Mal jedoch ohne den standhaften theologischen Schutz durch den Monsignore, was della Rovere eine so weitreichende Handlungsfreiheit bot, daß er skrupellos und ohne jede Scheu, allerdings in Ausübung seines Rechtes, nach der Simonia, dem simonischen Gesetz, handelte und sämtliche Kardinäle um sich scharte.

In den Evangelien wird berichtet, daß die Apostel Petrus und Johannes bei ihrer Ankunft in einer Stadt von einem geistesverwirrten Zauberer namens Simon angesprochen wurden. Daß dieser Verrückte die Hände der Apostel kaufen wollte, weil er erkannt hatte, daß von ihnen die Kraft des Heiligen Geistes ausging. Darauf erwiderte Petrus wütend: Daß du verdammt werdest mitsamt deinem Geld, weil du meinst, Gottes Gabe werde durch Geld erlangt.

Deshalb wurde fortan jeder Kauf und Verkauf von geistigen Gütern, Sakramenten, Ordinationen, Weihen, kirchlichen Ämtern und Pfründen und vor allem des Papststuhls als Simonie bezeichnet.

Da die Simonie nicht als Sünde galt, sondern nur als finanzielle Unterstützung des wahren Willens des Heiligen Geistes, war schon vor dem Tod Pius III. und dem Konklave der Kardinäle entschieden, daß della Rovere der nächste Papst sein würde. Falls der Kardinal nicht vor dem Amtsantritt seinen Bankrott erklären mußte. Denn della Rovere verschleuderte sein Vermögen, löste seine Armee auf und lieh sich von bekannten Bankiers beträchtliche Geldsummen, alles für den Kauf der ewigen Loyalität der Kardinäle.

Jahre später wurde das Simonische Gesetz aus dem Vatikan verbannt und von der Kirche Christi für sündig erklärt. Von diesem Augenblick an wurde bei fast allem, was Menschen tun, die Simonie offen oder verschleiert angewandt. Was nur den berühmten Reiz bestätigt, den das Sündige auf die Menschen ausübt.

Ungeachtet Carlos und Camilos Intrigen, ungeachtet des von ein paar Prälaten inszenierten Aufstands und ungeachtet der Gewißheit, daß er Papst werden würde, empfand della Rovere tatsächlich für die unerhörte Tat der Äbtissin Bewunderung. Als er von den Mönchen am Betreten der päpstlichen Gemächer gehindert wurde, wich der Kardinal zurück und ließ die Äbtissin wie eine Witwe im Vorzimmer walten. Lediglich eine Frage stellte er mit unverhohlenem Zynismus: Was hat Seine Heiligkeit gesagt, bevor er starb?

Mir ist kalt.

Wahrhaftig ein vortrefflich lapidarer Satz, zumal wir uns mitten im Winter befinden, Äbtissin.

* * * *

Die Karavelle warf seitlich des riesigen Granitfelsens den Anker. Dort gab es eine kleine Bucht, wo die Schiffsbesatzung Süßwasser fand, etwas aß und sich dann an die Arbeit machte, das vom Meer der Furien und der Mauer der Dämonen beschädigte Schiff zu reparieren.

Dem Seefahrer im blauen Umhang und seinen Männern war nicht gestattet, den Höhenzug zu überqueren, der den Zugang zu der Terra incognita anzeigte. Ihr Auftrag lautete, den Monsignore an Land zu bringen, auf ihn zu warten und anschließend die Anker zur Rückreise nach Lissabon zu lichten.

Filippo hatte den Reisekoffer auf dem Rücken festgebunden, seinen Neffen auf den Armen und Wasser bis zur Taille, als er durch das Meer um den Felsen herum watete. Ein merkwürdiger Fels, er sah aus wie eine Säule, die den Himmel stützt. Nein. Wie ein Kegel. Ein Kegel, der sich durch die Luft in das unendliche Blau bohrt.

Aufschreiben! Auswendig lernen! Dem heiligen Isidor zufolge verschloß der Herrgott nach der Vertreibung von Adam und Eva aus dem Paradies die Pforten zum Garten Eden mit einer Feuerzunge, welche im Laufe der Zeit zu einem riesigen Felsen erstarrte. Unbezwingbar.

Während Filippo den Fels umrundete, dachte er über seine theologischen Kenntnisse und die Form des Felsens nach: kegelförmig, doch eher einem überdimensionalen, in die Erde gebohrten Spitzhut ähnlich als einer Zunge.

Der Monsignore wußte, daß er eigentlich für Francescos Seele hätte beten müssen, doch fand er nicht zu der dafür notwendigen Konzentration. Sein Geist schlug keine Purzelbäume, er bewegte sich scheibchenweise, so umnebelt war er vom Betrachten all der Formen. Des kegelförmigen Berges, des geraden Meeressaums, der senkrechten Bäume und der geschwungenen Linie eines Strandes, den er in einiger Entfernung erblickte und nun ansteuerte.

Ganz außer Frage hatten die Farben dort auf der anderen Seite des Felsens ziemlich präzise Gestalt angenommen. Das Grün haftete so fest an der Wasserfläche, daß der Blick darin versank. Diese überwältigende Algebra der Formen und Farben war zudem noch unbeständig. Präzise und zugleich unbeständig, denn im nächsten Augenblick befand sich dasselbe Grün in den Baumkronen, und das Wasser war blau. Weiß. Leuchtend. Für winzige Zeitbruchteile eignete sich eine Farbe auf ewig eine Form an und verlieh ihr Präzision und Vollkommenheit. Gleich drauf löste sich dieselbe Farbe von der Materie, und an ihre Stelle trat eine andere, so intensiv, makellos und ideal wie die erste. Alles verwandelte sich, doch nichts veränderte sich an der von Stränden gesäumten Bucht. Alles war in Bewegung, doch nichts bewegte sich fort in dem mächtigen Wald, der das Meer umrahmte. Denn dort war die Pracht der stetigen Neuschöpfung der Natur lebendig. Gottes Erfindungsgabe.

Mit Sicherheit war dies der Ort, wo Gott Farben und Formen an allen Materialien ausprobiert hatte. Ohne den Gesetzen der Natur verpflichtet zu sein, definierte er die Dinge und Tiere endlos neu, vielleicht auf der Suche nach der gefälligsten Gestaltung, denn perfekt waren sie alle schon vorher.

Der Farben und Formen waren so viele, daß Filippo selbst auf bewegliche blaue Punkte, die durch die Luft flogen, mit Entzücken reagierte. Es waren Schmetterlinge. Sand wie aus Marmorstaub. Lila Vögel mit bronzefarbenen Köpfen. Nie gesehene Tiere, ungeahnte Pflanzen. Alles grandios und zugleich friedlich. Lau. Frühlingshaft. Behaglich. Still.

Der Monsignore legte Francesco auf den warmen Sand, löste den Reisekoffer vom Rücken und öffnete seine Soutane. Ihm war heiß. Eine verblüffende, anormale Hitze, denn es war Januar, und da sollte die Natur den Körper mit Kälte peinigen.

Dann vernahm er eine Art Fanfare. Keineswegs schrill. Dumpf. Heiser. Und Hunderte von kleinen grünen Vögeln, die das Grün von den Bäumen geraubt hatten, flogen auf. Eine Flut von Zwitschern und Tirilieren ließ den Monsignore die Geschöpfe des Guten schauen. Die Gutartigen, die alles vergeben, weil sie ohne Erbsünde geboren wurden.

Im Garten Gottes gibt es das Böse nicht! Nur das Gute! Alles ist ruhig und friedlich! Der Garten Gottes ist der Hort der Glückseligkeit! Der Himmel auf Erden! Silentium! Das irdische Paradies wird beschützt durch den ewigen Frühling und durch Engel aller Rangstufen, welche zwar Federn besitzen, aber nicht fliegen. Und warum fliegen sie nicht? Weil es ihre Aufgabe ist, über das Paradies zu wachen! Und deshalb dürfen sie es nicht verlassen! Die Engel gliedern sich in neun Hierarchien. Diese sind: Seraphim! Engel von roter Farbe. Cherubim! Engel von blauer Farbe. Throne! Engel von gelber Farbe.

Weil ihm die Engel so deutlich im Gedächtnis waren oder aber weil ihn der Zauber ihrer realen Gegenwart in den Bann geschlagen hatte, erkannte Filippo, daß er in Gottes unerforschlichem Reich ein revolutionäres Abenteuer erlebte. Seraphim, Cherubim und Throne kamen aus den Bäumen, dem Sand und dem Wasser. Jeder schimmerte in einer anderen Farbe. Ihre farbige Haut verband sich mit den Farben der Federn auf unbehaarten Körpern. Mandelförmige Augen. Orientalisch. Haar wie Frauen. Glatt, schwarz, schulterlang. Glänzend.

Ohne viel zu fragen, begab sich der Monsignore in dieses neue Universum. Das nicht nur verwunderlicher war als alles, was er in seinen ekstatischen Rauschzuständen erlebt hatte oder was die heiligen Schriften beschrieben, sondern vor allem weit seltsamer, als er es je hätte erträumen können.

Filippo legte den Papstring auf die flache Hand und streckte den Arm aus, um den Engeln zu zeigen, daß er befugt war, sich dort aufzuhalten.

Gloria! *Gloria in terris!* Herr! Ich bin der Erwählte! *Deo gracias!* Der von Gott Erwählte, auf daß er Seinen Heiligen Garten entdecke. Ich habe das Paradies auf Erden gefunden!

Überzeugt, Gottes Gnade und Herrlichkeit sei ihm zuteil geworden, weinte Filippo. Und die Engel stampften mit den Füßen auf den warmen Sand und wirbelten feinen rosa Staub auf. In festem Rhythmus, einstimmig und im Takt Laute von sich gebend, kamen sie scheu und neugierig näher.

Filippo kniete nieder und schloß zum Zeichen seiner Ehrfurcht die Augen. Da trat ein Seraph, ein roter Engel, an den mit dem Tod ringenden Francesco heran und äußerte in fröhlichem, doch unverständlichem Kauderwelsch sein Erbarmen.

Seraph! Großherziger Seraph! Ich weiß, daß wir Menschen die Sprache, die ihr sprecht, nicht verstehen können. Sieh diesen Ring! Ich bin der Vertreter Seiner Heiligkeit, des Papstes Pius III., auch ich bin ein Diener des Herrn! Strahlender Engel! Ich flehe dich an, gib mit deinen himmlischen Kräften meinem Neffen Francesco das Leben zurück!

Ein paar Engel knieten ebenfalls nieder, erhoben die Hände wie er die seinen und lächelten so infantil, daß Filippo darin Spott sah. Aber das konnte nicht sein. Gewiß war es Reinheit. Ja, das war es.

Throne und Cherubim wiesen auf einen Baum, eine sehr seltsame Art Palme, schief und mit mächtiger Krone. Von dort holten sie ein paar schwere grüne Früchte. Als wollten sie ein Gesicht kerben, bohrten sie ein paar Löcher in die runde Frucht, die fast wie ein Menschenkopf ohne

Antlitz aussah. Aus den Löchern rann Wasser. Reines Wasser.

Sie brachten auch ein kugelförmiges, behaartes Tier. Sein Fell war braun, und sie brachen den Leib des Tieres wie eine Riesenkastanie entzwei. Er enthielt kein Blut. Der Leib war innen hohl und mit weißem Fleisch ausgekleidet. Reines Fleisch.

Der Seraph hielt Francescos Kopf, während zwei andere Engel ihm das Wasser der Frucht in den Mund träufelten und seine Zunge mit dem weichen Fleisch bestrichen.

Francescos wunde, blutende Schleimhäute saugten die Flüssigkeit und das Fleisch auf. Der Körper des Jungen nahm die wundersame Mischung so gierig in sich auf, daß sie sofort verschwand. Francesco öffnete seine verquollenen Augen. Er erwachte. Rein.

Francesco, du lebst! Ein Wunder! Trink weiter. Trink, trink. Das ist das Wasser des Lebens. Ein Wunder.

Vor Dankbarkeit frohlockend, betete der Monsignore, und er erkannte, daß die Engel, da von Sünden frei, Kinder der Erbunschuld waren.

* * * *

Der weiße Rauch puffte in Wölkchen aus dem Schornstein der Sixtinischen Kapelle, das Zeichen dafür, daß der neue Papst von den Kardinälen gewählt worden war. Der restliche Klerus kannte das Wahlergebnis noch nicht.

In dieser Stunde hätte, wie jedesmal seit Jahrhunderten, in den Herzen der Kleriker und des Volkes große Freude anbrechen müssen, weil der Heilige Stuhl nicht mehr leer stand. Doch statt Freude machte sich dieses Mal Befremden breit.

Nie zuvor war eine Papstwahl so schnell vonstatten gegangen. Die Entscheidung, die sonst Tage, Wochen oder gar Monate in Anspruch nahm, war an einem einzigen Vormittag gefallen. Binnen kürzester Zeit. Es hatte gerade so lange gedauert, wie die Kardinäle brauchten, um die Sixtinische Kapelle zu betreten, der Messe beizuwohnen, den Heiligen Geist um seinen Beistand zu bitten und den neuen Papst zu küren. Durch Zuruf. Denn sie hatten weder schriftlich noch in geheimer Wahl abgestimmt, nur laut della Roveres Namen geschrien. Das war alles gewesen.

Bevor della Rovere verkündete, unter welchem Namen er den Heiligen Stuhl besteigen und regieren würde, begab er sich in eine Galerie neben der Kapelle. Dort sollten Schneider und Handwerker dem Kardinal eine neue Soutane aus Leinen anlegen und darüber eine weiße Seidenalbe, bestickt mit Rubinen und Smaragden. Dann das päpstliche Gewand seinem Körper anpassen und es mit dünnem vergoldeten Garn abnähen, seinen Leib mit speziellen Düften parfümieren und sich danach zurückziehen. Allein gelassen, sollte der Kardinal sich die Mitra selbst auf den Kopf setzen. Denn einen Papst darf niemand krönen, Päpste verleihen sich ihre Würde selbst. Somit würde della Rovere durch die eine Tür als Kardinal eintreten und durch die andere zum Papst geweiht hinausgehen. Währenddessen würde der Rauch triumphierende Wölkchen auf den Himmel über Rom malen.

Della Rovere empfand tiefe Genugtuung, als er von den Priestern ehrfürchtig entkleidet wurde. Seine Miene strahlte, auf seinem Gesicht stand ein breites Siegerlächeln, Spiegel eines befriedigten Geistes.

Da niemand einen Papst nackt sehen darf, es sei denn, unter ganz besonderen Umständen, hüllten sie den Papst in eine dünne Decke und führten ihn in eine beheizte Kammer, bis die Änderungen am päpstlichen Gewand fertig waren.

Es geschah plötzlich und überraschend. Eine Kammerwand öffnete sich knarrend, und der alte blinde Mönch, der Latrinenputzer, trat vor den Kardinal.

In seiner Gier nach der Papstwürde brauchte della Rovere ein paar Sekunden, bis er sich aus den Höhen seiner Genugtuung reißen ließ und begriff, daß da vor ihm zwei Mönche des geheimnisvollen Ordens der Hüter des Apostolischen Stuhls standen. Die Einbalsamierer.

Beide blind, alt, abgezehrt, Personifizierungen der Demut, der unbeschreiblichen Demütigung, Latrinen zu waschen, im Unrat anderer Leute zu wühlen, standen sie reglos vor ihm. Der Blick in nie endender Dunkelheit verloren, mit zitternden Händen. Der eine hielt eine zerschlissene Sandale in der Hand, der andere einen wurmstichigen, nicht mehr brauchbaren Hirtenstock.

Willst du die Sandalen von Petrus, dem Fischer, anziehen?

Willst du den Wanderstab von Paulus, dem Prediger, tragen?

Als er diese Fragen vernahm, begriff della Rovere, daß es doch eine Zeremonie der Papstweihe gab. Sie war schrecklich. Peinigend und erhaben. Eine unerwartete Gleichung zwischen der Ewigkeit und dem Putzen von Latrinen. Eine Weihe, die den Stimmenkauf, die Bestechung, das Simonische Gesetz und alles andere noch übertraf. Diese beiden alten Männer waren die Hüter der bewegendsten Reliquien der Welt. Die machtvollen Gegenstände, die die Geschichte der Menschheit auf immer verändert hatten, befanden sich in den Händen der denkbar machtlosesten Geschöpfe der Welt. Eine unauflösbare Ungleichheit. Zweifellos eine Lehre für jeden neuen Papst.

Vor allem jedoch war die Zeremonie der lebende, unausweichliche Beweis dafür, daß allen Plänen, Eingriffen und geheimen Abmachungen der Menschen zum Trotz die

Wahl des Papstes Gottes Sache war. Denn von den Händen der alten Männer ging die Botschaft aus, daß es für den Menschen keinen Ausweg aus seinem Menschsein gibt.

Willst du die Sandalen des Fischers anziehen?

Willst du den Wanderstab des Predigers tragen?

Nun erkenne ich, was es bedeutet, Papst zu sein! Gott! Warum hast du mich erreichen lassen, was ich erreicht habe? Ich verdiene es nicht. Ich bin ein Heuchler. Ein Scheinheiliger. Ein Unwürdiger. Begreift wirklich niemand, daß ich nicht Papst werden darf?

Die Sandalen des Fischers, willst du sie anziehen?

Den Wanderstab des Predigers, willst du ihn aufstellen?

Ich bin kein Diener Gottes! Ich bin ein Sklave der Bösartigkeit! Ein niederes Geschöpf! Ich habe getan, als respektierte ich die Hierarchie der Kirche, mir wurde übel, wenn ich die Hand der Mächtigen küßte, aber ich habe sie geküßt! Ich habe über die Vorstellungen anderer, ja sogar über den Glauben gespottet. Habe niemals für mein täglich Brot gedankt, niemals aus Liebe geweint. Antwortet mir, ihr blinden Mönche, habe ich verdient, Papst zu werden? Ich habe ohne jede Notwendigkeit Menschen gefoltert. Weil für mich in meiner unheilvollen Wollust nichts und niemand von Wert ist. Und die Sandale ist so verschlissen und alt. Der Wanderstab so ramponiert. Wie kann einer wie ich solch empfindliche Dinge bewahren?

Della Rovere legte spontan die Beichte ab. Aus der Mitte seines Leibes, aus der Tiefe seiner Seele stiegen die Worte auf. Und die Tränen. Echt, erbarmungslos strömten sie ihm über das Gesicht. Setzten Reue, Schuldbekenntnisse und das vernichtendste aller Gefühle frei: das Bewußtsein von der Bedeutungslosigkeit des Menschen.

Bitte, Jesus, laß mich nicht noch mehr leiden. Führe allen vor Augen, daß meine Wahl ein Fehlgriff war. Mach, daß die Zeit rückwärts geht!

In diesem Augenblick drehten die Mönche dem Kardinal den Rücken zu und traten den Weg zurück in den schwarzen Gang an, der hinter der Tür der Kammer begann. Sandale und Wanderstock nahmen sie mit.

Ein Schaudern überkam della Rovere, und an demselben Ort, wo das Gefühl der Bedeutungslosigkeit aufgestiegen war, keimte eine neue Einsicht. Überwältigend und zugleich triumphierend. Unanfechtbar. Die Erkenntnis, daß das Unverzeihliche in diesem Leben nur von dem vergeben werden kann, der es begangen hat. Weil die Vergebung von Amts wegen, von einem Priester, Richter, Heiligen, Hexer oder wem auch immer erteilt, niemals Wirkung zeitigt. Nur derjenige, der das Unverzeihliche getan hat, kann die Vergebung seines Tuns aus sich selbst erlangen. Und also vergab der Kardinal sich selbst.

Halt! Wartet!

Die Mönche kehrten um, und der Kardinal küßte die Sandale und weinte über dem Wanderstock.

Ja. Ich will Papst sein! Mit all dem Bösen, das in mir steckt! Gott! Preß Tropfen für Tropfen alles aus mir heraus, was ich bin und was deinen göttlichen Absichten nicht dienlich ist. Mach, daß in diesen Adern nicht mehr mein Blut fließt. Sondern das des vom Himmel Erwählten! Mach mit mir, was du willst, Herr! Aber ich bitte dich, ich flehe zu dir, mach aus mir einen wahrhaftigen Papst.

In der geheimen Zeremonie zum Heiligen Vater geweiht, verließ della Rovere die Kammer. Kehrte zum Ritual der Einkleidung zurück. Als die Priester dem Kardinal die Mitra reichten, auf daß er sich selbst kröne, senkte er befangen den Blick. Betrachtete die Mitra eingehend, in allen Teilen. Dies nicht, wie viele vermuteten, weil er die glitzernde Kraft der Diamanten bewunderte oder sie ihn eingeschüchtert hätte. Etwas anderes geschah. Statt der Mitra sah der Kardinal eine Dornenkrone. Genau wie Pius III. gesagt hatte.

* * * *

Monsignore Filippo öffnete seinen Reisekoffer, fischte sein Notizheft heraus und schrieb:

Soeben habe ich das Paradies auf Erden entdeckt. Diese Tatsache ist, wie ich weiß, mehr als eine Ehre, man kann darin das Zeichen meiner Heiligsprechung sehen. Doch damit stellt sich ein riesiges Problem: Wird die Menschheit von nun an noch der Heiligen bedürfen? Da der Garten Eden existiert, denn ich befinde mich in ihm, welchen Daseinsgrund hätten dann noch die Heiligen? Was wird aus den Zeremonien zur Heiligsprechung? Und was aus den Sakramenten? Den Messen? Wenn Gott die Pforten zum Paradies geöffnet hat, wird die gesamte Theologie, das gesamte menschliche Dasein, alles wird gründlich neu überdacht werden müssen. Was bedeutet es tatsächlich, daß die Pforten zum Garten Eden geöffnet wurden? Daß Gott uns die Erbsünde vergeben hat? Daß er folglich die Menschen von ihrem Sündersein befreit hat? Ist alles und allen vergeben? Kann jedes Geschöpf hier eintreten und das Paradies genießen? Warum? Was ist geschehen? Wenn das Jüngste Gericht noch nicht stattgefunden hat, wieso habe dann ich Zugang zu den Gefilden des Herrn erlangt? Fragen über Fragen, und auf keine eine Antwort. Ich werde jeden Zoll des Gartens des Herrn besichtigen und erkunden und nach verständlichen Lösungen all dieser Fragen und Rätsel suchen. Eine letzte Anmerkung: Obwohl ich frohlocke, weil ich weiß, daß ich mit dem göttlichen Triumph gesegnet bin, erfüllt Kummer mein Herz, denn ich ahne, daß es keinen Grund und auch keine Grundlage mehr gibt für die Existenz des Vatikans, des Klerus, der Orden und des Papstes. Das Paradies auf Erden hat ihren Platz eingenommen, und dieses Argument ist unwiderleglich. Amen.

* * * *

Della Rovere stieg in die goldene Sänfte und wurde von acht Pagen feierlich durch die Sixtinische Kapelle getragen. Die Kardinäle knieten ehrfürchtig nieder, um sich vom neuen Heiligen Vater zum ersten Mal segnen zu lassen.

Auf della Roveres Antlitz stand noch immer ein Lächeln, doch weder siegesgewiß noch so strahlend wie in dem Augenblick seiner Wahl. Dieses Lächeln war rein protokollarisch.

Wie eine irritierend summende Biene gingen dem Kardinal die Gestalt Pius III., seine Güte, Einsamkeit und Kraftlosigkeit durch den Kopf.

Pius III. hatte seine Hand wegen etwas sehr Bedrohlichem ins Feuer gehalten. Etwas Schrecklichem. Was konnte es gewesen sein? Der Tod der Kirche! Wieso bin ich noch nicht darauf gekommen? Der Tod der Kirche. Der grauenvollste aller Tode! Jetzt verstehe ich, welch großes Leid ihn gequält hat. Seine Isolation, sein Entsetzen. Pius III. strebte nach Ruhm, weil er sich als den letzten Papst sah! Das bedeutet, daß ich nie Ruhm erlangen werde. Mein Pontifikat wird niemals in die Geschichte Gottes oder der Menschen eingehen! Filippo! Der Monsignore. Er hat den Schlüssel zu diesem Geheimnis. Wo mag Filippo sein? Was kann er entdeckt haben, das die Kirche vernichten könnte? Einen neuen Glauben? Eine Idee? Ja. Eine neue Idee. Ideen sind die bösartigsten Waffen, die ich kenne, denn sie wirken am vernichtendsten. Wie besiegt man eine Idee? Ich weiß es nicht. Niemand weiß das. Ich weiß nur, daß ich zu allem fähig sein werde. Ich werde alle Kriege erklären, die nötig sind, aber Filippo wird nicht die Kirche Christi vernichten! Und auch nicht mein Pontifikat.

Die Sänfte hielt an und senkte sich vor dem Altar. Stille breitete sich in der Sixtinischen Kapelle aus. Della Rovere stieg drei Stufen hinauf, und bevor er sich auf den Thron neben dem Altar setzte, verkündete er: Ich werde unter dem Namen Julius II. regieren. Amen.

Zweiter Teil

Für die Theologen des Mittelalters stellte das Paradies nicht bloß eine unerreichbare, immaterielle Welt dar, die irgendwann zu Anbeginn der Zeit existiert hatte, auch nicht einfach nur eine mehr oder weniger fromme Phantasie, sondern etwas Reales, immer noch an einem verborgenen Ort vorhanden und womöglich gar zugänglich.

Sérgio Buarque de Holanda

Gott war dabei, die Welt zu gestalten. An jeden Ort setzte er eine Naturkatastrophe: hier einen Vulkan, da einen Orkan, dort ein Erdbeben. Plötzlich entwarf er ein Land von strahlender Schönheit. Das machte Petrus stutzig, und er monierte, daß die Trümpfe der Natur so ungerecht über die Welt verteilt wurden. Da antwortete Gott: Dann sieh dir erstmal das schäbige Volk an, das ich da hinsetzen werde!

Brasilianischer Volkswitz, Verfasser unbekannt

13 *Das Rätsel der Schachteln*

Und wozu dient das silberne Glöckchen, Äbtissin?

Um Versammlungen abzubrechen, Unterhaltungen zu beginnen, Anfang und Ende der Speisungen zu verkünden. Für die Unterteilungen der Zeit, Euer Heiligkeit.

Sie sind ganz ungemein liebenswürdig, verehrte Äbtissin. Und sprechen auch noch in gereimten Worten. Versammlungen, Unterhaltungen, Speisungen. Das klingt fast wie der Widerhall einer Glocke.

Aber dieses sind die Bestimmungen des Glöckchens, Euer Heiligkeit.

Noch ein Wort, das sich reimt. Bestimmungen. Warum sprecht Ihr in Versen, Äbtissin?

Um das Gespräch heiterer zu gestalten. Denn daß Euer Heiligkeit die Pflichten einer päpstlichen Haushälterin zur Genüge kennen, dessen bin ich mir sicher.

Die Äbtissin hatte nie erwartet, zu einer Audienz mit Julius II. geladen zu werden. Sie wußte, daß ihr nach dem Tode Pius III. die Verbannung bestimmt sein würde. Es lag auf der Hand, daß der neue Heilige Vater sie ihres Amtes entheben und in ein Kloster fern des Vatikans versetzen würde. An einen möglichst abgelegenen, ärmlichen Ort.

Wie sie den rachsüchtigen Kardinal della Rovere kannte, würde eine brutale Isolation seine Strafe dafür sein, daß sie dem verstorbenen Papst eine treue Dienerin gewesen war. Schicksalsergeben erlebte sie schon im voraus Einsamkeit und abgrundtiefe Stille und spürte ihre Auswirkungen auf ihren Geist. Doch schmerzte es sie nicht, kränkte sie nur in ihrer Selbstachtung und machte die Erinnerung an Filippo lebendiger.

Die Äbtissin lag fast richtig mit ihren Überlegungen und

Vermutungen, indes hatte sie nicht bedacht, daß della Roveres Kopf nicht mehr wie der eines ehrgeizigen Kardinals funktionierte. Sein Geist kreiste jetzt in der vielschichtigen päpstlichen Sphäre. Von den Menschen und von Gott gleich weit entfernt. Auf halbem Weg zwischen einem menschlichen und einem göttlichen Wesen. Zwischen Himmel und Erde. Der Vorhof zu übergroßer Macht, wo der Zustand der Unzufriedenheit scheinbar nicht existierte, da der Wunsch eines Papstes umgehend befriedigt wird. Eine trügerische Sphäre, die nicht berücksichtigt, daß Unzufriedenheit ein immerwährender, jedem Menschen eigener Zustand ist. Ein Umstand, dank dem schon so mancher Mächtige seine Begierden mit unnötigen Massakern und Kriegen vergeblich zu stillen gesucht hat.

Überzeugt, sie habe nichts zu verlieren, dachte die Äbtissin, es gehe um ein Kräftemessen mit einem streitbaren, sarkastischen Mann, der sie geladen habe, um sie in einem sinnlosen Gespräch über den Nutzen eines einfachen Silberglöckchens der Erniedrigung auszusetzen. Doch sollte sich erweisen, daß die Zusammenkunft eine weit größere Überraschung barg und die Strafe grausam war.

Von kleinmütigem Haß auf das lächerliche Silbergerät übermannt und getrieben von einer selbstmörderischen Entschlossenheit, beantwortete die Äbtissin die Fragen Julius II. spöttisch in armseligen Reimen. Sie wollte dem Papst in einer Sprache, die er nur allzu gut verstand, zeigen, daß sie zwar gekränkt, aber noch am Leben war, Sehnsucht nach Filippo hatte und wußte, daß ihr die Verbannung drohte.

Äbtissin! Halten Sie sich zurück! Ich brauche Ihre Ironie nicht zum Regieren!

Verzeiht, Euer Heiligkeit.

Anders als alle meinen, benötige ich Ihre Hilfe, Äbtissin.

Als Julius II. der Welt eröffnete, er benötige zum Ruhme

seines Pontifikats die Hilfe der Äbtissin, erlebte der gesamte Vatikan eine neuerliche Erschütterung.

So viele Erschütterungen hatte der Klerus erlitten, aus so vielen verschiedenen Gründen und in so kurzer Zeit, daß selbst der gute Freund des Papstes, Doktor Vigo, den Verdacht hatte, Julius II. sei von einer vom Himmel gesandten, hochwirksamen toxischen Substanz vergiftet worden.

Denn seit er Petri Stuhl bestiegen hatte, versetzte Julius II. die Welt mit überraschenden Befehlen und undenkbaren Beschlüssen unablässig in Erstaunen. Seine Tatkraft war so unerschöpflich, daß zusätzlich zu den Mönchen Carlo und Camilo acht weitere Prälaten zur Niederschrift der päpstlichen Erlasse bestellt wurden. Ununterbrochen strömenden Erlassen. Sie entstanden auf den Korridoren, in Pavillons, Vorzimmern, Zimmern, Kapellen, an jedem Ort und zu jeder Gelegenheit. Julius II. spazierte zwanglos durch den Vatikan und schüttete seine Gesetze über der Christenheit aus.

Noch am Tage seiner Weihe beschloß er, die päpstlichen Gemächer neu zu gestalten, vor allem die langweilige, leblose Decke. Er ließ Architekten, Maler und Künstler kommen und verfügte noch mehr: den Bau der größten Kirche des Universums, den Petersdom, der über einen gewaltigen Platz blickte, den wiederum nie zuvor gesehene Pilaster säumen sollten. Befehle, die nicht in Frage gestellt und unverzüglich ohne Vorbehalte ausgeführt zu werden hatten.

Julius II. fragte nie, wieviel es kostete, dieses oder jenes zu verwirklichen, er erkundigte sich lediglich nach der Zeit. Wie lange? Und wenn ihm die benötigte Zeit für die Herstellung des Geforderten genannt wurde, halbierte er die Zeitangabe, erklärte die Angelegenheit für erledigt und setzte damit die Frist für die Ablieferung fest.

In nur wenigen Wochen seines Pontifikats brachte Julius II. die Armee des Vatikans auf Vordermann und machte sie zur gefürchtetsten Landstreitkraft der italischen Halbinsel.

Unablässig wurden Briefe an Könige, Fürsten und Herzöge entsandt, die von den gekrönten Häuptern totalen Gehorsam, Gold und Ehrerbietungen forderten, in erster Linie aber allen klarmachten, daß er, Julius II., das Sagen hatte.

Umringt von einer Vielzahl Assistenten, besichtigte der Papst gerade die Handwerksarbeiten in seinen Gemächern, als er die Anwesenden darüber informierte, daß er die Hilfe der frommen Nonne benötige. Carlo und Camilo sahen sich fassungslos an.

Ein silbernes Glöckchen. Das scheint mir doch ein fabelhaftes Hilfsmittel, Äbtissin. Übrigens ist alles, was Sie mir sagten, von unschätzbarem Wert. Selbstverständlich kann ich nicht auf Ihre Dienste verzichten. Sie kennen den Tagesablauf des Papstes und waren stets in allen Einzelheiten sorgfältig.

Danke, Euer Heiligkeit.

Sie werden die Aufgaben einer beratenden päpstlichen Haushälterin übernehmen, Äbtissin. Dies ist ein neues Ehrenamt, soeben von mir eingerichtet. Schreiben Sie den Erlaß nieder, Frei Carlo! Die Äbtissin wird die anderen Nonnen regelmäßig darüber in Kenntnis setzen, wie mir am besten zu dienen ist. Aber sie darf nichts anrühren! Vor allem nicht meine Speisen und Mahlzeiten, das ist Aufgabe der Dominikanermönche, die der Aufsicht von Doktor Vigo unterstehen. Die verehrte Äbtissin wird im Vorzimmer als Ratgeberin arbeiten, darf jedoch mein Zimmer, das päpstliche Schlafgemach, unter keinerlei Vorwand betreten. So sei es!

Die Äbtissin wollte niederknien, aber sie kniete bereits.

Also beugte sie sich, vom Gewicht des unerwarteten Erlasses bezwungen, noch tiefer. Sie ahnte, daß darin versteckt eine enorme Strafe lag, und war so betäubt von der überraschenden Ernennung, daß sie das Ausmaß der Bestrafung nicht zu erkennen vermochte.

Camilo! Setzen Sie ein neues Schriftstück auf. Ich fühle mich so großzügig. Diesmal an das heilige Offizium. Es soll bekanntgegeben werden, daß Papst Julius II. in großherziger Vergebung die schweren Anschuldigungen zurücknimmt, die gegen den Theologen Monsignore Filippo erhoben wurden. Daß der Heilige Vater besagten Prälaten von jeglicher Straftat freispricht, auf seine Unschuld erkennt und seine Rückkehr in den Vatikan gestattet. So sei es! Was halten Sie von diesen beiden Erlassen, Äbtissin?

Ich denke, Euer Heiligkeit sind ein Strom der Güte.

Sprechen Sie diesen Satz nie wieder aus, Äbtissin! Ich bin weder ein Strom noch ein Meer, noch ein Wald von irgend etwas! Papst Pius III., der gütige Idiot, ist tot und begraben! Und ich hasse es. Können mich alle hören? Ich hasse diese bildlichen, scheinbar kraftvollen Phrasen, von Lobhudelei versüßt, die jedoch so viel enthalten wie ein leeres Weinfaß! Diese Phrasen bedeuten mir rein gar nichts, denn ich bin ein Mann der Tat. Und jetzt könnt ihr euch zurückziehen! Die Äbtissin, Carlo und Camilo bleiben!

Während sechs Arbeiter, fünf Prälaten, zwei Kardinäle, vier Maler und drei Assistenten das Gemach in schweigender Ehrfurcht verließen, war Julius II. für die Schönheit der Äbtissin blind.

Ganz in Weiß, kniend und gebeugt, verströmte sie Frische und verkörperte die unantastbare weibliche Anziehungskraft. Scheinbar bittend und passiv, aber doch selbst agierend. Eine sanfte Frauengestalt, für die Julius II. Bewunderung, einigen Haß und allerhand Rachegefühle hegte. Weil sie sich vor ihm verbeugte, sich aber nicht seinem Willen beugte.

Gouvernante! Ich wünsche, das Zimmer der geheimen Dokumente zu besuchen.

Die Äbtissin drehte an den steinernen Weintrauben, die den Kamin schmückten, die Wand öffnete sich, und sie gingen hindurch. Nachdem sie eine dunkle Kammer und den schmalen Gang durchquert hatten, traten sie in einen Raum, in dem sich mit Samt in verschiedenen Farben ausgeschlagene Schachteln bis zur Decke stapelten.

Wo ist der Ring von Pius III.? Das päpstliche Siegel, Äbtissin?

Papst Pius III. wurde mit seinem Ring begraben, Euer Heiligkeit.

Das ist eine Lüge! Vigo hat den Leichnam exhumiert und am verwesenden Finger von Pius III. eine Fälschung gefunden! Carlo, bringen Sie die Ringschachtel her! Äbtissin, öffnen Sie sie und sehen Sie nach, was darin ist!

Sie ist leer, Euer Heiligkeit.

Leer. Wie schade, das echte Siegel von Pius III. ist verschwunden! Wo ist die Korrespondenz des verstorbenen Papstes mit dem König von Portugal?

In der Schachtel mit den Pergamenten, Euer Heiligkeit.

Ist das diese?

Ja, Euer Heiligkeit.

Leer. Noch eine leere Schachtel. Mir scheint, die Dokumente wurden verbrannt. Warum wohl, Äbtissin?

Ich weiß es nicht, Euer Heiligkeit.

Fromme Äbtissin, ich gebe zu, daß ich Monsignore Filippos Spur verloren habe. Wohin ist er gereist? Wo ist Francesco? Und der Seefahrer? Auf welchen Meeren ist er unterwegs?

Wenn Sie erlauben, Euer Heiligkeit, möchte ich einen

Vorschlag machen. Warum schreiben Sie nicht einen Brief an den König von Portugal? Nur er ist in der Lage, Ihre Fragen zu beantworten, schließlich war diese Angelegenheit doch Privatsache zwischen ihm und dem verstorbenen Papst.

Wieso habe ich daran nicht schon gedacht? Welch ein wunderbarer Vorschlag! Camilo, lesen Sie die Adresse des Königs von Portugal vor!

Leider gibt es keine Adresse der Portugiesischen Krone, Euer Heiligkeit. Seine Majestät König Dom João II. befindet sich in tiefer Trauer und hat sich in einem Turm eingeschlossen. Nach dem Tod seines einzigen Sohnes bei einem tragischen Reitunfall hat der König das portugiesische Königreich zum Zeichen der Trauer vom Rest der Welt praktisch isoliert.

Aus irgendeinem Grunde muß ich jetzt an meinen Freund Vigo denken. Ein brillanter Arzt. Ein Spezialist im Entfernen von Auswüchsen des menschlichen Körpers. Hoden, Penis, Brustwarzen, Brüste. Warum muß ich jetzt bloß an ihn denken? Und nun sagen Sie mir, Äbtissin, wonach ist Monsignore Filippo auf der Suche? Nach dem Heiligen Gral? Der Arche Noah? Der Dornenkrone Jesu? Wird er hier mit einem Engel in einem Käfig auftauchen? Was für eine neue Idee wurde Filippo offenbart?

Ich weiß es nicht, Euer Heiligkeit. Ich weiß es nicht.

Wenn Sie es wissen, sagen Sie mir Bescheid. Oder vielmehr, wenn Filippo zurückkehrt, vergessen Sie nicht, mich davon zu unterrichten. Sie sind entlassen, Äbtissin. Und halten Sie sich bereit, mir zu Diensten zu stehen. Morgen ab der zweiten vollen Stunde.

Angeekelt taumelte die Äbtissin zurück durch das unterirdische Nest geheimer Gemächer und labyrinthischer Gänge. Sie erkannte, daß ihre Strafe darin bestand, zum

Ruhme Julius II. zu arbeiten. Ein qualvolles Leben, das sie zur Gefangenen des päpstlichen Vorzimmers und zum Lockvogel für Filippo machen würde.

Eine vernichtende Strafe, wie sie das Schicksal vielen Menschen auferlegt, der Zwang, ohne jede Neigung oder Freude eine verabscheute Tätigkeit auszuüben. Einer Sache zu dienen, gegen die sich ihr Inneres wehrt.

Eine Divergenz zwischen Körper und Seele, die das Leben aufzehrt und solche Menschen zu innerer Verbannung verdammt. Zweifellos ein grausameres Leid als eine wahrhaftige Verbannung und so voller Apathie und Frustration wie der Inhalt einer leeren Schachtel.

14 *Das überraschende Geschlecht der Engel*

Halleluja! Nie fühlte ich mich Gott so nah. Die Engel haben uns zu einer Lichtung inmitten eines unglaublichen grünen Waldes geführt. Eine Art Schoß zwischen zwei Hügeln, mit einem Bach und einer kleinen Grotte, die uns des Nachts als Unterschlupf dient.

Die Flanken des Waldes bilden struppige grünliche Mauern, die uns vor der Sonne schützen und vor den Wässerungen des Herrn, den täglichen, reichlichen und schweren Regengüssen, die die Natur nähren und unsere Körper erfrischen. Ein Regen, der immer am späten Nachmittag fällt und pünktlich mit dem Auftreten eines magischen Regenbogens um die untergehende Sonne endet. Genauer gesagt, eine unbeschreibliche Sonnenzeremonie.

Silberne Blüten und fabelhafte Früchte zieren die Wipfel der Bäume, die unsere Lichtung wie eine ruhmreiche Krone schmücken.

Im Paradies ist die Natur üppig wuchernd und gleichzeitig friedlich. Vögel in allen Farben lassen sich aus dem Himmel fallen und beschreiben wunderschöne Bilder in der Luft. Schmetterlinge kommen aus den Spalten der Grotte hervor und bilden farbige Knäuel, die das Auge bezaubern.

Überall sind Tiere, im Wasser, auf der Erde, in der Luft, Tiere, die weder ich noch sonst ein Mensch, glaube ich, je gesehen hat. Die meisten sind zahm, unfähig uns zu ängstigen oder zu verletzen. Nicht erblickt habe ich Pferde, Dromedare, Kühe, Stiere oder Wölfe, statt dessen konnte ich eine regelrechte Heerschar kleiner goldgelber Affen feststellen, die in fröhlichem Lärm von Ast zu Ast springen.

Kein einziges Mal habe ich ein bedrohliches Brüllen oder Fauchen gehört, folglich existieren im Paradies keine Raubtiere. Die Laute, die ich höre, kommen aus weitläufigem Buschwerk und sind das unaufhörliche Gezwitscher der Vögel, die zum Ruhme Gottes singen.

Die Nächte sind lau. Der Wind geht nicht stark und weht Blütendüfte herüber, die mit köstlichem Wohlgeruch in die Nase dringen. Aus dem glitzernden nächtlichen Himmelszelt lösen sich Sterne und erleuchten den Wald mit ihrem funkelnden Schweif.

Was die Engel betrifft, so habe ich herausgefunden, daß sie sich nicht nur in neun Hierarchien aufteilen, wie es die Theologen behaupten. Außer den Hauptlegionen, also den roten Seraphim, den blauen Cherubim und den gelben Thronen, kann ich von der Existenz zahlloser anderer Engelsheerscharen berichten, die klassifiziert und katalogisiert werden müßten.

Ich möchte festhalten, daß die Körper der Engel weder Licht noch Funken ausstrahlen. Es stimmt, daß ihre Haut ein wenig schimmert, aber sie leuchtet nicht. Bei dieser Gelegenheit gestehe ich, daß mir auch dunkle Erzengel begegnet sind, was eine künftige Klassifizierung um einiges komplizierter macht.

Die Engel sind nicht einheitlich farbig. Entgegen aller Vermutung sind die Farben vermischt und in verschiedenen Zeichnungen auf den Körpern verteilt. Man findet farbige Streifen auf Armen und Beinen, während Brust und Rücken recht rätselhafte, rundliche bis kreisförmige Farbflecken aufweisen.

Wie mir schon bekannt war, verfügen die Engel im Paradies nicht über Flügel, was aber nicht heißt, daß sie keine Federn hätten. Es finden sich Reste von Federn oder auch kleine Federn an Ohrläppchen und Fersen. In anderen Fällen bedecken Federbüschel die Köpfe der höhergestellten Seraphim oder sie dienen dazu, die Geschlechtsorgane zu schmücken. Woraus sich zweierlei Schlußfolgerungen ergeben.

Erstens bestehen die Heiligenscheine nicht, wie bisher angenommen, aus Licht, sondern aus Federn, die von den früheren Flügeln stammen.

Zweitens erreicht das durchschnittliche Genital der Gottesge-

schöpfe eine recht erstaunliche Größe. Mit anderen Worten, Reife. Obwohl untätig und keusch, schwingen und schaukeln die Penisse der Engel frei umher und werden ohne jedes Schamgefühl zur Schau getragen. Selbst die Kinderengel, bei denen noch keine Klassifikation möglich ist, sind imstande, ihr eigenes Geschlecht ohne jede Verlegenheit in Gegenwart weiblicher Cherubim anzufassen.

Die Freiheit des paradiesischen Zustandes erlaubt den weiblichen Engeln, Erzengeln und Seraphim eine solch unbefangene Nacktheit, daß dieses Verhalten nur durch ursprüngliche Naivität und hehre Unschuld bewirkt sein kann.

Brüste, Scham und Gesäßbacken, junge wie alte, aber fraglos immer unbefleckt, wandeln ohne Scheu auf den Pfaden des Herrn und zeigen, daß die Sünde nur in den Köpfen der aus dem Paradies Verstoßenen existiert.

Aus all diesen Gründen ging ich dazu über, auf den Boden zu blicken und die Augen zum Zeichen des Respekts und der Einkehr unter den Lidern zu halten, denn ich bin befleckt mit der Erbsünde. Da ich nicht zulassen wollte, daß mein Neffe, der auf wundersame Weise genesen war, von der Leibespracht überwältigt würde, verpflichtete ich Francesco, in Gegenwart eines Himmelsgeschöpfes niemals die Augen zu öffnen.

Ich erfuhr, daß der Anführer der himmlischen Heerscharen in diesem Teil des Paradieses nicht Fürst Raphael ist, wie es die Propheten in ihren Schriften verkünden. Der höchste Erzengel, der alle anderen Engel des Paradieses anführt, ist weder grün, noch hält er ein Kind mit einem rubinroten Fisch im Arm, und schon gar nicht laufen ihm alljährlich siebzigtausend Tränen über die Wangen.

Die neue Beschreibung lautet wie folgt: Er ist von purpurner Farbe, gesprenkelt mit schwarzen und roten Flecken, er trägt Pfeil und Bogen, beide sehr schlicht, ein unentwickelter Ansatz der späteren Gewalttätigkeiten des Menschen, von seinem Gesicht tropft streng riechender Schweiß, für mich ein sicherer

Hinweis, daß die Engel sich bemühen, menschlich zu werden, und die Gefolgschaft, die diesen Himmelsfürsten begleitet, nennt ihn respektvoll Tuabetã.

Tuabetã. Diesen Namen gilt es zu behalten. Tuabetã bezeichnet seine Hilfserzengel mit folgenden Namen: Tupiá, Acatu, Catubuí, Bubuí, Piubá, Brorió, Piabita und Araritu. Also ganz anders als die in den heiligen Schriften aufgeführten Namen: Nemamiah, Jejale, Aarahel, Misrael, Uriel, Asaliah, Mebahiah und Anauel.

Ich frage: Welchen Grund hätte ich, die Engel neu katalogisieren zu wollen? Keinen. Gott öffnete die Pforten des Paradieses und fertig. Wir müssen den Garten des Herrn nehmen, wie er ist, ohne alles in Frage stellen oder einordnen zu wollen. Den Garten Eden hat Er erschaffen, und es ist unsere Pflicht, Sein Werk zu ehren.

Halleluja! Alle Beobachtungen, die in diesem Bericht gemacht wurden, mögen vergessen werden. Denn sie sind nutzlos und überflüssig. Ich bitte Gott um Vergebung, daß ich versucht habe, das Paradies und seine Untertanen zu analysieren und zu beschreiben. Wer bin ich, daß ich das Absolute zu verstehen suche?

Vergebung, Herr. Vergebung, Tuabetã. Ich werde den irdischen Garten Eden genießen, wie es die Schrift gebietet.

* * * *

Nur Luft, nichts als Luft.

Während Filippo neben einer kleinen Feuerstelle schrieb, überkam Francesco ein tröstliches Gefühl, das seinen Seelenschmerz betäubte. Es geschah mitten auf der Lichtung, beim Anblick des Mondes.

Er schien ihm so nah, so greifbar, daß der Junge in Verzückung geriet. Er glaubte zu spüren, wie vom Rand des Gestirns Fäden ausgingen, die seinen Atem anlockten.

Unsichtbare Bündel von Mondstrahlen zogen ein Stückchen aus seiner Seele. Kristallklare Töne von außergewöhnlicher melodischer Genauigkeit drangen aus seinem Mund, schweiften durch die Lichtung und stiegen auf in die paradiesische Weite. In Luft, nichts als Luft.

Sie hat sich überhaupt nicht verändert. Sie ist genau wie vorher, Onkel. Vollkommen.

Hier ist alles vollkommen, Francesco.

Ich spreche von meiner Stimme. Der Heilige Vater Papst Pius III. wird sich freuen, sie wieder hören zu können.

Vielleicht, Francesco. Vielleicht wird Seine Heiligkeit glücklich sein, zu hören, daß die heiligen Schriften und die Bibel sich nicht geirrt haben und daß das Paradies auf Erden existiert. Aber wahrscheinlicher ist es, daß Seine Heiligkeit erschrickt. Denn warum brauchen wir dann noch einen Papst? Fürst Raphael, das heißt, der Erzengel Tuabetã, der Anführer der himmlischen Heerscharen, wird das neue Oberhaupt der Kirche sein. Er ist immerhin ein Engel und damit Gottes Sphäre sehr viel näher. Das Christentum wird die Kirche als Institution nicht mehr brauchen, nur noch das Paradies.

Und der Vatikan? Werden wir denn gar nicht zurückkehren?

Unterbrich mich nicht, Francesco, ich habe ein gewaltiges theologisches Problem in den Händen und weiß nicht, wie ich es der Welt mitteilen soll! Versuch mir zu folgen! Welche Bedeutung hat die Entdeckung des Paradieses? Hat Gott uns von der Schuld durch den Sündenfall befreit? Darf ein jeder Mensch den Garten Eden betreten und sich an ihm laben? Warum? Was ist geschehen? Gibt es das Jüngste Gericht nicht mehr?

Gott hat es sich anders überlegt.

Nein, Francesco! Gott überlegt es sich nicht einfach anders! Das ist alles sehr viel bedeutender, als du glaubst. Denk doch mal nach! Männer, Frauen und Kinder müssen ihr täglich Brot nicht mehr im Schweiße ihres Angesichts verdienen, es gibt keine Arbeit im Garten des Herrn. Man muß nichts anpflanzen, die Speisen sind von Gott gegeben! Ist die Menschheit für ein solches Leben reif? Die Geschichte der Menschen und der Theologie werden solch verheerende Veränderungen erleben, daß die eigentliche Geschichte nicht mehr existieren wird! Ist das möglich? Der Tod der Geschichte.

Ich werde wieder singen. Das ist besser. Denn wenn du weiter an all diese komplizierten Dinge denkst, Onkel, wirst du noch solche Kopfschmerzen bekommen wie Papst Pius III.

Schluß mit dem Gesinge! Du bist noch sehr schwach. Iß das weiße Fleisch und trink vom heiligen Wasser.

Was sind das für Speisen, die uns die Engel geben? Tiere oder Früchte? Das Fleisch ist so weiß wie das eines gekochten Fisches, aber es schmeckt nicht nach Fisch. Manche der Früchte sind mit Kuhhaaren bedeckt und andere mit Fischschuppen. Das verstehe ich nicht, Onkel. Sind die Früchte Tiere? Sind die Fische Früchte?

Es ist eine andere Welt. Das ist der Garten Eden, Francesco. Alle Augenblicke tut er Wunder vor uns auf.

Warum fragst du die Engel nicht, was Fleisch ist und was eine Frucht, Onkel?

Es hat keinen Sinn. Ich habe es dir doch erklärt. Sie sprechen eine unverständliche Sprache.

Sie reden in Grunzlauten. Piubá, acatu, bubruí, piabitá. Tuabetã!

Werd nicht anmaßend, Francesco! Alle Sprachen der Welt bestehen aus Grunzlauten und sind armselig, verglichen mit der Vielfältigkeit des Universums! Die Engel verfügen wahrscheinlich über eine andere Form der Verständigung, die uns nicht bekannt ist, aber viel präziser und reicher als irgendeines der mechanischen Systeme aus Grunzlauten, die die Menschheit benutzt.

Du hast gesagt, du hast sie um Gesundheit für mich gebeten und sie haben mich mit dem weißen Fleisch wieder zum Leben erweckt. Irgendwie haben sie deine Bitte verstanden.

Natürlich! Vielleicht. Dazu gibt es eine Hypothese. Aber wo sind sie?

Die Engel? Sie sind zur Jungfrau gegangen, zu Christus, zu Gott. Das hast du doch gesagt, Onkel. Du hast mir auch erklärt, daß sie nicht schlafen.

Das stimmt nicht, Francesco! Ich habe dir erklärt, daß die Engel sich nachts um den Baum der Erkenntnis versammeln. Das war alles. Und geh bitte nicht respektlos mit dem Namen der Jungfrau um, und auch nicht mit Jesus Christus, die leben nämlich nicht im Paradies. Sie leben im Kosmos! Im Himmel! In der Ewigkeit!

Entschuldige, Onkel.

Das ist eine sehr interessante Hypothese. Die Engel verständigen sich mit den Menschen über die Gedanken. Das würde alles erklären.

Über die Gedanken? Wie das, Onkel?

Es ist nur eine Hypothese.

Hypothese. Gedanken. Ich hatte einen Gedanken! Selbst mit geschlossenen Augen konnte ich sehen, daß es Engelmänner und Engelfrauen gibt. Und ich habe nichts. Welches ist jetzt mein Geschlecht?

Francesco, ich habe viel über diese Gemeinheit nachgedacht und bin zu keinem Schluß gekommen. Da es die Hypothese einer mentalen Verständigung zwischen uns gibt, können die Engel vielleicht etwas machen. Irgendein Wunder, daß deine Genitalien wiederherstellt. Aber ich frage mich: Wozu brauchen wir ein Geschlecht, wenn wir uns im Garten des Herrn befinden?

Die Mundwinkel verziehend, als sei er sich seiner Sache nicht sicher, begab Filippo sich, von Hypothesen und Theorien überwältigt, in die Grotte. Aber auch voller Hoffnungen, wie ein Schlafloser, der sich einen Traum wünscht.

Francesco wandte sich wieder dem Mond zu und begann zu singen. Viel und lange. Nur wurde er nun aus funkelnden Augen beharrlich beobachtet. Kleine unruhige Augen, die am Rand der Lichtung aufblinkten und immer mehr wurden. Eine ständig anwachsende, unheimliche Wolke von Glühwürmchen.

Nach und nach ließ der Knabe seinen Gesang leiser werden. Er begann wie Tuabetã zu schwitzen, stieß wechselnde Grunzlaute aus und traf nicht mehr jeden Ton.

Ziemlich verängstigt, weil er sich ausgeliefert fühlte, wandte Francesco sich langsam der Grotte zu, denn er fürchtete, jede jähe Bewegung könnte die Wut in diesen Augen entfesseln. Waren jene bösen Blicke wohl die der gefallenen Engel?

Entsetzen packte den Knaben. Er lief, brüllte flehend und rief nach dem Monsignore. Als er den Eingang der Grotte erreichte, blieb Francesco mit einem Ruck stehen. Er wurde Zeuge eines höchst ungewöhnlichen Schauspiels.

Vom Gesang des Jungen berauscht, hatten mehrere Engel auf den Felsen Platz genommen, die den Eingang zu der Höhle bildeten. Dort, im diffusen Mondschein, dem vom Grün der Blätter gedämpften Licht, begatteten Erzengel weibliche Seraphim, ein Thron trieb mit einem jungen weiblichen Engel Analverkehr, und Tuabetã höchstpersönlich vergnügte sich dabei, kraftvoll in die Vagina einer keuchenden jugendlichen Cherub einzudringen.

Als der Monsignore aus der Grotte Francesco zu Hilfe

eilte, erstarrte er. Eine sensationelle Entdeckung war ihnen offenbart: Die Geschlechtsorgane der Engel waren nicht untätig!

Später schrieb Filippo.

Die Wollust der Engel und Engelinnen bringt intensivere und begierigere Lustgefühle hervor als die der Menschen. Der Koitus ist derart großartig und vielfältig, daß der Geschlechtsverkehr zwischen den himmlischen Wesen nur als körperliche Ausübung der Tugend und folglich als völlige Aufhebung der Sündhaftigkeit im Geschlechtsakt verstanden werden kann.

Hiermit erkläre ich, daß es im Paradies keine Sünde gibt und daß die himmlischen Wesen im ewigen Kreislauf der Vergebung leben. Ein magischer Kreis, der die Schuld durch die Erlösung des Gewissens zunichte macht und der das Obszöne durch die Überlegenheit der Wonne auflöst. Halleluja!

15 *Die schreckliche Idee eines unmoralischen Künstlers*

Als Camilo und Carlo das päpstliche Schlafgemach betraten, bot sich ihnen ein höchst ungewöhnliches Bild.

Julius II. hatte einen wirren Blick und schien all seine Würde verloren zu haben. Der Papst hatte sämtliche Fenster geöffnet, so daß der dichte Morgennebel in sein Gemach eindringen und sich feucht auf sein Gesicht sowie die Wände legen konnte.

Carlo, der Dicke, wollte beten, Camilo hingegen Doktor Vigo rufen. Weder der eine noch der andere kam dazu, seinen Gedanken Taten folgen zu lassen: Apathisch blieben sie angesichts der absurden Situation stehen.

Der mächtige Julius II., der, ganz auf die sich niederschlagenden Wasserpartikel konzentriert, in eine Wolldecke gehüllt auf einem Holzschemel saß, hatte sich in einen alten, seiner Gebrechlichkeit hingegebenen Mann verwandelt. Oder etwas noch Schlimmeres. Einen Geisteskranken, der sich von der Kälte töten ließ, da an seiner Nasenspitze ein trüber Wassertropfen hing, dem zum Hinunterfallen die Kraft fehlte.

Er zitterte vor Kälte und ließ zu, daß der Nebel zu einem diffusen Film wurde, der etwas Unheimliches, nicht Greifbares hatte. Etwas Zerstörerisches.

Guten Tag, Euer Heiligkeit.

Haben Sie gut geschlafen, Euer Heiligkeit?

Wäre es nicht angenehmer, das Fenster zu schließen, Euer Heiligkeit? Der Morgen ist recht kalt.

Und feucht, Camilo.

Das stimmt. Es regnet fast, Carlo.

Niemand rührt die Fenster an!

Natürlich nicht, Euer Heiligkeit. Wenn dies Ihr Wunsch ist.

Hört zu. Ich bin sehr früh aufgewacht und habe bemerkt, daß diese weiße Wolke ihre Schnauze an die Fensterscheibe drückte. Also habe ich das Fenster geöffnet und sie eingelassen. Der scheußliche Nebel schlich sich in alle Ecken, glitt über den Boden, die Wände entlang und kam auf mich zu! Dann legte er sich wie eine Schlange um mich. Ich wartete ab. Er kam langsam zur Ruhe, und jetzt erstirbt er in einem unsichtbaren Sumpf aus Wassertröpfchen.

Welch ein bedrohlicher Nebel, Euer Heiligkeit.

Ist das vielleicht ein schlechtes Omen, Heiliger Vater?

Nein! Kommen Sie mir nicht mit schlechtem Omen. Das fehlte noch: ein Papst, der böse Vorzeichen sieht! Sehe ich vielleicht aus wie eine hysterische Betschwester, die gerade menstruiert?

Nein, Euer Heiligkeit!

Julius II. hatte keine Vorzeichen gesehen und auch keinen Wink Gottes erhalten, er stellte lediglich mit Hilfe des Nebels seinen Geist auf die Probe. Und da von allen Mechanismen des Geistes das logische Denken am wenigsten verwendet wird, suchte der Heilige Vater eine instinktive Antwort auf die beklemmende Angst, die Filippos rätselhafte Reise in ihm hervorrief. Eine enorme Bedrohung für sein Pontifikat, die niemand erkannte, und doch war er davon überzeugt, daß sie existierte.

Indem er sich einzig und allein auf sein Gefühl verließ, eines der fleißigsten Fermente des Geistes, hatte Julius II. herausgefunden, wie er Filippo vernichten konnte.

Ein harmloser, zerbrechlicher Nebel erstirbt zu meinen Füßen. Aber es hätte auch alles anders verlaufen können. Die kalte Feuchtigkeit hätte durch die Poren meiner Haut eindringen, die Knochen erfassen, über das Mark bis hoch in die Lungen steigen und sich in einen schweren, schleimigen Katarrh verwandeln können, der meine Atmung erstickt.

Deswegen, Euer Heiligkeit, glaube ich, daß es besser wäre, wenn wir die Fenster schließen.

Bleib ja von dem Fenster weg, Camilo! Der Nebel hat mir den Weg gewiesen! Ich werde nicht länger warten, ich werde die neue Idee, die Monsignore Filippo entdeckt hat, im Keim ersticken, bevor sie mein Pontifikat wie eine Viper vergiftet! Ich habe eine Entscheidung getroffen.

Verzeihen Sie, Euer Heiligkeit. Der Nebel, Monsignore Filippo, die neue Idee, Ihre weise Haltung, die Viper und so weiter. All das zusammen ergibt keinen Sinn.

Alles ergibt einen Sinn, Carlo!

Euer Heiligkeit, ich wollte keineswegs den kristallklaren Gedankengang des Heiligen Vaters trüben oder womöglich schädigen. Ich muß gestehen, mir will es nicht gelingen, die Essenz Ihrer Logik zu erfassen. Ich bin verwirrt.

Was seid ihr für beschränkte Mönche! Tag für Tag so einig in eurer Dummheit, daß man euch schier verwechselt. Ich weiß schon nicht mehr, wer wer ist. Ihr redet dasselbe und denkt dasselbe. Der einzige Unterschied ist, daß Carlo dick ist. Begreift denn niemand, daß Filippo den Tod der Kirche herbeiführen wird? Ich bin sicher, daß er der Christenheit einen Nebel aus unsichtbaren, langsam einsickernden Tröpfchen bringen wird. Das Gefährlichste, was es gibt: eine Idee!

Monsignore Filippo hat eine Idee? Hat er einen neuen Glauben entdeckt? Euer Heiligkeit, wie kämpft man gegen eine Idee?

Genau das habe ich herausgefunden, ihr stumpfsinnigen Mönche! Es gibt nur einen Weg! Idee gegen Idee. Nur eine Idee ist in der Lage, eine andere auszulöschen! Und dank Gottes Gnade bin ich im Besitz der siegreichen Idee!

Wenn Euer Heiligkeit Filippos Idee nicht kennen, wie können Sie dann behaupten, die siegreiche Idee zu besitzen?

Nur die Kunst vermag, der vollkommensten aller Ideen Ausdruck zu verleihen, Camilo.

* * * *

An einem frühen Nachmittag erschien in dem kleinen Dorf Caprese unweit von Arezzo ein merkwürdiger Fremder.

In einen schweren schwarzen Umhang gehüllt und auf einem schlammverdreckten Rappen reitend, sah der Mann aus wie der Nachtvogel, der sich in der Zeit geirrt hatte. Da er ein riesiges Schwert am Gürtel trug, dachten einige Dörfler, er sei ein umherirrender Ritter ohne Heimat. Doch war er kein Ritter, geschweige denn heimatlos.

Der Fremde erreichte ohne Mühe Francos Herberge, übrigens die einzige im Ort, bestellte Wein, gab Anweisung, man möge sein Pferd gut versorgen, und begab sich, nachdem er den vollen Krug mit Arezzo-Wein gierig hinuntergestürzt hatte, zum Schlafen.

Rossella, Francos reizvolle Frau, die eine ausgeprägte Beobachtungsgabe besaß, erklärte, der Mann sei auf der Durchreise zu einer Beerdigung. Daher die Eile, Müdigkeit und die Wahl der Trauerkleidung. Ihre Vermutung schien so treffend, daß bald jeder davon überzeugt war. Rossellas irrige Worte ließen die Spekulationen der Bevölkerung über Herkunft und Ziel des schwarzen Ritters jählings verstummen. Die Angelegenheit wurde mit Anbruch der Nacht begraben.

Und Stunden später zu neuem Leben erweckt.

Als der Mann hungrig erwachte und Franco, der Wirt, ihm Hammelbraten brachte, bemerkte er, daß der Fremde im Nacken einen siebenzackigen Stern eingebrannt hatte. Ein alarmierendes kabbalistisches Zeichen, das Frevel verriet.

Überzeugt, daß der Fremde ein Hexer war, erstarrte Franco. Er schwankte, ob er den Mann aus seiner Herberge werfen oder eiligst die geistliche Obrigkeit von der Anwesenheit eines schwarzen Dämonen im Dorf informieren sollte. Der Hexer kam näher und faßte ihn am Arm.

Franco! Ich bin nicht der, von dem Sie denken, daß ich ihn verkörpere.

Für gewöhnlich pflege ich kein Urteil über meine Gäste zu fällen. Übrigens denke ich überhaupt nicht, mein Herr. Dem Himmel sei Dank, daß meine Frau für mich denkt.

Wo ist sie?

Meine liebe Rossella ist bei der Niederkunft der Signora Buonarroti helfen gegangen.

Welch ein Glück für sie! So wird sie Hebamme einer vornehmen Geburt sein.

Die Buonarrotis sind keine Adligen. Auch wenn sie die Lüge verbreitet haben, sie wären Nachkommen der Grafen von Canossa, den Herren der Ländereien von Arezzo.

Wissen Sie, was für ein Datum heute ist, Franco?

Irgendeine Nacht im März vierzehnhundertfünfundsiebzig.

Falsch. Eine ganz besondere, auserwählte Nacht im Zeichen der Fische. In diesem Augenblick tritt der Planet Merkur, gefolgt von der Venus, in das Haus des Jupiter, womit er das denkbar günstigste Horoskop im Kosmos bildet.

Lassen Sie meinen Arm los, ich bitte Sie! Was reden Sie da? Ich verstehe von diesen Dingen nichts.

O doch! Sie sind Astrologe wie ich und wissen ganz genau, daß hier ein Mann mit Talent zur Welt kommen wird.

Nicht mit Talent, mein werter Gast. Denn das Talent ist

eine Eigenschaft, die in der Macht bestimmter Männer liegt. Wer diese Nacht geboren wird, ist ein Genie, einer, der die Menschen der Macht seines Talents unterwirft.

Als Rossella in die Herberge zurückkehrte, traf sie Franco und den Mann in Schwarz an, wie sie volltrunken feierten, was unsichtbar in den Sternen geschrieben stand. Michelangelo Buonarroti war zur Welt gekommen.

Jahrzehnte später begegnete ein Trupp des Papstes Julius II., der unter dem Kommando von Hauptmann Ritter die Gegend von Arezzo durchquerte, zwei alten Leprakranken.

Beide waren zerlumpt und von Schwären bedeckt, Büßerseelen in den Augen der Leute, und hatten unzählige Jahre, von allen vergessen, in den tiefsten Kerkern der heiligen Inquisition verbracht.

Sie hatten nie zugegeben, Hexer oder Astrologen zu sein, obwohl sie von Rossella, der Frau des einen, dessen beschuldigt worden waren.

Nun, nach ihrer Freilassung, irrten sie in den Feldern von Arezzo umher, auf der Suche nach dem Tal der Leprakranken. Ein Ort, über dem ein Fluch hing. Dessen Besitzerin die derzeitige Gräfin von Canossa war. Eine grimmige Alte, der auch eine stillgelegte Herberge in Caprese gehörte, und angetraute Gemahlin eines der Erben der Adelsfamilie Canossa. Eine Ehe, die nach dem kirchlichen Prozeß geschlossen worden war, den man Franco und dem Mann in Schwarz gemacht hatte. Eine Hochzeit als Triumph, weil sie Rossella zur Gräfin machte, oder anders gesagt, zur wahren Hexe von Caprese.

* * * *

Hauptmann Ritter und sein Trupp erreichten den Vatikan durch das Westtor. Bei ihnen waren Michelangelo, drei Assistenten und Tommaso, der Freund des Bildhauers.

Michelangelo staunte, als er die Zitadelle betrat. Er wußte vom Bau des Petersdoms und des unerhört großen Platzes, doch hatten seine Augen nie zuvor einen solch mächtigen Bau erblickt. Alles war so monumental, daß man meinen konnte, Gott selbst sei der Architekt dieser Herrlichkeit. Alles nach seinem Bild und Ebenbild. Wundervoll. Außergewöhnlich.

Da er den Keim der Schönheit in sich trug, nahm Michelangelo das Schöne physisch wahr. Ein Gefühl, das sich regellos in Schauern durch seinen Körper zog. Der Bildhauer war nicht nur trunken von der Größe des Baus, er bemerkte auch das Schöne in den Details der kleinen Dinge. In den winzigkleinen bunten Steinen eines zerstörten Mosaiks, in den Staubteilchen, die durch die Luft trieben, dem runden Rand eines auf dem Boden liegenden Pilasters.

Er sah, daß alle überzeugt waren, für Gott zu arbeiten, und in allem das Erhabene sahen. So wie die Menschen sich das Göttliche immer mit menschlichen Zügen vorstellen und euphorisch erklären, nach dem Bild und Ebenbild Gottes geschaffen zu sein, so schien der leblose runde Rand des Pilasters zu verkünden, daß Gott im wesentlichen kreisförmig war.

Die Äbtissin erhielt den Auftrag, sich mit ihrem Silberglöckchen in der Sixtinischen Kapelle einzufinden und Vorkehrungen für die protokollarische Ankunft Michelangelos zu treffen. Seine Heiligkeit verlangte eine Audienz unter vier Augen mit dem Künstler, ohne seine Assistenten, Freunde oder Begleiter.

Während Julius II. durch die Südgalerie ging, die seine Gemächer mit der Kapelle verband, las ihm Frei Carlo einen kurzen Bericht über den Bildhauer vor.

Michelangelo Buonarroti war in Caprese geboren; die Eltern behaupteten, Nachfahren der Grafen von Canossa zu sein, aber diese Abstammung wurde niemals bestätigt. Seine Mutter starb, als er sechs Jahre alt war. Sein Vater Ludovico zwang ihn, so viel wie möglich zu lernen, aber der Junge dachte nur ans Zeichnen. Der Vater, ein sehr strenger Mann, versuchte dem Jungen diese schlechte Angewohnheit mit Prügeln und Bestrafungen auszutreiben. Vergeblich. Mit vierzehn Jahren lief Michelangelo von zu Hause weg und wurde Schüler des Malers Domenico Ghirlandaio. Drei Monate später warf der Maler ihn aus dem Atelier. Anscheinend hatte der Junge die Bilder des Meisters kopiert, die Fälschungen mit Rauch älter gemacht und sie heimlich verkauft.

Das gefällt mir. Welch ein Charakter. Fahren Sie fort, Carlo.

Euer Heiligkeit, die Kopien waren so vollkommen, daß sie bald mehr kosteten als die Originale. Nach diesem kleinen Skandal, der die Familie Buonarroti beschämte, wurde der junge Maler im Atelier von Lorenzo dem Prächtigen in den Gärten der Medicis aufgenommen, wo er sich fortan der Bildhauerei widmete.

Das reicht! Den Rest der Geschichte kenne ich. Er schuf die *Pietà* und gilt seitdem als Genie.

Euer Heiligkeit, ich habe die Pflicht, Ihnen mitzuteilen, daß Michelangelo ein widernatürlicher Mann ist. Ein unmoralischer! Er schläft mit einem Jüngling, als wäre es ein Weib!

Kein Jüngling, Carlo. Es ist ein Mann namens Tommaso, und er trägt einen üppigen Schnurrbart.

Verzeihen Sie, Euer Heiligkeit, ich habe nicht richtig verstanden.

Sie haben mich sehr gut verstanden! Sein Liebhaber heißt Tommaso, und er hat ihn mit in den Vatikan gebracht. Das geht aus Hauptmann Ritters Bericht hervor.

Wie kann er es wagen! Michelangelo ist ein Wahnsinniger, Euer Heiligkeit!

Ein Wahnsinniger. Wahnsinn. Seltsam. Wenn Gott diesen Seelenzustand, den Wahnsinn, geschaffen hat, dann muß er zu irgend etwas nütze sein.

Michelangelo legte seinen smaragdgrünen Umhang um und wartete vor der Tür der Sixtinischen Kapelle auf das Bimmeln eines Glöckchens, um hineingehen zu dürfen. Kein Bimmeln ertönte, und vor Ungeduld rückte er gereizt seinen Umhang zurecht. Sein Stolz und sein angeborenes Auftreten wie ein Prinz waren verletzt, von einer Eichentür außer Kraft gesetzt.

Die gesamte Gefolgschaft zog sich zurück, Julius II. blieb allein auf seinem Thron. Statt die Äbtissin anzuweisen, sie solle das Glöckchen läuten, verharrte der Heilige Vater in Schweigen, als hätte ihn ein erneuter Nebel hypnotisiert.

Äbtissin, rufen Sie Doktor Vigo!

Durch das Hinauszögern der Audienz löste Julius II. im Gemüt des Bildhauers so etwas wie einen Aderlaß kleiner Zornesausbrüche aus, typische Reaktion eines jeden, der seinen Stolz verletzt sieht. Da er weder gegen die Tür treten noch wie ein kleines Kind toben konnte, attackierte das Genie den eigenen Körper und kaute Fingernägel.

Sowie Vigo die Kapelle betrat, stellte der Papst eine Frage, die für die Gelehrten als unbeantwortbar gilt.

Was ist Wahnsinn?

Euer Heiligkeit, Wahnsinn ist das Chaos.

Sonst nichts, Vigo? Und warum sagt man, die meisten Künstler seien wahnsinnig?

Wenn Euer Heiligkeit erlauben, ich glaube, der Wahnsinn kommt vor der Kunst. Es wären also praktisch benachbarte Abschnitte im Kreislauf der Kreativität.

Was für einen Kreislauf meinen Sie?

Überlegen Sie, Euer Heiligkeit. Der Wahnsinn kommt vor der Kunst. Die Kunst kommt vor der Wissenschaft. Die Wissenschaft kommt vor der Wahrheit! Die Wahrheit ist Gott! Gott geht immer dem Wahnsinn voraus. Denn Er ist es, der das Chaos zuläßt! So dreht sich der Kreislauf der Kreativität. Wahnsinn, Kunst, Wissenschaft, Wahrheit, Gott. Und wieder Wahnsinn. Und der Kreislauf wiederholt sich bis in alle Unendlichkeit auf der Spirale der Kreativität.

Was Sie nicht sagen. Doktor Vigo, wenn ich richtig verstanden habe, ist die Kunst wichtiger als die Wahrheit.

Nichts ist wichtiger als die Wahrheit, denn sie ist Gott, Euer Heiligkeit. Aber die Kunst kann die Menschen viel mehr anrühren als die Wahrheit und sie sogar übertreffen. Und das ist eine Wahrheit.

Vigo! Das heißt, nur die Kunst kann die Realität besiegen.

So absurd dies auch erscheinen mag, Euer Heiligkeit. Die Kunst wird immer ewiger sein als die flüchtige Realität. Ja, man kann ohne Vorbehalte sagen, daß nur die Kunst stärker ist als die Wirklichkeit.

Was wäre, wenn die Christenheit wählen müßte zwischen einem echten Seraph in einem Käfig und dem Bild eines Engels, der das Göttliche mit den Mitteln der Kunst ausstrahlt?

Es ist so gut wie sicher, daß die Menschen den richtigen Engel in Stücke reißen und verspeisen würden. Und das Bild statt der Wahrheit verehren.

Wunderbar. Genau das habe ich vermutet. Filippo kann der Welt enthüllen, was er will, denn meine Streitkraft wird die Kunst Michelangelos sein. Sie können gehen, Vigo.

Die Äbtissin, die das Gespräch mit angehört hatte, fällte

kein Urteil über die illustren Theorien des Doktors. Zwar mußte sie zugeben, daß die Überlegung des Arztes in einigen Teilen durchaus ihre Logik besaß, doch wußte sie, daß Vigos Gedankengänge immer einer Prämisse entsprangen, die keine Liebe kannte: seiner Verachtung für andere Menschen. Eine abgründige Fähigkeit, den Menschen geringzuschätzen und die Liebe mit all ihrem Veränderungs- und Erneuerungspotential zu mißachten. Aber für die Äbtissin war Liebe immer der Beweis, daß die Menschen nach Gottes Bild und Ebenbild geschaffen sind.

Holen Sie Michelangelo herein, Äbtissin. Und anschließend rufen Sie die Theologen, denn ich will dem Klerus erklären, welchem Mechanismus der Kreislauf der Kreativität gehorcht.

Silber gegen Silber. Der Schlag des winzigen Metallpendels im Inneren der kleinen Glocke hallte wider und verwandelte sich in ein Läuten. Was Michelangelo veranlaßte, durch die Eichentür in die Kapelle zu treten und niederzuknien.

Die Äbtissin zog sich zurück. Julius II. erhob sich und begann, im Kreis auf dem Marmorboden umherzugehen.

Michelangelo, mein lieber, geschätzter Sohn, man sagt, Sie seien nichts weiter als ein unmoralischer Mensch. Ist das wahr?

Ich bin ein Diener des Herrn. Ein Bildhauer, Euer Heiligkeit.

Da haben wir es! Alle vergessen, daß die Künstler die einzigen sind, denen es erlaubt ist, ihren eigenen Moralkodex zu haben! Schließlich sind sie dem Wahnsinn so nahe! Die Welt der Künstler ist so ganz anders, mein Sohn. Bitte stehen Sie auf und schauen nach oben. Die Decke. Sehen Sie? Ich brauche dringend Ihre Kunst, Ihre Träume, Ihre Ideen! Was interessiert mich Ihr Lebenswandel? Schauen Sie nach oben! Die Decke der Sixtinischen Kapelle. Farblos. Grau mit ein paar Sternchen. Tot! Deswegen will ich, daß Sie all Ihre Vorstellungskraft einsetzen und diese nackte Kuppel mit all Ihrer Genialität gestalten!

Euer Heiligkeit, ich bin kein Maler!

Sie haben Malerei studiert und zeichnen wie kein anderer seit zartem Kindesalter. Ist das eine Entgleisung oder ein Geschenk, mein Sohn?

Im Vatikan arbeiten hervorragende Maler. Unter ihnen Rafael und Bramante.

Hören Sie sich diesen Vers an: In deinem schönen Antlitz sehe ich, was ich in diesem Leben kaum beschreiben kann, ich brenne vor Liebe nach deinem Körper, denn es gibt nichts anderes auf dieser Welt, das mich in Versuchung führt. Nicht schlecht geschrieben, mein Sohn. Das stammt aus Ihrer Feder, nicht wahr? Und es ist Signor Tommaso gewidmet. Wissen Sie, mein lieber Michelangelo, ich suche einen Künstler und keinen Maler. Verstehen Sie, warum ich Sie ausgewählt habe? Sie sind der geborene Maler, ein glänzender Bildhauer und auch noch ein Poet. Wie können Sie so viele Talente gleichzeitig besitzen? Aber nehmen Sie sich mit Ihren Versen ich acht, mein Sohn. Sie sind allzu deutlich. Ich weiß nicht, warum die Geistlichen der heiligen Inquisition sich seltsamerweise angewöhnt haben, Ihre Gedichte zu lesen. Seien Sie auf der Hut, Michelangelo. Bitte seien Sie auf der Hut. Auf Sodomie steht der Tod der Sodomisten. Aber in diesem Fall können Sie damit rechnen, daß ich Sie beschütze. Nehmen Sie den Auftrag an, die Decke zu malen?

Welche Art von Malerei wünschen Sie für das, was Sie Decke nennen, Euer Heiligkeit?

Jene, die bewirkt, daß sich alle Gefühle in Farben verwandeln und daß sich alles, wonach jeder einzelne Mensch in jeder Epoche gestrebt hat, hier widerspiegelt! Ich will in dem unbeweglichen Bild die fortwährende Bewegung

Gottes spüren! Ich will Licht, Kraft und das Ewige! Wissen Sie, warum? Nur die Kunst kann die Wirklichkeit besiegen! Darum verlange ich, daß der Traum Ihres Bildes stärker als die Sinne ist! Wer immer seinen Fuß hier hineinsetzt, darf nicht merken, daß ihn die Illusion des Göttlichen in den Bann geschlagen hat! Nein! Ich verlange noch mehr! Ich will, daß diese Kapelle sich in einen Tempel der Gewißheit verwandelt! Der Gewißheit, daß man nur hier der vollkommenen Gegenwart Gottes teilhaftig wird! Daß sich nur hier Seine absolute Macht in strahlender Herrlichkeit offenbart! Wird Ihnen das gelingen, mein Sohn? Werden Sie das vollbringen, Michelangelo? Ich denke, ja. *Deo gratias!*

16 *Der Krieg der Imaginationen*

Eine schwierige Aufgabe, den Garten des Herrn zu zeichnen. Scheinbar unendlich, grenzenlos, aber nicht uferlos, denn es gab das Meer. Was es nicht gab, waren die märchenhaften Bauten, von denen die Propheten gesprochen hatten. Die mit Rubinen besetzten Kuppeln, die schwebenden Paläste, die silbernen Mauern. Dennoch existierten sie. Sie wurden vom Spektrum der Sonnenstrahlen auf die Pupillen des Monsignore projiziert, von der Natur, die phantastische Bauten für ewig erschuf. Bis eine Wolke sie auslöschte oder vielmehr die Visionen zu Bergen, Tälern und vielfarbigen Ebenen umgestaltete.

Filippo hatte auf der Karte, die er zeichnete, mehrere unveränderliche geographische Gegebenheiten eingetragen. Das Problem lag darin, sie im Verhältnis zum Ganzen zu lokalisieren.

Ein wesentliches Detail, denn im Garten Eden sind die Himmelsrichtungen nicht von Bedeutung. Weil sich alles um ein strahlendes, biblisches Zentrum dreht. Einen geheimen Ort, an dem Gott den Baum des Guten und Bösen wachsen ließ.

Begierig suchte Filippo. Nach einem Blatt. Einem Stück Rinde. Einer winzigen Kleinigkeit vom Baum des Guten und Bösen, etwas, das ausreichen konnte, um die Welt zu verändern. Dem Universum zu zeigen, wo alles seinen Anfang genommen hatte.

An diesem Morgen geschah etwas höchst Ungewöhnliches.

Sieben Cherubim kamen durch die Bäume auf die Lichtung herunter. Sie trugen Pfeil und Bogen, und ihre Körper waren mit mattem Blau bedeckt. Filippo und Francesco wurden von ihnen auf die Spitze eines heißen, mit Edelsteinen durchsetzten Granitmassivs geführt.

Auf dem Gipfel Edens wurden sie von mehreren Legionen von Engeln umringt, die unverständliches Brüllen ausstießen. Sie sangen, stampften mit den Füßen und drehten sich mit ausgestreckten Armen. Sie führten nicht begreifbare Zeremonien auf.

Tuabetã, in einen weißen Federumhang gehüllt, bot dem Monsignore eine klebrige, gelbliche Flüssigkeit an, die in einer Tonschale brodelte.

Ehrwürdiger Tuabetã! Der Herr sei mit dir! Ich bin entzückt und danke dir für diesen paradiesischen Nektar, dieses himmlische Gemisch aus aromatischen Tieren und Früchten.

Onkel! Trink die Brühe nicht! Das Zeug stinkt!

Im Garten des Herrn ist alles wundersam, Francesco.

Nachdem er die Flüssigkeit heruntergeschluckt hatte, ließ ein gelber Belag Filippos Lippen zu einem bittenden Lächeln erstarren.

Allerliebster Tuabetã! Wie viele Fragen und Erkundigungen mir durch den Kopf gehen! Da wir hier über die ganze Weite des Paradieses blicken können, beantworte mir doch bitte diese Frage: Wo versteckt sich der Baum des Guten und Bösen?

Infolge der Wirkung des Nektars oder der Hitze oder beidem sah der Monsignore, daß die weißen Federn Tuabetã nun nicht mehr umhüllten, sondern spitz aus seinem Körper herauswuchsen. Auch der Schweiß war von seinem Gesicht verschwunden. Aus Tuabetãs Augen tropften Tränen. Unzählig und unzählbar, als wären es siebzigtausend.

Tuabetã wies mit dem Finger zum Himmel.

Filippo hob das Gesicht und stellte fest, daß der Mond und die Sonne gleichzeitig am Firmament standen. Es war keine Sonnenfinsternis, nur ein banaler kosmischer Zufall: die Parallelität der Gestirne.

Zugleich gewahrten der Monsignore und die Engel ein verwirrendes Phänomen. In der einen Hälfte des Garten Eden war es Tag und in der anderen Nacht.

Ein rauher Wind fegte über das Gebirge und erfaßte sie alle. Der Windstoß ließ Tuabetãs Federn auffliegen und ein nicht entzifferbares Zeichen in die Luft malen.

Sie erlebten das Mysterium der Gleichzeitigkeit.

* * * *

So wie die griechischen Philosophen die Bewegung durch Gehen demonstrierten, bewies Michelangelo, daß der Mensch nicht mit seinem Werk gleichgesetzt werden darf, denn er wurde von Tag zu Tag unerträglicher und unberechenbarer.

Zwar saß er nie auf Petri Stuhl, aber daß er im Vatikan herrschte, steht außer Frage. Er nahm mit seinen Launen die Sixtinische Kapelle in Besitz. Und erreichte das Unvorstellbare. Niemand, nicht einmal Julius II. durfte den Ort seiner Arbeit betreten.

Frei Camilo! Wenn jemand einen Schritt hier hinein setzt, wird es keine Fresken geben. Ich hasse es, wenn man mich bei der Arbeit belauert.

Frei Carlo! Diese Farben sind unbrauchbar! Eine miserable Qualität! Werfen Sie alles weg! In den Fluß! Ich verlange die besten, kräftigsten Pigmente, die es gibt.

Zerschlagt die Gerüste! Verbrennt das Holz, das ist morsch! Baut alles neu! Aus Pinienholz!

Was niemand erkannte: Michelangelo schürte die Mißstimmung um sich herum, weil er sich in einer Krise befand.

Wenn er die Skizzen für das Gemälde zeichnen wollte,

gehorchten ihm die Hände nicht. Weder gelang es ihm, dem Statischen Bewegung zu verleihen, noch den Gefühlen Farbe oder seiner Kunst Gestalt. Am Ende des Tages verbrannte er die Zeichnungen.

Sein Geist war dumpf und gelähmt, ein verheerendes Gefühl, eine Schreckensvorstellung überkam ihn: er habe seine Kreativität verloren.

Ihm fiel nichts ein, kein Motiv, das dieser Kuppel hätte Leben geben können. Der Schönheitskeim, zuvor ein scheinbar unerschöpflicher Quell kreativen Reichtums, hatte sich in Dunkel gehüllt. Seine Vorstellungskraft sank nach und nach auf ein derart erbärmliches Niveau, daß ihm nur noch Unzufriedenheit und endloses Klagen möglich waren. Törichte Verärgerungen über die Menschen, über die Dinge.

In dieser Nacht geschah etwas höchst Ungewöhnliches.

Als Michelangelo die Kapelle betrat, entdeckte er, daß jemand in seine Domäne eingedrungen war. Statt laut zu brüllen und alle Welt aufzuwecken, blieb er stumm, denn er wurde Zeuge eines unerhörten, spannenden Schauspiels: Doktor Vigo hielt vor seinen fünf Assistenten eine heimliche Vorlesung ab.

Man sagt, er steige auf das Gerüst und hänge sich unter die Decke. Er reibe sich an der Farbe, zeichne bis zur Erschöpfung, und dann verbrenne er die Skizzen. Man sagt, er sehe aus wie ein Schwein, so schmutzig sei er. Ist das normal, Doktor Vigo?

Das ist die besagte Krise der Phantasie. Manche Künstler winden sich und brüllen. Anderen tritt sogar Schaum vor den Mund. Michelangelo hat diese Anfälle, weil er seine Vorstellungskraft zwingen will. Aber es kommt nichts heraus.

Doktor Vigo, woher nehmen die Künstler ihre phantasievollen Visionen?

Es gibt da mehrere Theorien. Die wunderlichste steht in den Papyrusrollen der alten Perser. Sie besagen, die Künstler hätten die Fähigkeit, sich der Vorstellungskraft anderer Menschen zu bemächtigen.

Was ist die wissenschaftliche Grundlage für diese Theorie, ehrwürdiger Meister?

Sie ist so schlüssig und so einfach, daß sie richtig sein könnte. Hört zu! Wenn das menschliche Fleisch sich vom blutigen Fleisch der Tiere ernährt, warum soll sich dann nicht der Geist eines Künstlers Geisteszustände anderer Menschen einverleiben?

Ohne daß man ihn bemerkt hatte, zog sich Michelangelo zurück und verließ die Kapelle. Seinem noch ein wenig verwirrten Geist gelang es nicht, Vigos Worte ganz zu erfassen. Doch er war stolz darauf, Gegenstand einer wissenschaftlichen Debatte zu sein. Und er beruhigte sich.

Im Innenhof blieb er stehen. Unbeweglich wie Marmor wartete er auf eine Inspiration. Er ließ sich das Gesicht vom feinen Regen liebkosen und erstarrte in der Kälte.

Mit tiefem Einatmen suchte er einen Geisteszustand, einen Traum oder eine Vision einzusaugen, die vielleicht durch die Nacht trieb. Irgendwo durch den Raum. Irgend etwas zwischen Wahnsinn und Kunst, was ihn aus seiner kreativen Sackgasse erlösen konnte.

Als er die Augen schloß, hatte er die Offenbarung, daß das Deckengemälde nur die Kraft der Schönheit erlangen konnte, wenn die Figuren nicht nur Bewegung suggerierten, sondern auch den Eindruck, als ginge über sie ein ganz besonderer Wind hinweg. Ein rauher, heftiger Wind. Der Atem Gottes.

Unter diesem Wind würden sie das großartigste, jemals von Menschen ersonnene Motiv ausdrücken, die Synthese des Menschen. Von der Geburt der Menschheit bis hin zu ihrem vollständigen Verschwinden. Vom Paradies auf Erden bis zum Jüngsten Gericht.

In diesem Augenblick erlebte Michelangelo das Mysterium der Gleichzeitigkeit.

* * * *

Der Wind trug Tuabetãs Federn fort. Sein welker, von der Sonne gegerbter Leib offenbarte sich dem Blick des Knaben.

Sieh nur, Francesco. Er denkt nach! Etwas wird geschehen. Tuabetã wird uns zeigen, wo der Baum steht.

Tuabetã tanzte und streckte die Arme aus. Es schien, als trennte er die Sonne vom Mond, das Licht von der Finsternis, das Wasser vom Feuer.

In einem plötzlichen Anfall von Mut trat Francesco auf Tuabetã zu und hob seine Tunika an. Sein Genital war eine rosafarbene, zu nichts Erkennbarem verschrumpelte Narbe.

Senk die Tunika, Francesco! Noch geschieht kein Wunder! Hab Geduld!

Tuabetã, sieh her! Sieh genau hin!

Tuabetã hörte auf zu tanzen. Während ein ernster Ausdruck sein Gesicht überzog, streckte er den rechten Arm aus und deutete mit dem Zeigefinger auf die Scham des Knaben.

Alle Engel blieben wie gelähmt stehen. Sie tanzten nicht mehr, stampften nicht mehr mit den Füßen, starrten nur fassungslos auf den verstörenden Anblick.

Auch Francesco streckte den Arm aus, richtete den Zeigefinger auf Tuabetã und bat ihn um Leben für sein nicht vorhandenes Geschlecht.

Die Finger näherten sich einander.

In diesem Augenblick gingen die ersten Pfeile auf sie

nieder. Grobe, rätselhafte Pfeile, die sie in Angst und Schrecken versetzten.

Filippo glaubte, sie seien in einen Hinterhalt der Engel des Bösen geraten, und ahnte eine Strafe Gottes.

* * * *

Nachdem Vigo und seine Assistenten die Kapelle verlassen hatten, trat Michelangelo ein. Er zeichnete ohne Pause. Wie im Rausch entwarf er mehrere Szenen, mit denen er die Decke ausschmücken würde. Er stellte sich Gott vor mit ausgestreckten Armen, wie er das Licht von der Finsternis trennte und das Land vom Wasser. Ein greiser Gott mit ernstem Antlitz.

Zuerst skizzierte er das Bild, das den Moment der Erschaffung des Menschen darstellen sollte. Ein alter Mann mit welker, durchscheinender Haut fliegt, vom kosmischen Wind getragen. Himmelsgeschöpfe sehen staunend neben Ihm zu, während Sein Zeigefinger fast den Finger dessen berührt, der die gesamte Menschheit verkörpert. Der erste Mensch, der je entstanden ist. Ein junger Mann mit festem Körper, die Genitalien kaum vorhanden. Kindlich und zart. Zwischen den Beinen versteckt. Schlaff und nutzlos, schließlich hatte Gott anfangs geplant, Adam solle allein im Paradies herrschen.

* * * *

Filippo begriff, daß Tuabetã ihm den Nektar gegeben hatte, um ihn zu retten, denn ihn traf kein einziger Pfeil. Verfluchte Pfeile, abgeschossen von einer Schar gefallener Engel. Diabolische Körper mit schwarzen Streifen, die an der steilen Granitwand hinaufgeklettert kamen. Das Werk Luzifers, der die himmlische Zeremonie auf dem Gipfel

Edens stören und verhindern wollte, daß der Standort des Baumes der Erkenntnis verraten wurde.

Zwei erwachsene Erzengel und zwei männliche Seraphim mit gierig verdrehten Augen umschlangen Francesco und führten ihn fort. Er schrie.

Onkel! Rette mich! Die Engel haben mich gepackt! Sie wollen mich sonstwohin bringen!

Gehorche den Engeln! Sie helfen dir! Gehe in Frieden! Das wird das Wunder sein! Ja! Jetzt ist die Zeit für das Wunder gekommen, Francesco!

Da die Engel Kinder der Unschuld waren, wehrten sie sich nicht. Sie liefen über den Granitfelsen und flüchteten an eine abschüssige Stelle, die sie vor den Pfeilen schützte.

Das Geschehen war nicht unbedingt dazu angetan, doch in diesem Moment fühlte Filippo den Sog eines mystischen Taumels.

Im Strudel der spiralförmigen Visionen erkannte der Monsignore die Propheten Jeremias und Zacharias, David und einige weibliche Heilige. Zum ersten Mal in seinem Leben suchten ihn weltliche Bilder heim. Musen und nackte Sibyllen küßten seinen Körper.

Als er an der Schulter geschüttelt wurde, kam Filippo zu sich und sah sich von drei weiblichen Engeln umringt. Offenbar Throne, das Gelb ihrer Körper glänzte so intensiv wie Bronze.

Heilige Geschöpfe! Göttliche weibliche Geister! Ich bitte euch, mir zu erklären! Was wollt ihr von mir? Nein! Nicht das! O Herr, diese weiblichen Engel wollen mich in den Abgrund stürzen. Warum? Sie wollen mich töten! Hilfe!

Filippo sträubte sich und betete unablässig. Die weiblichen Throne führten ihn an den Rand einer der mächtigen Spalten im Felsen, anscheinend hatten sie das merkwürdige Verlangen, einen Geistlichen in den tiefen Abgrund hinunterfliegen zu sehen.

Eines der heiligen weiblichen Geschöpfe packte den Kopf des Monsignore und zwang ihn, hinunter zu sehen. Da erblickte er den Wipfel eines Baumes. Weit entfernt, tief unten im Abgrund.

Ein Baum von normalem Äußeren, dessen Konturen er von einem seiner ekstatischen Rauschzustände her wiedererkannte. Blätter und Zweige, von denen eine unbeschreibliche Anziehungskraft ausging. Ein unsichtbares Phänomen, das seine Angst vertrieb und seinen Geist beflügelte.

Der Baum spiegelte sich in einem kleinen smaragdgrünen See. Wie Seide schimmernd. Filippo sah sein Gesicht in das Wasser gemalt. Eine penible Zeichnung, wie auf einen Umhang gestickt, der auf einem Marmorboden liegt.

* * * *

Bevor Michelangelo den smaragdgrünen Umhang auf dem Boden der Kapelle liegenließ und in sein Zimmer zurückging, zeichnete er die Propheten Jeremias und Zacharias. Und nackte Musen. Er entwarf Sylphiden und Männer. Männliche und weibliche Heilige. Gestalten, die sich von Gott abwandten oder sich Ihm näherten. Die verzückt oder perplex dreinschauten.

Bilder von zerzausten Männern und Frauen, die durch die Fresken zu laufen schienen. Makellose Körper von reifer Geschlechtlichkeit, so gar nicht kindlich oder harmlos. Der Mann war nicht länger allein im Paradies. Jetzt gab es Eva. Gott hatte es sich anders überlegt.

Michelangelo hatte bereits die Darstellung von Adam und Eva im Zustand unerhörter Lust entworfen. Im Garten des Herrn genießt sie die Liebesgaben der verbotenen Frucht, die ihren Körper überziehen. Die üppigen Brüste, die rosigen Brustwarzen, den gerundeten Rücken, die perfekt geformten Gesäßbacken. Ihren Hals, der auf dem Ansatz eines Männeroberschenkels ruht. Ihr Gesicht, ganz nah an Adams Geschlecht. Ein männliches, kräftiges, fruchtbares Geschlecht. Eine Komposition von Körpern, aus der machtvoll eine geheime Komplizenschaft spricht. Eine ästhetische, mehrere Sinne einbeziehende Verbindung, die seinen ganzen Körper erfaßt. Seine gespreizten Beine, als stützten sie die Welt, den eingezogenen Leib, den breiten Brustkorb. Seine ausgestreckten Arme, die am Zweig des Baumes rütteln. Eine Drehbewegung, die Kraft kostet, aber nicht ausreicht, um den Ast zu brechen und den Nektar der Erkenntnis hinunterrinnen zu lassen.

Beide der Versuchung erlegen. Unter dem Baum des Guten und des Bösen. Dem Baum aller Begierden, Enttäuschungen und alles Unbekannten. Ein ausgedorrter, gewöhnlicher Baum, über den eine Schlange mit dem Kopf einer Frau herrscht. Tierhaftigkeit und menschliche Gestalt, um die Rinde des Baumes gewunden, strahlen den dunkelsten aller Gelbtöne aus: Bronze. Erzeugen die Sünde und überziehen das Geschlecht des Menschen mit Scham. Vergiften die Liebe mit Animalischem, das Instinktive mit Moral, die Natur mit Abartigkeit. Die Schlange, die der Liebe ihre Reinheit genommen und den Spekulationen der Gelehrten, den Philosophien der Weisen, den Gesetzen der Theologen und den Satiren der Dichter überlassen hat, sie zu erklären.

* * * *

Als Michelangelo all das, was Filippo durchlebte, in Kunst umsetzte, vollzog sich das Mysterium der Gleichzeitigkeit. Das Band zwischen beiden, deren Gedanken durch die gleiche Unwirklichkeit gereist waren, war für immer geknüpft.

Während der Künstler die Inspiration begrüßte, aus der er seine Kunst schöpfen konnte, dankte der Monsignore dem Himmel dafür, daß er den Ursprung des Lebens entdeckt hatte, den Baum des Guten und des Bösen.

Beide waren erschöpft, aber glücklich, weil sie sich als Protagonisten einzigartiger, heldenhafter, wenn auch unterschiedlicher Vorgänge empfanden.

So unterschiedlich aber auch nicht. Im Lateinischen wie im Aramäischen sind die Wörter *erfinden* und *entdecken* Synonyme. Übrigens maß man in der Antike diesen Begriffen keine große Bedeutung bei, da sie auf der Vorstellung basierten, der Mensch sei primitiv und könne folglich weder etwas erfinden noch entdecken. Er sei lediglich in der Lage, wenn auch mit einiger Anstrengung, sich Vergessenes wieder in Erinnerung zu rufen. Schließlich sei ja alles in der Ewigkeit vorhanden.

Das hatte auch Doktor Vigo verkündet, kurz bevor Michelangelo in die Kapelle zurückgekehrt war.

Eine Theorie, die aus einem der Bücher der Kabbala stammt und im fünfundneunzigsten Exkurs des Kapitels, das sich im siebten Band mit der verschwenderischen Gleichzeitigkeit beschäftigt, nachgelesen werden kann. Ein ziemlich gefährlicher Gedanke, der Entdecker, Erfinder und Künstler, die sogenannten Wohltäter der Menschheit, drastisch herabwürdigt.

Der Krieg der Imaginationen, der zwischen Filippo und Michelangelo entbrannte, sollte eine Kette komplizierter und ungelegen kommender Ereignisse nach sich ziehen. Das erste geschah einige Nächte später. Als Julius II. beschloß, die Deckenmalerei zu inspizieren. Die geheimen Berichte, die er erhielt, beschrieben Michelangelos Arbeit mit einem einzigen Wort: obszön.

17 *Die nächtlichen Störungen der Kunst*

Ob er wohl hier ist?

Das glaube ich nicht, Euer Heiligkeit. Wahrscheinlich schläft er. Es ist schon Nacht.

Beleuchten Sie den Weg besser, Carlo. Ich kann nichts sehen! Sie hätten lieber Fackeln statt dieser Öllampen mitnehmen sollen.

Vorsicht mit dem Kopf, Heiliger Vater. Die Balken des Gerüsts haben ziemlich scharfe Kanten.

Die Sixtinische Kapelle ist zu einem Saustall verkommen! Überall Farbkleckse. Seht euch den Marmorboden an! Völlig verdreckt!

Michelangelo will es so. Er hat verboten, daß der Boden saubergemacht wird, Euer Heiligkeit. Mehrere Nächte lang hat er sich auf dem Gerüst versteckt, um sicherzugehen, daß ja kein Lebewesen es wagt, heimlich die Malerei anzusehen. Selbst Fledermäuse hat er verscheucht!

Heiliger Vater, hätten wir nicht die Löcher in die Wände gebohrt, so könnten keine geheimen Berichte geschrieben werden.

Still, Camilo!

Verzeihung, Euer Heiligkeit.

Michelangelo ist so unberechenbar. Seid ihr sicher, daß er jetzt wirklich nicht dort oben ist?

Ganz sicher sind wir nicht, Euer Heiligkeit. Es ist schwierig, Michelangelo zu kontrollieren.

Auf niemanden kann ich mich verlassen!

Ich habe nicht ganz verstanden, warum Sie den Fresken ohne Begleitung des Künstlers einen Besuch abzustatten wünschen, Euer Heiligkeit.

Hören Sie, Carlo! Ich will das Gemälde mit meinen eigenen Augen begutachten, ohne jedwede Art von Einmischung. Seien es Michelangelos Erklärungen oder die unseligen Bemerkungen zweier nutzloser Mönche! Ich will die Angelegenheit ein für allemal klären. Michelangelo! Mein Lieber! Schlafen Sie zufällig dort oben auf dem Gerüst? Ja?

Ich habe ein Geräusch gehört, Camilo.

Das Echo der Stimme des Heiligen Vaters, Carlo.

Mein Sohn! Warum wollen Sie meinen Besuch in der Kapelle hinauszögern? Warum halten Sie mich von Ihrer Kunst fern? Heute nacht habe ich keinen Schlaf gefunden. Und wissen Sie, wer daran schuld war? Meine Neugier, Michelangelo!

Wenn Euer Heiligkeit mir den Einwurf erlauben, ich glaube, er ist nicht da. Ihre wunderbare Stimme war laut genug, selbst die Engel zu wecken.

Worauf wartet ihr? Beleuchtet die Leiter, wir wollen hinaufsteigen.

Auf das Gerüst!? Wie Sie wünschen, Euer Heiligkeit!

Heiliger Vater! Das Holzgeländer ist nicht stabil. Darauf darf man sich nicht verlassen. Bitte, halten Sie sich an meiner Hand fest.

Ich nehme lieber das wacklige Geländer als Ihre zitternde Hand, Carlo.

Hier lang, Euer Heiligkeit. Jetzt müssen wir nur noch diese Schräge hinauf, dann haben wir die Decke erreicht.

Das muß ein Vermögen gekostet haben! Eine Pyramide aus bestem Pinienholz. Was für ein kompliziertes Gerüst, ein wahres Labyrinth.

Michelangelo hat es selbst entworfen, Euer Heiligkeit.

Beleuchten Sie die Malerei, Carlo! Hier! Na los! Was ist das?

Nun ja. Es sieht aus wie ein nackter Rücken, Euer Heiligkeit.

Ich finde, es sind Gesäßbacken! Ein hochgerecktes Paar Gesäßbacken! Womöglich von einer Heiligen? Mein Gott! Wo hatte ich bloß meinen Kopf, als ich diesen verderbten Menschen in meine Dienste nahm?

Wenn wir noch ein Stück weitergehen, sehen wir die Hauptfresken, Heiliger Vater. Da vorn.

Nein! Kommen Sie zurück! Leuchten Sie das da an! Los! Halten Sie die Lampe hoch! Was sehen Sie, Camilo?

Euer Heiligkeit! Ich nehme an, dieses wohl ausgestattete Genital gehört Adam.

Möglich. Von der Länge her kann das sein. Aber was die Dicke und Größe angeht, scheint es mir eher Abrahams Gemächt zu sein! War es nicht Abraham, der vierhundert Frauen geschwängert hat? Von der Hodengröße her kann es nur Abrahams Geschlecht sein.

Sollen wir weitergehen, Euer Heiligkeit?

O Gott! Was soll ich tun? Warum habe ich mich täuschen lassen? Alle haben mich gewarnt, daß Künstler und Kreative eine vermaledeite Gattung sind! Wie ich diese Leute hasse!

Vorsicht! Euer Heiligkeit, Sie dürfen sich nicht so auf dem Gerüst bewegen, es könnte einstürzen!

Camilo! Carlo! Geht runter und weckt Doktor Vigo! Sofort! Er soll sich auf einen dringenden chirurgischen Eingriff vorbereiten! Ich verlange, daß Michelangelo augenblicklich kastriert wird!

* * * *

Die Äbtissin erteilte vier Nonnen Anweisungen für das erste päpstliche Mahl.

Zwei Assistenten des Doktors überwachten abwechselnd das Entfernen der Klümpchen aus der Ziegenmilch, bürgten für Frische und Echtheit der sizilianischen Kräuter, mit denen das Brot gewürzt wurde, und überprüften, ob der Säuregehalt der Mischung aus Pfirsichstücken und Knochenmarkgelee mild genug war. Alles dem Gaumen und den Anordnungen Julius II. entsprechend, wobei die Äbtissin nichts berührte.

Das plötzliche Erscheinen von Frei Carlo, seine Verzweiflung, als er bat, einer der Assistenten möge Doktor Vigo über die bevorstehende Kastration eines sittenlosen Subjekts informieren, all dies machte die Äbtissin hellhörig. Mehr noch. Ihr wurde klar, daß es sich bei dem sittenlosen Subjekt, dem solche Gefahr drohte, nur um Michelangelo handeln konnte.

Erschüttert von der Erinnerung an das grauenhafte Erlebnis, als sie dem Knaben Francesco nach dessen Entmannung zu Hilfe geeilt war, beschloß die Äbtissin, zu handeln und Michelangelo zu warnen. Sie mußte verhindern, daß das Böse sich wiederholte, wer auch immer davon betroffen war.

In ihrem weißen Ordenskleid wirbelte sie herum, ging zu den Regalen und ergriff die schmutzigste, am weitesten hinten stehende Flasche. Ein dunkelrotes Würzkonzentrat, ein ekelhaft anzusehendes Gebräu, das braune Pilzstücke in Balsamicoessig zersetzte. Und mitten in der Hektik, die in den Nebenräumen der päpstlichen Küche ausgebrochen war, goß sie einen Teil des Flascheninhalts über das Tablett mit dem frommen Mahl.

Die Reaktion kam so unverzüglich wie beabsichtigt. Mit dem Vorwurf, ihre Zuständigkeit überschritten, Grenzen übertreten und sogar eine furchtbare Darmverstimmung Seiner Heiligkeit geplant zu haben, wurde die Äbtissin hinausgeworfen.

Nachdem sie die Assistenten demütigst um Vergebung für ihre Unachtsamkeit gebeten hatte, verpflichtete sie sich, zur Buße die verdorbenen Nahrungsmittel zu vernichten, und trug zerknirscht das Tablett hinaus. Sie hatte gelogen.

Als Mönch verkleidet, erschien sie in Michelangelos Schlafzimmer wie ein Gespenst.

Ohne angeklopft zu haben, da sie einen verborgenen Eingang neben dem kleinen Altar benutzte, hätte der geheimnisvolle Mönch mit Kapuze, der, in der Hand ein mit Essig übergossenes Tablett, plötzlich aus dem Nichts auftauchte, eigentlich mindestens Befremden, um nicht zu sagen Erschrecken hervorrufen müssen.

Entgegen alle Erwartung erschraken jedoch weder der Künstler noch Tommaso, vielmehr blieb die Äbtissin wie versteinert stehen.

Aus Michelangelos Kehle quollen Seufzer und Stöhnen. Alles in diesem Bett keuchte. Der Schweiß verströmte den Duft der Liebesgaben, die über die Körper der beiden Männer wanderten. Über ihre Leiber flimmerten Wellen kribbelnder Lust, die offenbar eine höchst seltene Art von Wärme erzeugten. Eine Hitze, die sich wie ein Zelt über das Lager spannte, glühend in den Umarmungen pulsierte, beim Reiben der straffen Muskeln aufblitzte und sich hemmungslos in Ekstase entlud. In einem langen letzten Kuß, in einer weißen Substanz, die über die spitze Blöße der beiden Männer rann. In einer Hitzeentladung, wie sie die Äbtissin nie für möglich gehalten hätte.

Von einem abartigen Gift wie gelähmt, unfähig, die Augen zu schließen und das Bild von diesem intimen, perfiden Geschehen zwischen dem Künstler und seinem Geliebten auszulöschen, wurde die Äbtissin von einer Reihe widersprüchlicher Gefühle hin und her gerissen.

Erst verspürte sie Sehnsucht nach Filippo, dann Niedergeschlagenheit, dann widerte sie das Ganze an. Der Ekel ging über in Neid, und schließlich erlag sie einem gewissen Reiz. Diese Gefühle lösten sich pausenlos in ihrem Kopf ab, als reiste sie durch die Spirale der Kreativität. Eine Mischung aus Empfindungen, die schmerzte und gleichzeitig schön war, wie die eines jungen Mädchens, wenn es zur Frau wird.

Mönch! Was stehst du hier herum! Verschwinde! Raus!

Ich bringe Ihnen Ihr Frühstück, Signor Michelangelo. Ich dachte, Sie wünschten sich vielleicht vor dem Treffen zu stärken. Der Heilige Vater und Doktor Vigo erwarten Sie zu einer ernsten Unterredung. Ich glaube, sie soll in der Sixtinischen Kapelle stattfinden.

Michelangelo entschlüsselte die Nachricht sofort. Er sprang aus dem Bett, zog seine Nachttunika über, wickelte sich in einen Umhang, sagte kein einziges Wort, nicht einmal einen Dank, und verließ den Raum.

Die Äbtissin glaubte, sie habe ihre Mission erfüllt und Michelangelo vor der finsteren Verschwörung gewarnt, die sich unsichtbar um ihn zusammenbraute. Damit dem Künstler genügend Zeit blieb, sich eine Verteidigung auszudenken. Vielleicht eine ergreifende Rede. Ein Gnadengesuch. Einen Gegenangriff oder eine Fluchtmöglichkeit. Denn sobald Julius II. das Schicksal Michelangelos in Doktor Vigos Hände legte, würde ihn niemand mehr retten können. Der Arzt würde den Eingriff zum Ruhme der Wissenschaft vornehmen, ohne Bedenken oder Erbarmen.

Die Äbtissin irrte sich gründlich. Wie es allen Sterblichen geschieht, wurde sie vom Leben hinters Licht geführt. Von dem Hochmut der Menschen, die meinen, Herr über ihr eigenes Tun zu sein, weil sie ein Ziel verfolgen, einen Willen besitzen. Weit gefehlt.

Der Mensch, der sich als ein rationales Wesen bezeichnet, schmiedet absolut sichere Pläne, will sich an einen bestimmten Ort begeben oder eine bestimmte Position einnehmen. In den allermeisten Fällen erweist sich dieses anfangs eindeutige Hauptmotiv mit der Zeit als reiner Vorwand.

Dann ist es Sache des Schicksals, den Irrtum aufzuklären und dem Menschen den wahren Grund für sein Tun zu offenbaren: das eigentliche Warum. Und gedemütigt erkennt der Mensch, daß er nicht in den Laden am Platz gegangen ist, um Gemüse zu kaufen. Sondern um zu heiraten. Sein Leben zu verändern, in eine andere Stadt zu ziehen. Das Gesetz zu brechen. Zum Zyniker zu werden. Die eigene Tochter zu verkaufen oder durch einen Zufall zu sterben.

Der Äbtissin wurde nie bewußt, daß nicht sie Michelangelo vor den chirurgischen Praktiken des Arztes gerettet hatte. Vigo selbst hatte, fasziniert von den Fresken, die Kastration des Künstlers verhindert.

Denn der wahre Sinn des nächtlichen Besuches der Äbtissin in Michelangelos Gemächern war ein anderer. Sie lernte Tommaso kennen.

Durch den Kapuzenspalt erblickte sie ein von einem Schnurrbart verziertes vierkantiges Gesicht. Eine verführerische Physiognomie, Ausdruck einer betörenden männlichen Schönheit. Ein vollippiges, gewinnendes Lächeln. Honiggelbe Augen, die von Meisterschaft in der Kunst der Lust sprachen. Und ein gestählter Körper, geprägt von den Zügen des Animalischen. Des Instinkts. Der Wollust.

Reich das Tablett rüber, Mönch! Ich habe Hunger.

Die Äbtissin setzte das Tablett auf dem Bett ab und ging. Sie flüchtete vor diesem Mann, vor der Säure seines Schweißes, seinem scharfen Atem und den von seinen Blicken ausgelösten Wallungen. Einer zersetzenden Kraft, die viel stärker war als die eines simplen Balsamico. Sie floh vor sich selbst.

* * * *

Vigo! Ich habe verfügt, daß er für immer im Höllenfeuer

leiden soll! Sehen Sie sich an, was für Unanständigkeiten er an die Decke der heiligsten aller Kapellen gemalt hat!

Ein sehr gerechtes Urteil, Euer Heiligkeit. Was die körperliche Pein angeht, so glaube ich nicht, daß die Kastration die beste Strafe ist.

Nein? Warum nicht?

Weil Michelangelo sich, wie wir alle, in Tuniken und Umhänge kleidet. Niemand wird bemerken, daß er bestraft wurde, Euer Heiligkeit. Deshalb kann er anderen Künstlern nicht als Exempel dienen.

Sie haben recht, Vigo. Wir brauchen eine Narbe, die man nicht verstecken und verheimlichen kann. Sie muß offensichtlich und schmerzhaft sein. Gut sichtbar. Ein besseres Exempel wäre, ihn von oben bis unten vierteilen zu lassen. Nicht ein Stückchen Fleisch bliebe übrig, das die Geschichte dieses Besessenen erzählen könnte!

Das wäre ein ziemlich radikaler Schritt, Heiliger Vater. In jedem Falle ist es ein Jammer, daß das Deckengemälde unvollendet bleibt. Daß die vollkommenste Darstellung Gottes durch die Kunst zum Scheitern verurteilt ist und in halbfertigem Zustand bleibt. Das ist niederschmetternd. Es stimmt melancholisch. Haben Sie bedacht, Euer Heiligkeit, wie die Gelehrten über Ihr Pontifikat urteilen werden?

Was wollen Sie damit andeuten?

Man kann jederzeit einem Maler die Augen ausstechen, Euer Heiligkeit. Oder einem Bildhauer die Hände abhacken. Aber diese Lösungen scheinen mir gänzlich sinnlos. Man sollte nie vergessen, daß Herodes alle Kinder Judäas töten ließ, und doch kam, ob mit oder ohne oder trotz dieses Massenmordes, Jesus Christus auf die Welt.

Ich weiß nicht recht, was Sie sagen wollen, Vigo, aber ich glaube, ich verstehe Ihre Worte.

Das ist gut so, Euer Heiligkeit. Denn wenn dieser Michelangelo beseitigt wird, wird ein anderer kommen. Und wahrscheinlich auf einen neuen Papst treffen, der ihn beauftragt, mit seiner Kunst eine Decke zu gestalten.

Mit anderen Worten: Ich habe keine Alternative und muß einlenken. Das heißt, Michelangelos künstlerisches Delirium akzeptieren!

Manchmal läßt das Fehlen einer Alternative den Geist des Menschen verblüffend klar sehen, Euer Heiligkeit. Ich rate Ihnen, Heiliger Vater, wappnen Sie sich mit all ihrer Gelassenheit und gestatten Sie dem Kreislauf der Kreativität, sich zu vollziehen. Wahnsinn, Kunst, Wissenschaft, Wahrheit. Gott.

Sie sind ein wahrer Freund. Ich brauche tatsächlich keinen Ratgeber, der nur ja sagt und mir Recht gibt, statt mir zu widersprechen. Das kann mein Schatten viel besser.

Seht nur, wer da das Gerüst heraufkommt, Heiliger Vater! Michelangelo persönlich! Man könnte meinen, er habe etwas von unserer Unterredung geahnt.

Erlaubt Seine Heiligkeit, daß ich nach oben komme?

Aber natürlich gestattet der Heilige Vater das, Michelangelo. Papst Julius II. ist ausgezeichneter Laune. Wir bewunderten gerade Ihre Kunst. Welch eine Schönheit! Diese Farben! Die Bilder! Was für ein wundervolles Gemälde!

Ihr Lob ehrt mich, vielen Dank, verehrter Doktor Vigo. Eine noch größere Ehre wäre es, wenn Seine Heiligkeit sich über meine Arbeit äußern würde.

Ich bin in großer Sorge, Michelangelo.

Verzeihen Sie, Euer Heiligkeit. Ich verstehe nicht. In Sorge?

Um Ihre Gesundheit, mein Sohn. Sie sind barfuß und in einen Umhang gehüllt. Wie unvorsichtig! Bei der Kälte und dieser durchdringenden Feuchtigkeit sollten sie sich besser schützen. Das nächste Mal seien Sie vorsichtiger. Gott segne Sie!

Amen, Heiliger Vater.

Ich bin so vergeßlich, Vigo. Vielleicht sollte ich einen Kräuteraufguß für das Gedächtnis nehmen. Wie war doch die Bemerkung, die ich über die Fresken machte?

Sie haben auf die Proportionen der Körper hingewiesen, Eure Heiligkeit. Und etwas über die Größe der Genitalien angemerkt.

Ganz richtig. Michelangelo, mein Sohn, seien Sie ein wenig vorsichtiger beim Malen der Blöße. Das soll keine Zensur sein und noch viel weniger eine Kritik. Es ist nur eine Anmerkung, aber eine notwendige. Die Menschen sind im allgemeinen Heuchler. Im Beichtstuhl berichten sie uns Ungeheuerlichkeiten, aber in der Öffentlichkeit sind sie schamhaft wie nur was. Wenn sie ein Schimpfwort hören, werden sie rot, sie gestehen sich nicht ein, daß die ordinäre Sprache Ausdruck der niedersten, ungeschminkten Wirklichkeit ist. Beim Anblick eines schlichten Schamhaares vermuten sie eine nicht vorhandene Pornographie und erleiden womöglich vor lauter Unmoral einen Herzschlag.

Sie warnen Michelangelo völlig zu recht vor der Heuchelei, Euer Heiligkeit. Jedoch müssen Sie wissen, Heiliger Vater, daß einem Künstler nichts Menschliches fremd erscheint.

Ich stimme Ihnen zu, Vigo. Ich möchte nur nicht, daß man Michelangelo der Verderbtheit oder Ketzerei beschuldigt.

Was raten Sie mir, Heiliger Vater?

Ich ordne an, daß die Öffnungen der Damen, ein göttliches Werk von seltener Kunstfertigkeit, mit Weinblättern bedeckt werden! Malen Sie Umhänge, Überwürfe oder Schleier darüber!

Aber diese Frauengestalten befinden sich im Paradies! Im Garten des Herrn, Euer Heiligkeit!

Sie sollen keine Probleme vorbringen, sondern Lösungen, Michelangelo! Was die Männer und ihre jeweiligen Dinger betrifft. Die Penisse! Sorgen Sie dafür, daß sie zu keinerlei Großtaten fähig sind!

Euer Heiligkeit, als Ihr Arzt rate ich Ihnen, Ruhe zu bewahren, und bitte Sie, Ihre werte Gelassenheit nicht zu verlieren.

Zur Hölle damit, Vigo! Zu keiner Zeit empfinde ich Ruhe und Gelassenheit als vorteilhafte Qualitäten des Geistes. Ich bin mir sicher, daß es Irrwege sind!

Euer Heiligkeit! Ich tue lediglich meine Pflicht und erzeuge die Schönheit, die ich am menschlichen Körper wahrnehme.

Dann sehen Sie zuviel! Und wo wir schon vom Sehen sprechen, ich will nicht, daß ein jüdisches Anhängsel an der Decke der Sixtinischen Kapelle baumelt! Ist das klar, Michelangelo?

Euer Heiligkeit, Jesus Christus war Jude!

Das interessiert mich nicht, Vigo! Ich finde es häßlich, dieses wulstige Ende, das da immer zu sehen ist. Es schaudert mich davor.

Euer Heiligkeit! Es tut mir leid! Ich werde die Decke weiterhin mit nackten Körpern in Bewegung bemalen und die Gefühle in Farben ausdrücken. Und wissen Sie warum?

Michelangelo! Was erdreisten Sie sich! Ich bin der Papst! Wagen Sie nicht, sich mir zu widersetzen!

Wissen Sie warum? Weil die Bilder in den Augen der Menschen zwar Fleisch werden, aber das Herz der Menschen die Seele erblicken wird! Jene transzendente Substanz, die in dieser Kapelle herrschen soll. Ist es nicht das, was Sie wollen, Euer Heiligkeit?

Heiliger Vater! Was Michelangelo soeben gesagt hat, ist von fundamentaler Bedeutung dafür, daß die Sixtinische Kapelle zum Tempel der Gewißheit wird, zum Kern der

Erhabenheit! Ich bitte Sie, Euer Heiligkeit, ihm jedwede verbale Ungebührlichkeit zu vergeben und zu gestatten, daß die Malerei fortgeführt wird, wie sie ersonnen wurde.

Also gut, Vigo. Ich vergebe und gestatte alles! Verflucht sei die Stunde, da ich Sie wecken ließ! Das Problem ist, daß mit der Zeit alte Freunde genauso überzeugend werden wie das Jucken eines Flohs im Fell eines Fuchses! Lassen Sie uns hinuntersteigen, bevor ich es bereue. Ich brauche Ihre Hilfe. Geben Sie mir Ihre Hand, Vigo. Das Geländer ist locker.

Was ist mit mir, Euer Heiligkeit? Soll ich meine Arbeit fortsetzen? Kann ich die große Sintflut und die Arche Noah malen?

Ja, verleihen Sie Ihrer Vorstellungskraft und unserem Kunstwerk nur weiter Flügel, mein Sohn! Es war eine sehr ergiebige Nacht. Ich glaube, wir haben wunderbare Lösungen gefunden. Sowohl Sie als auch ich haben großartige Einfälle gehabt. Gott segne uns!

18 Die Ekstase der Blumen

Gott strafte das Paradies. Riesige Wolken hingen am Himmel und ließen unendlich lange einen sintflutartigen Regen niedergehen.

Wie ich es geahnt hatte, hat Gott, als Er – aus einem mir noch nicht bekannten Grund – die Pforten zum Paradies öffnete, nicht damit gerechnet, daß eine verirrte Schar Dämonen mit schwarzgestreiften Körpern eintreten und die Engel angreifen würde. Mit Pfeilen, Steinen und dem diabolischen Wunsch, sich des Paradieses zu bemächtigen. Also ließ Gott es regnen, um damit zu zeigen, daß nur den Menschen der Eintritt in Seinen Garten gestattet war. Niemals aber den Teufeln.

Die drei weiblichen Engel, die Throne, hatten mich zu keinem Zeitpunkt töten wollen, wie ich anfangs vermutet hatte. Die himmlischen Geschöpfe versuchten nicht, mich den Steilhang hinunterzuwerfen, sie zeigten mir die Stelle, wo der Baum stand.

Ich werde diesen drei Thronen in alle Ewigkeit dankbar sein. Sie waren es, die mich von dem Hinterhalt der Dämonen fortführten und zu meinem Schlupfwinkel geleiteten.

Hier bin ich geschützt vor dem peitschenden Regen und allem anderen Bösen. Sie halten vor dem Eingang zur Grotte Wache. Immer mit kindlicher, liebevoller Freude lächelnd. Tag und Nacht wechseln sie sich auf ihrem Posten ab, lassen mich nicht hinaus und sorgen mit Eßwaren und wohlduftenden Kräuteraufgüssen für meine Ernährung.

Wenn ich an den ersten Tagen nach Francesco fragte, wiederholten sie meine Worte im Chor. Francesco? Wo ist mein Neffe? Was hat Tuabetã mit ihm gemacht? Das Wunder?

Fasziniert stellte ich fest, daß sie allein durch die Wiederholung meiner Fragen meine Unruhe besänftigten. Sie verwandel-

ten den Schrecken über Francescos Verschwinden in eine hauchfeine Angst. Dann in eine unbehagliche Befürchtung, die sich schließlich auf simple Sorge reduzierte.

Dadurch, daß sie mich ständig nachahmten, veranlaßten sie mich zu der Überlegung, wenn Francesco sich in Tuabetãs, des höchsten Erzengels, Obhut befand, so befand er sich praktisch bei Gott. Folglich war jede Besorgnis unlogisch und unangebracht, was meinen Geist in einen Zustand der Neugierde mit einer Spur Neid versetzte.

Ich hörte auf, die Zeit zu zählen und Tage und Nächte in eine Felswand zu ritzen, es führte zu nichts. Im Paradies lebt man nach Gottes Laune, in totaler Freiheit, und man schläft viel. Ich glaube, das liegt an den himmlischen Aufgüssen, die mir die Throne servieren. Und wozu sonst ist die Zeit gut? Ich habe keine Arbeit oder irgendwelche Verpflichtungen, ich esse, wenn der Hunger kommt, und kaue eine Frucht. Ich schlafe, wenn die Müdigkeit kommt, egal ob draußen Helligkeit oder Finsternis herrscht. Hier fühle ich mich vor Bedrohungen sicher, ich kann in tiefen Schlaf fallen, wann immer der Körper danach verlangt, und mich einer unwiderstehlichen Trägheit hingeben.

Daher könnte ich nicht genau sagen, wie lange ich mich schon in dieser von den drei Engelsfrauen bewachten Höhle befinde. Ich weiß, daß ich jetzt hinausgehen werde, der Regen draußen hat aufgehört. Ich habe aus dem Eingang geschaut und festgestellt, daß er keine Schäden angerichtet hat. Im Gegenteil, die Natur ist durch die Sintflut in jeder Hinsicht gewachsen. Die Blätter haben riesige Ausmaße angenommen, und die Luft könnte nicht reiner sein. Fast wie Äther.

Erstaunt stelle ich fest, bevor ich mich zum Baum aufmache, daß die drei Throne verschwunden sind.

Was geschieht hier bloß? Ein Schauer überkommt mich, und ich frage mich, wo Francesco geblieben sein mag.

* * * *

Nachdem ich mit einiger Mühe den steilen Felshang hinuntergestiegen war, erreichte ich den Grund der Granitspalte. Dort befanden sich nicht nur der Baum und der See, der Ort war weit aufregender als in meiner Vorstellung.

Von einem gewaltigen steinernen Bogen gestützt, durchschnitt ein riesiges Tor den Fels und lenkte meinen Blick auf eine Art Fenster zur Welt, die andere Seite von allem, die andere Seite des Garten Eden.

Sie war majestätisch und der Horizont so fern, daß man das Ganze für einen nie endenden Platz halten konnte. Ich war sicher, mich im Dom des Herrn zu befinden. In einer Kathedrale, wie sie kein Mensch je gesehen, je erdacht hatte. Ein Bauwerk, wie man es, selbst wenn man das Talent aller Architekten der Welt zur Verfügung hätte, nie würde nachbilden und errichten können.

Überwältigt von der gigantischen Großartigkeit des Ganzen und geblendet vom Licht, das strahlend durch das Felstor brach, weinte ich. Und betete.

Ergriffen von der Vorstellung des Unermeßlichen dank des nie endenden Platzes im Paradies, trat ich demütig an den Baum heran. Schier und rein wie ein Altar stand er da.

Ich wurde von einer Cherub abgefangen. Ihr blau glänzender mädchenhafter Körper brachte mich derart aus der Fassung, daß ich niederkniete. Sie war die Wächterin des Baumes.

Ich fühlte, wie meine Knie vertraute weiße Federn zerdrückten. Die himmlischen Federn Tuabetãs. Der Engelsschmuck, vom Wind verstreut, der über den Granitblock gefegt war. Sollte das ein kosmischer Atemstoß gewesen sein? Dieser Wind, der bewirkt hatte, daß die Federn die Wurzeln des Baumes mit weißen Punkten färbten, als wären es Hostien. Und andere wie Flecken der Reinheit auf dem See trieben.

Auf einmal wurde mir bewußt, daß Tuabetãs Federn dort gar nicht sein konnten. Normalerweise hätten sie sich im Laufe der Zeit zersetzt und in der Sintflut aufgelöst. Warum hatte dieser organische Vorgang nicht stattgefunden?

Es lag am See. Daher auch sein smaragdgrünes Leuchten. Wie konnte ich die prophetische Geographie des Garten Eden vergessen, wo ich doch Lehrer dieses Faches bin? Der Baum der Erkenntnis ist durch seine Wurzeln mit den wasserreichen Flüssen verbunden, die den Garten des Herrn nähren. Dieser See konnte nur der Born des Lebens sein!

Die schöne Cherub hockte sich vor mich. Erst streichelte sie mich, dann zog sie mir die Soutane vom Leib.

Vermutlich wollte sie, daß wir zusammen ein Bad im Wasser des Lebens nahmen. So sehr ich mich auch bemühte, es ihr zu erklären, die Cherub verstand nicht, daß den Menschen der Kontakt mit diesem Quell seit biblischen Zeiten versagt war. Ein logisches Verbot, wenn man bedenkt, daß Gott dem Menschen die Unsterblichkeit der Seele gewährt hat.

Derweil ich mich in Folgerungen verstrickte, entkleidete mich die Cherub vollends. Aus ihrem Mund kamen Küsse. Küsse, die meinen Körper bedeckten und meinen Leib mit Wollust durchdrangen. Liebkosungen eines Engels, die meine Muskeln spannten und mich innerlich wie äußerlich wachsen ließen.

Meine Pupille sah nicht mehr klar und scharf, das Lid begann zu zittern, und die Brust keuchte atemlos. Wie sehr ich auch flehte, die Cherub fuhr in ihren Liebkosungen fort. Ich betete zu Gott, mein Keuschheitsgelübde möge bewahrt bleiben. Aber mein Gebet besaß keinen rechten Willen. Keine Inbrunst. Meinem Flehen fehlte der Glaube. Der Mangel an Inständigkeit führte dazu, daß die Worte halb steckenblieben, dann sinnlos wurden. Meine Lippen beteten, stammelten Ave-Marias, aber meine Seele war nicht beim Gebet, sie war beim Gesicht der Cherub. Bei der Üppigkeit ihrer Brüste, den rosigen Brustwarzen, dem runden Rücken, der vollkommenen Kontur ihrer Hüften, ihrem Duft eines jungen Mädchens, eines Wonnen versprechenden Weibes.

Sie legte mich auf den Rücken. Als ich den Kopf drehte, erblickte ich den Baum der Erkenntnis. Da begriff ich, warum

Gott die Pforten zum Paradies geöffnet hatte. Der Baum der Erbsünde brachte keine bösen Früchte mehr hervor, sondern kleine weiße Blüten.

Plötzlich ergab alles einen Sinn. Der Baum war tot, er trug keine Früchte mehr, so wie es in der Bibel geschrieben stand. Oder anders gesagt, er stand nur noch in ewig unfruchtbarer Blüte.

Die unzähligen kleinen, weißen Blüten inmitten des nie versiegenden paradiesischen Frühlings konnten nur ein Zeichen der göttlichen Vergebung sein. Diskret, sanft und heimlich, doch deutlich genug, um zu zeigen, daß Gott uns von aller Sündenschuld freigesprochen hatte.

Die Cherub wand sich wie eine Schlange um meinen Körper und umfing mich mit Zuckungen. Ich wuchs in ihr. Bezwungen und betäubt, fühlte ich alles um mich herum vibrieren und wollte mehr. Mehr von ihr. Immer in ihr sein. Als wären wir beide eine Muschel im Augenblick der Empfängnis der Perle. Ohne einen anderen Lebenssinn als das Aufeinanderprallen und die Vereinigung von Leib und Körperflüssigkeiten. Eine organische Vereinigung, die das Vergängliche in einem Anfall von Lust für immer fortleben ließ. Scheinbar ohne Wiedergeburt. Sie setzte die Kontrolle über den Kopf außer Gefecht, machte es unmöglich zu erinnern, wer wir gewesen waren, wer wir jetzt waren oder wer wir gerne gewesen wären. Ein Vakuum der Wonnen, zu dem ein berauschendes Vergessen führte. So berauschend, daß ich mich vergaß.

Im ersten Augenblick dachte ich, ich hätte das Geheimnis Gottes verletzt, das Gesetz göttlichen Ursprungs, das den Menschen verbietet, mit den Engeln zu schlafen. Da ich nicht ändern konnte, was geschehen war, wiederholte ich die Ekstase noch zweimal. Ohne zu beten oder vor Reue zu weinen, entdeckte ich entzückt, daß es im Paradies keine andere Realität gibt als die der Lust.

Ich verlor die Angst vor Gott, weil mir klar wurde, daß jene göttlichen Gesetze aufgehoben worden waren. Ich erkannte, daß in meinem Geist keine Verbote mehr existierten. Eine neue Erfahrung, die mich durchströmte wie die Quelle des Lebens, gleichgültig gegenüber der theologischen Grammatik und dem Sündenakt. Sogar dem Gedanken der Sünde überhaupt. Die grausame Saat, die im Garten Eden nicht mehr keimt, weshalb ich meinen Leib an den der Cherub schmiegen und meine eingekerkerte Liebe befreien konnte.

Ich ging zu dem Baum, und mit gesenktem Kopf sammelte ich unzählige weiße Blüten auf.

Nun sitze ich in der Grotte. Die Cherub ist bei mir, während ich schreibe. Ich empfinde einen unbeschreibbaren Drang, sie die ganze Zeit zu streicheln. Ein Verlangen nach Zusammensein, wie ich es nie zuvor erlebt habe.

Ich kann nicht weiterschreiben. Tuabetã höchstpersönlich ist im Eingang der Höhle erschienen, in den Händen Francescos Tunika voller Blutflecken. Ich bin aus dem Zustand der Zärtlichkeit in größte Besorgnis gestürzt.

Ich gehe mit ihm.

Wie kurz ist doch das furiose Feuer der Liebe.

* * * *

Tuabetã führte mich zu Francesco. Im ersten Moment erkannte ich ihn nicht. Ich konnte nicht glauben, was ich sah.

Was mit Francesco geschehen war, war so unfaßbar, daß ich taumelte.

Vor Entsetzen gelähmt muß ich gestehen, daß mein Neffe dem Unaussprechlichen Gestalt gegeben hatte.

* * * *

Ich habe geträumt, ich wäre im Vatikan. Ich irrte umher, konnte die Tür zu den Gemächern Papst Pius III. nicht finden und landete im Latrinenhaus. Ein alter, blinder Mönch wies mit dem Zeigefinger auf mich, als wollte er mich irgendeines Vergehens beschuldigen. Er blies seinen stinkenden Atem in mein Gesicht. Ich wich zurück, stolperte und fiel in einen Morast von Unrat. Der Mönch rieb mir mit einer verwesenden Ratte über das Gesicht. Blaue Kerne spuckend, brüllte er unverständliche Worte. Sein Bart war weiß und schleimig.

Der Alptraum war eindeutig. Ich kann nicht länger warten, ich muß die Trägheit überwinden und dieses idyllische Leben hinter mir lassen.

Es ist meine Pflicht, in den Vatikan zurückzukehren und Papst Pius III. meine Entdeckungen darzulegen.

Wenn ich nur daran denke, welche Konsequenzen dies haben wird, überkommt mich ein Zittern.

* * * *

Der Seefahrer ist zu einem zottigen Wesen geworden, seine Haut hat sich dunkel verfärbt, was auf die brennenden Sonnenstrahlen zurückzuführen ist.

Er und seine noch vorhandene Besatzung gehen nackt. Sie sprechen wenig, und ihre Augen weisen einen eitrigen Ausfluß auf.

Ich kann ihnen nicht erzählen, daß das Paradies sich auf der anderen Seite des riesigen kegelförmigen Gebirges befindet und daß es dort keine Krankheiten gibt, nur Jubel und Freude.

Vielleicht würden sie mir nicht glauben. Oder schlimmer noch, höchstwahrscheinlich würden sie für immer dort bleiben wollen. Ich komme mir vor wie ein Egoist, aber ich bin dem Heiligen Vater verpflichtet.

Der Kapitän berichtet, er habe vier Matrosen töten müssen. Zwei hatten den Verstand verloren, und zwei andere hatten versucht, den Rest der Besatzung gegen ihn aufzuwiegeln. In meiner Verwirrung erteilte ich seiner Seele die Absolution, ohne daß es dessen bedurft hätte. Alle Sünden werden mit der Bekanntgabe der Entdeckung des Paradieses verbüßt sein.

Ich befehle, daß die Karavelle mitten in der Nacht die Segel hissen soll. Dann lasse ich im Schiffsbauch eine kleine Kammer für Francesco herrichten. Er wird nur von allen anderen abgeschottet reisen können. Nicht einmal der Kapitän wird die Erlaubnis bekommen, sich meinem Neffen zu nähern.

Niemand darf Francesco sehen oder mit ihm sprechen, zumindest nicht in seinem jetzigen Zustand.

* * * *

Die Reise zurück über die Schreckenssee verläuft ruhig und zügig. Wir treffen auf keinerlei Unwetter, Sturm oder Gewitter.

Die Besatzung ist sprachlos. Sie verstehen nicht, daß der Schutzwall der Dämonen verschwunden ist, der sich doch rings um die Terra incognita befinden sollte.

Stumm danke ich Gott. Mir ist klar, daß nach der Öffnung Edens die Dämonen erneut, und dieses Mal für immer, in die Mitte der Erde gestürzt wurden. In die Hölle.

Der Seefahrer bemerkt voller Respekt, ich sei ein anderer Mensch geworden. Er könne es nicht genau beschreiben, aber er meine, eine große Veränderung in meinem Wesen festgestellt zu haben.

Als Antwort deute ich ein Lächeln an. Er würde es niemals begreifen, daß Francesco und ich den Keim der Veränderung verkörpern. Schon seit meiner Entdeckung ist die Welt eine andere. Vorläufig nur für uns, aber bald schon für die gesamte Menschheit.

Ich denke an meine Cherub, mein Körper weitet sich innerlich und äußerlich.

Die Tinte, die ich zum Schreiben dieser Aufzeichnungen benutze, geht allmählich zur Neige. Ich gehe mit ihr so sparsam wie möglich um. Und schreibe nur das Wesentliche auf.

* * * *

Die Farben sind weder mitreißend noch kräftig, auch der Horizont leuchtet nicht. Die Atmosphäre ist trüb, von Wolken und Melancholie verhangen. Immer wenn wir uns einer Küste nähern, erkenne ich niedrige, ziemlich reizlose Steinbauten.

Die Natur ist kleinwüchsig und bescheiden. Ganz anders als die wuchernde Pracht des Paradieses. Die Karavelle segelt durch das Mittelmeer mit Kurs auf das italische Land.

Mir ist kalt.

Ich frage den Kapitän, wie ich Rom durchqueren und dabei Francesco verstecken soll. Wie werden wir heimlich in den Vatikan gelangen?

Er reicht mir ein versiegeltes, fast verschlissenes Pergament. Das ist seine Antwort.

* * * *

Die Anweisungen auf dem Pergament befolgend, gingen wir in einer felsigen Bucht an der italischen Westküste von Bord. Vorsorglich hatte ich Francesco in Decken und ein Stück Stoff vom Segel des Schiffes gewickelt. So sah er zwar zerlumpt aus, aber wir durften kein Risiko eingehen. Niemand darf seinen Körper sehen. Nur der Papst.

Ich fand besagten stummen Eremiten. Als er den Ring Pius III. erkannte, der auf meiner ausgestreckten Hand funkelte, setzte er uns auf ein Fuhrwerk und brachte uns nach Rom. Wir wurden im Haus der Familie Cresques untergebracht.

Die Cresques stellten mir keine Fragen und waren ohne jedes Widerstreben oder Neugierde damit einverstanden, Francesco in den Keller des Hauses zu bringen.

Die Familie widmet sich dem Handel mit gedruckten Büchern, und da sie Texte im Auftrag der Kirche herausgeben, haben sie Zugang zu manchen Einrichtungen des Vatikans.

Wir werden uns heimlich durch die Bibliothek hineinbegeben müssen.

Eine dicke Alte namens Lea kümmert sich um uns, eine unverheiratete, vergessene Tante, die den Haushalt versorgt. Ihr zufolge stammen die Cresques aus der Grafschaft Barcelona. Später gingen sie um einer unseligen Heirat willen, die jedoch nie zum Vollzug der Ehe führte, nach Portugal.

Die Alte sagte, sie sei der lebende Beweis für den Unstern, der über dieser vom Großvater arrangierten Ehefarce stand. Daß kein einziges Mitglied ihrer Sippe an sie, die Braut, ein kleines Mädchen von damals nur acht Jahren, gedacht habe. Daß die Bestrebungen, die Familie zusammenzuhalten, oft mit der Vernichtung mindestens eines Verwandten enden. Diese Tradition sei so alt wie der Brauch der Bienen, die Drohne zu fressen, sich aber fürsorglich um ihre Brut zu kümmern.

Als ich fragte, aus welchem Grund die Cresques nach Rom gezogen und zu einem geheimen Bindeglied zwischen dem Papsttum und der portugiesischen Krone geworden waren, errötete sie. Gab aber keine Antwort.

Sie erklärte, das Alter habe ihr Erinnerungsvermögen beeinträchtigt, sie bringe die Chronologie der Ereignisse durcheinander, und deshalb lebe sie im Vagen. In einem Dämmerzustand, bedingt durch ein nicht greifbares, aber ruhiges Gefühl von Unglück. Das Vage sei weniger schmerzhaft als die Erinnerung an die Verzweiflung, die sie erlebt habe, die verlorenen Illusionen und die von der Familie zum eigenen Wohl unterstützten Willkürakte, deren Opfer sie geworden war.

Ich konnte nicht an mich halten und erwiderte, daß schon sehr bald die Welt den Tag erleben werde, da es keine Macht der Patriarchen, keine Arroganz des Sieges, keine verzweifelte Hoffnung auf Erfolg und keine Angst vor dem Versagen mehr geben werde. Daß alle Gelüste der Menschheit gestillt würden und die Habgier nur noch Legende sei. Ich kündigte das Ende blutrünstiger Verfolgungen an, denn die Zwistigkeiten würden ihre In-

brunst verlieren. Das Vergessen vergangener Beschimpfungen und aller Rachegefühle, die Furcht vor kommenden Gefahren werde vergehen. Und die Blase ihres Lebens im Vagen werde durch die Zacken des Sterns der allgemeinen Glückseligkeit zerstochen.

Wieder errötete die alte Lea. Dann warf sie mir einen rätselhaften, fragenden Blick zu, als hätte sie schon jede Technik des Schicksals ausprobiert, um glücklich zu werden. Beim Abschied verhielt sie sich noch rätselhafter. Shalom, sagte sie, als wäre sie eine Jüdin.

An jenem Abend erhielt ich eine Botschaft der Äbtissin. Der traurige Brief teilte mir den Tod Pius III. mit und berichtete, daß della Rovere der neue Papst sei und daß der Keim der Schönheit dank Michelangelo und seiner Kunst Gott für die Welt auf eine derart präzise, einzigartige Weise erkennbar mache, daß sie der Theologie weit überlegen sei.

In zierlicher Schrift setzte mich die Äbtissin davon in Kenntnis, wie, wo und wann ich mit dem Papst Julius II. zusammentreffen werde.

Ich lernte den Brief auswendig und vernichtete ihn. Ich weiß nun, daß der Papst glaubt, weil er sich mit dem Keim der Schönheit verbündet hat, könne er mich erledigen. Ein amüsanter Irrtum. Nichts ist stärker als die Wirklichkeit, die Entdeckung des Paradieses. Francesco und ich können das bezeugen. Wir sind die Keime der Veränderung, oder anders gesagt, wir sind im Besitz einer Schachtel voller Blütenblätter vom Baum der Erkenntnis. Sicher von weniger Gewicht als die Kuppel der Sixtinischen Kapelle, aber weit konkreter und wahrhaftiger als die der Phantasie entsprungenen Malereien an ihrer Decke.

Es hat keinen Sinn, weiter zu schreiben. Dieses Mal nicht aus Mangel an Tinte. Im Hause der Cresques gibt es überall Tintenfässer, Karten und Pergament. Nun muß gehandelt werden. Schon bald werde ich Julius II. gegenüberstehen, ich muß Francesco auf das Treffen vorbereiten.

Da wir im Paradies die Schrift nicht benötigen, denn da leben wir nach den Weisungen Gottes in der Grammatik Seines Gartens, werde ich alle meine Aufzeichnungen verbrennen.

Die Engel können nicht lesen.

19 *Der Tag, der nie anbrach*

Die Sonnenstrahlen hatten Rom und den Vatikan noch nicht erreicht. Der zartgraue Schleier, der sich über die ersten Lichtfunken breitete und die Morgenröte ankündigte, bildete bereits am Saum des Horizonts Flecken.

Während die Mönche ihre antiapokalyptischen Gebete beendeten, nahmen zweiundzwanzig Arbeiter einen Teil des in der Mitte der Sixtinischen Kapelle errichteten Gerüstes auseinander, und elf Diener, die sich unablässig über die Arbeiter beschwerten, reinigten und verteilten Stühle im Raum. Sie tänzelten im Takt der eisernen Rangordnung, die der für die Zeremonie verantwortliche Prälat laut schreiend überwachte.

Fackeln und Öllampen schwebten überall umher und verbreiteten zitternd mattes Licht, weit weniger kräftig als die Sonnenstrahlen, die dem großen Augenblick ihr Gepräge geben sollten: der Präsentation der wichtigsten Fresken, mit denen Michelangelo diese unmögliche Decke überzogen hatte, vor einem sorgfältigst ausgewählten Publikum.

Die Sonnenstrahlen werden durch die Fenster eintreten und die Pracht der Fresken bis ins letzte Detail offenbaren. Ich möchte, daß es wie ein großes Erwachen ist. Ein, wie soll ich sagen ...?

Ein singuläres, wundervolles Erwachen, Euer Heiligkeit.

Ich kann meine Sätze sehr gut selbst beenden, Carlo. Ein singuläres, wundervolles Erwachen. Endlich wird die staunende Menschheit eine Ahnung von der Vollkommenheit bekommen.

Wenn Sie erlauben, Heiliger Vater. Künstler sind zumeist sehr aufgeregt und ängstlich, wenn sie ihre Werke vorstellen sollen.

Was wollen Sie mir damit sagen?

Daß Michelangelo es vorzieht, bei der Zeremonie nicht anwesend zu sein, Euer Heiligkeit.

Unfug! Dies ist ein bedeutender Anlaß. Ich verlange, daß Michelangelo da ist. Sagen Sie ihm, es handelt sich nicht um eine Einladung, sondern um eine Vorladung.

Keiner der Geladenen fehlte. Die neun Kardinäle, die zwölf Bischöfe, die drei Theologen, die Vertreter der Monsignori der heiligen Inquisition, Doktor Vigo und seine Assistenten, die Sekretäre Seiner Heiligkeit, die Mönche Carlo und Camilo, und so viele weitere Prälaten und Mönche, daß sich in der Kapelle schon lange, bevor die Sonne aufgegangen war, stickiger Dunst ausbreitete. Michelangelo nahm als letzter Platz. Er verbarg seine Nervosität unter der strengen Eleganz seines smaragdgrünen Umhangs.

Wie es das Protokoll verlangte, warteten alle auf Julius II., auf das Tageslicht, auf das große Entzücken. Auch wenn hier und da gegähnt wurde, war das Publikum ungeduldig. So erwartungsvoll, daß niemand bemerkte, wie ein Mönch in Kapuze hereinkam, das Gerippe des halb abmontierten Gerüsts hinaufstieg und verschwand.

Alles schien bereit, die acht Lakaien betraten, lange Holzstangen in der Hand, die Kapelle und nahmen ihren Platz direkt unter den acht Fenstern ein, die sich hoch oben um die Kuppel gruppierten. Sie hatten die Aufgabe, die Vorhänge zu öffnen und das Licht einzulassen, auf daß in der Kapelle ein neuer Tag anbrechen konnte.

Draußen, am Saum des Horizonts, bildeten sich rosige Strahlen. Später würden sie sich blaßgelb färben, dann einen goldenen Ton annehmen und schließlich zu farblosen Lichtgarben werden. In diesem Moment würde es den

Lichtstrahlen gestattet, in die Kapelle einzutreten, und zwar erst nach der Ankunft Seiner Heiligkeit.

Die Äbtissin klingelte mit dem silbernen Glöckchen und kündigte einen ganz außergewöhnlich zufriedenen, Stolz und offenkundige Überheblichkeit – typische Äußerungen der Arroganz – verströmenden Papst Julius II. an.

Wie als Echo eines kurzen Hufgetrappels knieten die Anwesenden nieder, empfingen ehrfürchtig den päpstlichen Segen und warteten ungeduldig, bis der mächtigste Mann der Erde auf dem Stuhl Petri Platz genommen hatte. Dann setzten sich alle wieder und mutmaßten, das Schauspiel der Lichter und Bilder werde nun wie geplant beginnen.

Doch die Zeremonie nahm von Anfang an einen unerwarteten Verlauf, womit sich wieder einmal bewies, daß man sich niemals auf Mutmaßungen verlassen sollte.

Die Vorhänge öffnen!

Die acht Lakaien zückten die Holzstangen, der dicke Stoff, der die Fenster bedeckte, glitt zur Seite und ließ bleiche, farblose Sonnenstrahlen ein.

Euer Heiligkeit, ich habe mir erlaubt, eine Überraschung vorzubereiten.

Was für eine Überraschung, Äbtissin?

Einen Gesang zur Begleitung der Präsentation der Gemälde, Heiliger Vater. Zur Erbauung unserer Seelen beim Anblick der Fresken. Beim Anblick des Paradieses, der Erschaffung des Menschen.

Ein schöner Gedanke, Äbtissin. So sei es.

Das Glöckchen bimmelte, und eine Sopranstimme flutete durch den Raum. Kristallreine Töne, die aus dem Munde einer kleinen, von einer Kapuze verhüllten Gestalt am hinteren Ende der Kapelle kamen.

Das Erhabene war im Begriff, Materie zu werden. Während der Gesang in Wellen durch den Raum flutete, gewannen die Sonnenstrahlen an Intensität und fielen in breiten Streifen durch die Fenster.

Die Verflechtung von Licht- und Klangwellen war so überwältigend, daß drei Kardinäle zu husten aufhörten, einem Lakai die Tränen kamen und zwei verträumte Mönche sich im Himmel wähnten.

Die Wellen wuchsen zu strahlender Pracht und vermählten sich mit den an die Decke gemalten Gestalten zu einem unvorstellbaren Schauspiel. Schatten verdichteten sich zu dunklen Flecken, dann reflektierten sie unterschiedliche Farben, die ihrerseits ineinander verschwammen und schließlich einen Rücken, ein Antlitz, ein Detail einer Hand umrissen. Teile von Männern und Frauen, die sich, vom Licht stimuliert, vom Klang belebt, zusammenfügten und zu einer Gestalt formten. Nein, nicht zu einer Gestalt, zu einer Szene mit Geschöpfen aus Fleisch und Blut. So wirklich, daß die Decke von den möglichen Bewegungen ihrer Körper zu beben schien. Von all den Gefühlen und Empfindungen der Menschen, die dank nie gesehener Schönheit durch die Farben sickerten, über die Silhouetten rannen. Das Wunder des Unglaublichen, das, umspielt von den Sonnenstrahlen, aufgewühlt von den musikalischen Klängen, die Farbschicht sprengte und Erhabenheit errang.

Schluß! Aufhören! Schließt die Vorhänge, ich will nichts mehr sehen!

Julius II. brüllte seine Worte mit einer solchen Wut, daß manch einer glaubte, die Decke bräche unter der Last so großer Schönheit ein. Die Lakaien schritten geordnet zur Tat, der Tagesanbruch verlöschte auf so ungewöhnliche Art, daß keine Pupille sich sofort umstellen konnte. Alle verloren die Orientierung zwischen Licht und Dunkel, sie wankten in einem blinden und zugleich hellen Limbus.

Die Anwesenden sahen nichts mehr, hörten aber. Nicht

mehr den melodiösen Gesang, sondern die festen Schritte Julius II. auf dem Marmorboden.

Dieser Gesang! Diese Stimme, die kenne ich doch!

Von nicht zu besänftigendem Haß getrieben, durchschritt der Heilige Vater die in Dämmerlicht getauchte Kapelle, und als er die kleine, mit einer Kapuze verhüllte Gestalt erreichte, packte er sie am Hals.

Was für eine geschmacklose Überraschung! Francesco, der Kastrat, ist wieder da! Und singt!

Nur wenige im Raum nahmen wahr, was da vor sich ging. Alle hatten sich, wie das Protokoll es verlangte, erhoben und sahen schweigend zu, wie Julius II. die kleine Gestalt am Nacken zu vier Öllampen zerrte, die in einer Ecke der Kapelle brannten.

Antworte mir! Wo ist dein Onkel? Raus mit der Sprache! Nimm die Kapuze ab! Und sag mir, wo ist Monsignore Filippo?

Francesco schlug nicht die Kapuze zurück, er entblößte sich ganz. Als er den dicken Wollumhang fallen ließ, löste er bei den Anwesenden nicht nur, wie zu erwarten, erschrockenes Raunen aus, er bot Unerhörtes.

Da sein Körper Einzigartiges aufwies, gelang es Francesco, all das Staunen über die Gestalten an der Decke noch zu überbieten. Nicht mit gleichem Liebreiz, eher durch übertriebene Exotik, die schon fast ans Groteske grenzte. Verglichen mit Michelangelos Arbeit, verkörperte auch der Knabe eine neue Variante der Schönheit, einer vielleicht nutzlosen, doch mit Sicherheit noch nie gesehenen Kunst. Im Gegensatz zu den Malereien war sein Körper nicht auf die von einem Künstler entworfene Perspektive angewiesen, um real zu sein, er war greifbar konkret.

Francescos Leib und Haut waren blau getüncht, in einem tiefen Himmelblau, das die unterschiedlichsten Gefühle in den Betrachtern weckte. Von seinen Ohren, seinem Leib und den Fesseln hingen gelbe, lila und schwarze Federn, die subtil andeuteten, sein Körper habe die Fähigkeit erlangt, sich aufwärts zu bewegen, mit anderen Worten, zu fliegen.

Blau! Der ganze Knabe ist blau. Und voller Federn! Was hat das zu bedeuten?

Er ist kein Knabe mehr, Euer Heiligkeit. Die Cherubim haben Francesco aufgenommen. Deshalb haben sie seinen Körper blau verziert!

Monsignore Filippo antwortete Julius II., während er, in der Hand eine Schachtel, vom Gerüst herunter kam. Seine Stimme war kraftvoll und verriet wilde Entschlossenheit, die jedoch bei weitem nicht, wie man hätte vermuten können, Frucht seiner Rachegelüste war. Vielmehr war sie Ergebnis der festen Überzeugung, er habe das unbetretbare Reich Gottes besucht.

Blau? Cherubim? Kann er auch fliegen?

Ich war im Paradies auf Erden, Euer Heiligkeit! Ich habe die Engel in neue Klassen eingeteilt, und ich habe den Baum des Guten und des Bösen berührt! Mit dem Ring von Papst Pius III., dem Gütigen, bin ich durch die Pforte zur Terra incognita geschritten und habe den Garten Gottes entdeckt!

Und ich dachte, der illustre Monsignore würde mir eine neue Theorie für das Christentum bringen! Eine fatale Enthüllung, die mein Pontifikat bedrohen könnte! Wie lächerlich! Ein Monsignore der Mutter Kirche präsentiert sich seinem Papst nach der großen Entdeckung mit seinem durch und durch verderbten und blau bemalten Neffen! Unglaublich! Das fehlte gerade noch!

Die Cherubim waren äußerst liebevoll zu Francesco.

Daran habe ich keinen Zweifel, Monsignore! Der Knabe hat ja sogar kleine Brüste!

Euer Heiligkeit, Sie wehren sich mit Sarkasmus und

höchst zynischem Humor, weil Sie die Konsequenzen meiner Entdeckung in ihrem ganzen Ausmaß kennen.

Ihre Entdeckung ist ein Witz! Das Paradies ist hier! Öffnet die Vorhänge!

Die Sonnenstrahlen, die eine Zeitlang nicht in die Kapelle hinein gedurft hatten, drangen erneut in den Raum. Wie über das Warten erbost, breitete sich ein warmer, rötlicher Lichtschein explosionsartig über die Fresken. So abrupt und blitzschnell, daß die Gestalten die Decke nicht zum Beben brachten. Jählings in solche Helligkeit getaucht, verloren die Malereien den Anschein von Bewegung, die Fähigkeit, Gefühle zu wecken und Empfindungen zu verströmen. Nun gingen sie über in die am wenigsten begreifbare Sphäre der Schönheit, in fast statische Ruhe.

Die Augen der Sylphiden, der weiblichen und männlichen Heiligen, der Rücken des Adam, die Brüste der Eva, das Antlitz Gottes bewegten sich nicht mehr. Sie waren in einer Schönheit erstarrt, die nun ganz genau das chaotische Gefühl ausdrückte, das sich im Raum breitgemacht hatte: Sprachlosigkeit. Ein Zustand, der die geistige Klarheit in konfuses Befinden verwandelte und das Erleben auf täuschende Hoffnungen reduzierte.

Sehr wenige nur begriffen diese überraschende Ebene der Schönheit. So unerreichbar wie jeder Versuch vergeblich, die tatsächlichen Mechanismen des Lichts zu verstehen.

Sehen Sie, Monsignore. Die Decke. Die Kunst in ihrer strengsten Ausdrucksform! Eine Generation von Menschen wird hier durchgehen, dann noch eine und noch eine. Alle künftigen Generationen werden hier in einen unvergeßlichen Seelenzustand versetzt werden. Der sich nicht beschreiben läßt! Denn er vereint im selben Erleben das erhabenste ästhetische Empfinden mit dem höchsten mystischen Gefühl! Das ist Gott! Gott!

Dies ist nur Malerei, Euer Heiligkeit. Nichts Wirkliches, also völlig wertlos! Es stellt nur die Pracht Ihres Pontifikats zur Schau! Aber mein Paradies ist wirklich! Lebendig! Ich bin im Garten Eden gewesen und habe die Szenen erlebt, die hier an dieser Decke dargestellt sind! Und ich sage laut und deutlich, damit alle es hören: Jeder kann dorthin gelangen!

Michelangelo, in Vergessenheit geraten, weder mit Beifall noch mit Lob bedacht, war in seiner Eitelkeit getroffen. Julius II. verteidigte zwar seine Malerei, brachte es aber nicht fertig, seinen Namen zu nennen. Die Anwesenden blickten nicht einmal zur Decke, sie verfolgten nur gespannt die blödsinnige Diskussion und staunten über einen nackten, blau bemalten Knaben.

Der Künstler wollte am liebsten das noch verbliebene Gerüst hinaufklettern und die Fresken zerstören. Dieses Publikum war seiner Kunst nicht würdig. Verachtung für all dieses Scheußliche schnürte ihm die Kehle zu, er begriff, daß er dort nichts mehr zu suchen hatte.

Verächtlich mit seinem smaragdgrünen Umhang wedelnd, verließ Michelangelo hochmütig die Kapelle, doch nicht einmal das wurde bemerkt. Erst als er nach draußen trat, übermannte ihn das Gefühl, versagt zu haben. Es war so vernichtend, so einschneidend, daß er spürte, wie es in seinem Innern eine Wunde hinterließ. Eine schmerzhafte. Ein seelischer Schmerz, der gleiche Schmerz, den Francesco nach seiner Entmannung erlebt hatte.

Solche Wunden, als narzißtische Kränkungen bekannt, sind so verletzend und beschämend, daß Michelangelo noch in derselben Stunde den Vatikan verließ. Er kaufte das erste Pferd, dessen er habhaft werden konnte, schlug den Weg zu den Marmorbrüchen von Carrara ein und schwor, für immer dort zu bleiben.

Er informierte niemanden über seine Flucht, nicht einmal Tommaso, seinen Geliebten. Denn wenn einen Menschen seelisches Chaos martert, dann ist es am besten, er verschwindet. Ungefähr so, als ließe er sich bei lebendigem Leibe begraben, was jeder wahrhaftig an der Seele Verstümmelte im Geiste erlitten, aber nie in die Tat umgesetzt hat.

Die Äbtissin lächelte und sah mit kurzem, raschem Engelsblick, wie Filippo die Schachtel öffnete und eine Handvoll Blütenblätter auf den Marmor warf.

Der Baum des Guten und des Bösen trägt keine Früchte mehr, nur Blüten. Fassen Sie diese Blätter an. Sie sind echt, Euer Heiligkeit! Mit der Erbsünde ist es ein für allemal vorbei! Es gibt keine Sünde mehr, auch keine Schuld! Es wird kein Jüngstes Gericht geben. Die gesamte Menschheit ist erlöst!

Genau diese Worte hatte ich gefürchtet. Eine Theorie, die den Lauf der Geschichte des Menschen, der Kirche Christi ändern könnte.

Mit der Entdeckung des Paradieses hat die Geschichte des Menschen ihren Sinn verloren, Heiliger Vater. Sofern die Geschichte überhaupt einen Sinn hat oder je hatte. Denn im Paradies gibt es nur Liebe, Lust und Ekstase. Ohne Konflikte, Kriege und Macht! Da gibt es kein Eigentum! Auch keinen Besitz! Keine Arbeit! Keine Grenzen!

Die Anwesenden wußten nicht, wie sie sich verhalten, wessen Partei sie ergreifen sollten, die Diskussion entwickelte sich so schnell, daß die verwirrende Enthüllung des Monsignore sich in ihren Köpfen nicht ordnen konnte. Sie erschütterte ihr Denken, zerstörte festgefügte Vorstellungen. Sie schuf eine Art Vakuum in ihren Köpfen und machte sie hohl, lähmte sie durch eine störende und doch angenehme Leere. Eine behagliche, aber auch bedrohliche Leere.

Das ist eine Ungeheuerlichkeit! Ihr Paradies, das ist das

Ende der Welt! Wer, um Gottes willen, glaubt, daß der Mensch jemals fähig sein wird, in einer Utopie zu leben? Das ist unmöglich! Ohne Grenzen wird der Mensch die Kontrolle über sich selbst verlieren und alles zerstören!

Der Schöpfer hat die Grenzen niedergerissen und die Pforten zum Paradies geöffnet, Euer Heiligkeit. Hört zu, er hat alle zum Eintreten aufgefordert!

Er phantasiert! Monsignore Filippo hat Wahnphantasien! Gleich wird er uns erklären, was Gott tat, bevor Er den Menschen schuf!

In diesem Augenblick keimte in einem der hohlen Köpfe der Anwesenden ein schäbiges Verlangen. Ein seltener Keim, der wie ein Pilz nach dem Regen sproß und zur Tat wurde. Ein Bischof, ein Kirchenfürst, beugte sich nieder und nahm ein Blütenblatt auf. Dann küßte er es und begann zu weinen.

Hätte der Bischof, statt zu weinen, gelacht, dann hätte das Geschehen vielleicht einen anderen Verlauf genommen. Denn Lachen tritt nicht immer im Zeichen von Jubel oder Zufriedenheit auf. Von Dramaturgen als eine der tödlichsten Waffen geschätzt, zerpflückt es Wahrheiten, indem es feste Überzeugungen der Lächerlichkeit preisgibt. Daher der Ausdruck sich totlachen.

Weinen hingegen wirkt gerade deshalb regenerierend, weil es den Gedanken an Tod, an Verlust ausdrückt. Weil es ein wie auch immer geartetes Ende enthält, weckt es in der Seele das Bedürfnis nach einem Neuanfang. Nach einem Wiederaufleben voller Hoffnungen, ohne jede Kritik. Lachen wie auch Weinen sind, wenn sie öffentlich geschehen, äußerst gefährlich, weil sie widersprüchlich wirken. Das erste, weil es Euphorien vernichtet, das zweite, weil es Lügen den Segen erteilt.

Genau das geschah. Mit seinem Weinen fegte der Bischof alle Zweifel an der Existenz des Paradieses vom

Tisch. Mit seinen Tränen löste er in den Anwesenden einen Neuanfang aus. Setzte in den hohlen Köpfen einen unberechenbaren Trieb in Gang, und die Anwesenden reagierten, indem sie Filippos Wahrheiten akzeptierten. Alles nicht weiter verwunderlich, da die Menschen in der Masse sich ja immer wie frisch geschlüpfte Entenküken verhalten. Das erste, was sich bewegt, gilt ihnen als ihre Erzeugerin, und fortan laufen sie ihm hinterher, ganz gleich wohin.

In dieser Versammlung von Männern mit leeren Köpfen galt also die Schlußfolgerung aus dem Ganzen nicht mehr als unzulässig, sondern wurde zum Paradies. Was für Erleichterung sorgte.

Wer vergibt die Sünden im Paradies?

Im Garten Eden gibt es keine Sünden, nur Vergebung.

Nur Vergebung? So ein Kinderkram. Monsignore, Sie verwechseln Gerechtigkeit mit Straffreiheit. Ist das Paradies vielleicht das Land der Straffreiheit?

Monsignore Filippo, bitte erzählen Sie uns ein wenig vom Paradies.

Schweigen Sie, Äbtissin! Monsignore Filippo hat ab sofort Sprechverbot! Er soll in die Katakomben gebracht und dort von den Theologen des heiligen Offiziums verhört werden. So geschehe es.

Im Paradies gibt es keine Hierarchie, Heiliger Vater. Die päpstlichen Bullen sind überflüssig, alles geht durch die Großzügigkeit der Natur von Gott aus. Dort wird nichts angepflanzt, man braucht keinen Ackerbau zu betreiben. Da gibt es nur die Arbeit, die Früchte zu ernten.

Schließt die Vorhänge! Die Zeremonie ist beendet!

Und das leuchtende Licht jener Morgenröte wurde aus der Kapelle verbannt, dieses Mal endgültig. Nachdem sie die Vorhänge geschlossen hatten, legten die Lakaien die langen Stangen weg und mischten sich unter die aufgeregte Menge, die Filippo umringte. Der Papst regierte nicht mehr. Prälaten stürzten sich zu Boden, um eins der wundertätigen Blütenblätter zu erhaschen, Mönche in Trance, von der Verpflichtung zu antiapokalyptischen Gebeten befreit, ließen ihren Emotionen schreiend freien Lauf, und mehrere Bischöfe eilten zu Francesco, um ihn zu berühren. Die Versammlung hatte einen neuen Gott gefunden.

Herrlich! Sind diese Blumen wundertätig? Im Paradies gibt es keine Sünde, nur Vergebung. Da will ich hin, bei den Engeln wohnen! Wie sehen die Seraphim aus? Gibt es weibliche Engel? Sie sind bildschön. Nichts im Garten Eden trägt das Antlitz des Bösen. Es gibt keine Keuschheit, nur Liebe! Die Engel lieben sich! Selbst die Engel lieben sich!

Carlo, der sonst selbst in harmlosen Situationen Angst bewies, faßte Mut und befahl den Gardisten, sich zurückzuziehen. Oder anders gesagt, er stiftete sie zum Chaos an, indem er ihnen mitteilte, sie seien für immer entlassen.

Doktor Vigo und seine Assistenten verließen wie zu einer geheimen Verschwörung die Kapelle und nahmen zwei Blütenblätter zur weiteren Untersuchung und Analyse mit.

Vigo ging bedrückt, aber nicht davon überzeugt, daß seine Theorie von der Kreativitätsspirale soeben zusammengebrochen war. Oder zumindest eine mächtige Erschütterung erfahren hatte, wenn man bedachte, daß die Realität, in diesem Fall die Existenz des Garten Eden, sich als eine wesentlich stärker katalysierende Kraft erwiesen hatte als die Kunst. Eine Abweichung, die die Spirale zerstörte und sie endlich machte. Ihr die Ewigkeit, die Zukunft nahm.

Die Äbtissin versuchte, sich einen Weg durch die Menschenmenge rings um Filippo zu bahnen. Sie wollte ihm zur Entdeckung des Garten Eden gratulieren. Vielleicht ihn umarmen, doch wurde ihr bewußt, daß eine solche Geste unter Mönchen und Nonnen nicht gestattet war. Dann dachte sie an Francesco, der Junge mußte ziemlich verstört sein und brauchte sicherlich Hilfe.

Doch weit gefehlt, Francesco triumphierte. Wie ein angebeteter Engel spielte er plötzlich die Hauptrolle und schwebte im siebten Himmel. Stand theatralisch, bewegte sich kaum. Spielte eine Statue, ließ neugierige Blicke über jeden Zentimeter seines blaugefärbten Körpers, das nicht vorhandene Geschlecht und die bunten Federn wandern.

Zynisch wie eine Hyäne lächelte er schüchtern, als wäre er das unschuldige Himmelsrund in Person. Nicht nur ein hervorragender Sänger, auch der geborene Schauspieler, dieser Knabe. So überzeugend in seiner Inszenierung, daß selbst der scharfsinnigste unter den Männern nicht hätte ahnen können, welch großes Geheimnis Francesco noch für sich behielt. Ein ungeheures, grausames Geheimnis, so frevelhaft, daß es allen, die ihn umringten und umschmeichelten, einen gräßlichen Alptraum bereitet hätte.

Die Äbtissin, im Tumult halb erdrückt, wurde von einem schmatzenden Kuß auf die Wange überrascht. Ein Kuß von Camilo im Namen der Glückseligkeit, der neuen Ordnung, die soeben in der Welt Einkehr gehalten hatte. Im Namen des neuen Lebens, das nun ohne Vorschriften und Feinde begann, nur in Brüderlichkeit, Liebe und Lust.

Ein simpler Kuß, ein auf der Deckenbemalung nicht dargestelltes Zeichen der Zuneigung, bewirkte, daß sie das Ausmaß der neuen Weltordnung begriff. Eine einpolige Ordnung ohne jede Auseinandersetzung. Frei von den Konflikten zwischen gut und böse, richtig und falsch, ketzerisch und geheiligt, eine Lebensform, in der nur das Paradies existierte und alles, was dies bedeutete.

Die für alle gültige neue Ordnung schuf in der Äbtissin Unordnung. Jählings sah sie sich aus der Ehe mit Jesus entlassen. Und wie jede nach einer bequemen, himmlischen Ehe frisch Geschiedene fühlte sie sich verloren. Zudem bedroht von den Ausmaßen ihrer neuen Freiheit und erstickt von der plötzlichen Wahrnehmung ihrer selbst.

Fortan würde sie, bislang gewohnt, sich so wenig selbst zu gehören, auch für ihr eigenes Glück verantwortlich sein und ihr Wünschen und Wollen selbst dirigieren müssen. Etwas so Schwieriges und zugleich so Einfaches wie Filippo zu küssen. Einen Mann auf den Mund zu küssen. Ihn wirklich zu lieben, sich hinzugeben. Als ihr klar geworden war, wie weit sie gehen konnte, schwanden der Äbtissin vor Schreck die Sinne. Sie fiel vor Angst in Ohnmacht.

Bevor Julius II. besiegt den Rückzug antrat, schrie er, in der Annahme, der Aufruhr werde auf die Kapelle beschränkt bleiben, den Anwesenden eine Drohung zu.

Das Paradies auf Erden ist eine ebenso stupide Illusion wie der Glaube, man könne den Tod besiegen, Monsignore Filippo!

Filippo hat im Paradies keinen Tod gesehen, nur Leben und Lust!

Halt den Mund, Camilo! Wenn Monsignore Filippo im Paradies keinen Tod gesehen hat, dann hat er nicht richtig hingesehen. Keine Sorge, ich werde einen Weg finden, den Tod dorthin zu bringen.

20 *Schreckensereignisse und Karneval*

Der bevollmächtigte Senhor Botschafter des Königreichs Portugal und Marquis, der Monsignore Filippos Flucht und Reise ans Ende der Schreckenssee organisiert hatte, kehrte in einer weiteren Mission in die italienischen Lande zurück.

Im doppelten Boden eines kleinen Weinfasses verborgen gelangten die ersten geheimen Botschaften des neuen Königs von Portugal an den Papst Julius II. nach Rom.

Selbstverständlich enthielt das Faß keinerlei Wein, vielmehr war es bevölkert von einer Kolonie giftiger Skorpione aus Nordafrika. Eine unüberlegte List, ersonnen von illustren portugiesischen Gelehrten, um zu gewährleisten, daß die Informationen unversehrt blieben, denn sie durften nur vom Heiligen Vater gelesen werden.

Wie zu erwarten war, bescherte das seltsame Weinfaß dem Marquis nur Ärger.

Abgesehen davon, daß er die giftigen Skorpione nachts füttern mußte und dabei Gefahr lief, gestochen zu werden, trug der Marquis, wohin er sich auch begab, den albernen Holzbehälter mit sich herum. Was an sich nur eine Unbequemlichkeit bedeutete, hätten nicht viele den Edelmann für einen ausgemachten Trinker gehalten.

Der Botschafter hatte weder seine Natürlichkeit noch seine Eleganz eingebüßt und erst recht nicht seine vornehme Haltung, als er die lange Galerie zwischen der Bibliothek und dem Kartensaal des Vatikans, den sogenannten *langen Korridor des Zynismus*, durchschritt. Zwar machte das Weinfaß unter seinem Arm die Leute neugierig, doch mehr Aufmerksamkeit noch weckte seine düstere Miene.

Das von gräulicher Blässe bedeckte Gesicht wirkte erschrocken, die Stirn war gerunzelt.

Darin geübt, sich keinerlei Gefühle anmerken zu lassen und immer die Haltung zu wahren, selbst bei den extravagantesten Ereignissen, angefangen von eschatalogischen Wahnvorstellungen der königlichen Hoheiten bis zu den dekadenten Sitten mancher Zivilisationen, hatten die Szenen, die er auf seinem Weg durch die Stadt Rom gesehen hatte, den Botschafter ziemlich verstört.

Entgegen dem Wunsch des Papstes war die Nachricht von der Entdeckung des Paradieses in dem Freudentaumel, der im Leib der Sixtinischen Kapelle ausgebrochen war, nicht erstickt worden. Und dies war nur der Vorbote einer ganzen Reihe von Ereignissen, die der Kontrolle durch den Vatikan entglitten und Roms Bürger blitzschnell in ihren Bann schlugen.

Zunächst, wie es sich mit jeder Neuigkeit verhält, stieß die Nachricht, die Pforten zum Garten Eden seien geöffnet, bei den Alten auf Ungläubigkeit und bei der Jugend auf die ihr eigene Abwehr. Doch als die Händler begannen, sich ihrer Waren zu entledigen, und die Prostituierten ernsthaft darüber nachdachten, den Beruf aufzugeben, wurde dem römischen Volk der verblüffende Wandel bewußt.

Wenn es kein Besitzrecht mehr gab, auch keine Schuld und keine Sünde, und wenn jegliche Macht auf Erden abgeschafft war, wie sollte die Welt dann funktionieren? Dann wäre es keine Welt mehr, jedenfalls nicht die bislang gekannte. Vielleicht würde die Erde dann zu besagtem, von einem namenlosen Monsignore entdecktem Paradies, doch vorläufig war sie gar nichts. Oder vielmehr eine lärmende Unbekannte.

Obwohl niemand wußte, wie der Alltag ihres neuen Lebens aussehen würde, zogen die Römer vor Jubel trunken durch die Straßen.

Jauchzende Menschenmassen strömten auf die Plätze und brüllten unermüdlich vor Begeisterung, auch wenn sie nicht wußten, warum sie ihr Freudengeheul angestimmt hatten. Sie sangen vor Glückseligkeit, weil sie sich vielleicht in einer Traumfabel wähnten. In beiden Fällen konnte sich niemand erklären, aus welchem Grund die ewige Erlösung nun nicht mehr eine individuelle Sache des freien Willens sei, nämlich der Entscheidung des Individuums zwischen seinem Gewissen und Gott. Und erst recht verstand niemand die himmlische Neuerung, einem ganzen Volk oder vielmehr der ganzen Welt ohne jegliche Einschränkung Zugang zum Paradies auf Erden zu gewähren. Eine Lektion in göttlicher Vergebung, wie man sie selbst in der Lektüre der Bibel höchst selten las.

Durch den Fall der hemmenden Erbsünde in den Zustand schieren Staunens versetzt, beschlossen die Römer, die abstrakte Illusion in erlebte Realität umzusetzen, und feierten fortan einen Karneval, der kein Ende nahm.

Alle tanzten, schlugen Trommeln, bliesen in Hörner und vögelten, kurzum, sie machten Rom zum Schauplatz einer frenetischen, profanen Orgie. Ein kollektiver Rausch, der die Nachricht mit einem Rückfall ins Heidentum feierte.

Es war der Anblick dieses primitiven Rituals Karneval, der den Botschafter verstörte. Wenn er es recht bedachte, benahmen sich die Skorpione in seinem Faß würdiger und machten weniger Lärm als jene vom Erhabenen gesegnete Meute. Wenn die Menschen schon nicht mehr die Diener Gottes waren, sondern Gäste in Seinem Garten, dann konnten sie schließlich zumindest ein wenig mehr Anstand und Haltung zeigen.

Das Erschrecken hingegen, das des Marquis' Stirn in Falten legte, ging auf die Feststellung zurück, daß etliche Familien Hals über Kopf die Stadt verließen.

Im Pferdewagen, auf dem Rücken eines Esels, zu Fuß

oder wie auch immer, und alle verkündeten, sie seien auf dem Weg ins Königreich Portugal, von wo sie auf Karavellen die Reise zum Gelobten Land, dem Paradies auf Erden, antreten wollten. Es war die Größenordnung dieses Exodus, die das Antlitz des lusitanischen Diplomaten hatte erblassen lassen. Sekundenlang hatte er die böse Vorahnung, sein Vaterland werde unter den Plünderungen einer Horde von Phantasten auf der Suche nach dem Baum des Guten und des Bösen zugrunde gehen.

Schließlich kehrte die Farbe auf die bleichen Wangen des Marquis zurück. Während er aufmerksam den Worten des Mönches, dem offiziellen Vertreter des Papstes, lauschte, schöpfte er Hoffnung. Vielleicht konnte dem ungeheuerlichen Exodus doch noch Einhalt geboten werden.

Nach vielen Erkundigungen erreichte der Botschafter den *langen Korridor des Zynismus*, wo ihn ein blinder, abgezehrter Mönch ansprach. Ein alter Mann, der stank, als wäre er ständig damit beschäftigt, Latrinen zu putzen, und der sich als Mitglied des unbekannten Ordens der Hüter des Apostolischen Stuhls ausgab. Fraglos ein teuflisches Verwirrspiel, doch ging von dem Mönch ein gewisser Zauber aus, denn der Diplomat beruhigte sich.

Wenn Sie mir die Frage gestatten, Herr Botschafter, was veranlaßt Sie, um eine Audienz bei Seiner Heiligkeit zu bitten?

Ich bin, dem Protokoll gehorchend, gekommen, um dem Heiligen Vater mitzuteilen, daß die Krone des Königreichs Portugal nun auf einem neuen Haupt ruht. Der neue König hat den Thron unter dem Namen Dom Manuel, der Glückliche, bestiegen.

Herr Botschafter, ich höre Gelächter. Da ich ja nicht sehe, würde es Ihnen etwas ausmachen, einen Blick aus einem Fenster zu werfen und nachzuschauen, was da im Garten geschieht?

Selbstverständlich. Ich sehe einen kostümierten, ganz und gar blau angemalten Knaben, der um einen der Obstbäume läuft, verehrter Mönch.

Und was noch, Herr Marquis?

Einen Mann. Er ist jung, hat einen kräftigen Schnurrbart und spielt mit dem exotischen Knaben im Garten. Sie lachen vor Vergnügen. Offenbar führen sie eine Pantomime auf, beide tragen kleine Masken.

Der Mann heißt Tommaso. Das ist der Busenfreund des Künstlers Michelangelo. Bitte, Herr Botschafter, könnten Sie mir auch berichten, was Sie sonst noch auf Ihrem Weg durch den Vatikan beobachtet haben?

Als erstes, daß die Tore offenstehen und nicht bewacht werden.

Die Truppen des Papstes sind desertiert. Es gibt keine Garde mehr. Der Hauptmann Ritter lebt mit seinen drei Frauen und neun Kindern im Stall und veranstaltet endlose Bacchanale.

Sodann habe ich festgestellt, daß der Bau der Peterskirche sowie des riesigen Platzes voller Säulen ruht. Alles leer, verehrter Mönch. Wurden die Arbeiten ganz abgebrochen oder vertagt?

Eingestellt. Die Arbeiter, Meister und Architekten sind verschwunden. Die einen sind auf dem Weg zum Garten Eden, andere haben sich ihren geheimsten Wünschen verschrieben. Jedenfalls heißt es, im Paradies stehe eine Kathedrale aus phantastischen Steinsäulen, umgeben von einem Platz nie geschauter Größe. Dort scheint alles unermeßliche Ausmaße zu haben. Wozu dann sinnlos Zeit verlieren beim Bau einer anderen Kathedrale und eines neuen Platzes, wenn alles schon von Gott in der Natur Edens errichtet wurde?

Verehrter Mönch, wann werde ich mit Seiner Heiligkeit zusammentreffen können?

Jetzt gleich, Herr Botschafter. Bitte folgen Sie mir.

Das Weinfaß unter dem Arm, in einer Hand eine Fackel, durchschritt der Marquis hinter dem blinden Mönch einen schmalen, labyrinthischen Gang, der stetig immer tiefer ins Innere des Vatikans führte, wie eine Art langsames Eintauchen in die Grundmauern des päpstlichen Palastes.

Bitte, Herr Botschafter, lassen Sie sich von der Dunkelheit und Feuchtigkeit nicht schrecken. Mein Orden ist nur darauf bedacht, Papst Julius II. vor den Aufrührern zu schützen.

Erst als der Marquis einen unerträglichen Gestank nach Exkrementen gewahrte und sich von mehreren blinden Mönchen umringt sah, wurde ihm klar, daß er in eine Falle geraten war.

Je lauter er schrie und bekundete, er sei in dringender Mission gekommen, um so wütender attackierten ihn die Mönche.

Nachdem sie ihm die Kleider zerrissen, seinen Leib zerkratzt und ihn bewußtlos geschlagen hatten, brachen sie das Faß auf, um der Waffe habhaft zu werden, mit der der Heilige Vater hatte getötet werden sollen.

Denn das war es, womit die alten Blinden gerechnet hatten. Ein als was auch immer, vielleicht gar als Botschafter Verkleideter, der versuchen würde, Julius II. zu ermorden, um den Apostolischen Stuhl zu vernichten, die triumphale Entdeckung des Paradieses zum Sakrament zu erklären und der Liturgie der Kirche das Oberhaupt zu nehmen.

Womit die Mönche nicht gerechnet hatten, war die lautlose Gewalt der Skorpione. So wurden sie zu Opfern ihrer Blindheit und ließen sich von den giftigen Stacheln stechen, die sich aus dem aufgebrochenen Faß reckten.

In dem ungleichen, grausigen Kampf gerieten die Mönche angesichts ihrer eigenen Ohnmacht in Panik, denn sie konnten die feindlichen Heerscharen nicht sehen, die an ihren Kutten hinaufkletterten, überall hineinkrochen und mit ihren bösartigen Schwänzen einen brutalen Schmerz erzeugten.

Vom Geschrei alarmiert, eilten Doktor Vigo und seine drei Assistenten, die im benachbarten Verlies arbeiteten, herbei und erblickten die absurde Schlacht.

Von den Körpern der alten Mönchen liefen Blutrinnsale, jeder versuchte auf seine Art, sich vor den Bissen zu retten. Die einen umklammerten einander, um die Tiere zu zerquetschen, andere warfen die Kleider ab, um die in den Gewändern verborgenen Skorpione loszuwerden. Ganz Verzweifelte rieben sich die Flamme der einzigen vorhandenen Fackel über den Leib, um die Skorpione zu verbrennen. Ein unseliges Feuer, das zwar die teuflischen Tiere vertrieb, aber auch die Körper mit einem Band blutiger Blasen bedeckte.

Hinten in dem kleinen Höhlenraum, in dem es nach verbranntem Fett roch, erblickte Vigo in einer Ecke einen Mann. Es war der Marquis, er lag mit Verletzungen im Gesicht in einer geronnenen Blutlache, war aber bei Sinnen.

Wer sind Sie? Mit Sicherheit der Verräter, der die Skorpione losgelassen und dieses Unglück verursacht hat.

Nein! Ich bin der Botschafter des Königreichs Portugal und der einzige Mensch, der die Christenheit und das Pontifikat Julius II. retten kann.

Wie wollen Sie dieses Wunder vollbringen, Herr Botschafter?

Holen Sie mich hier raus! Bitte, bringen Sie mich von diesen blinden Mönchen weg, dann kann ich beweisen, was ich sage.

Von zwei Assistenten gestützt, wurde der Marquis zum Verhör in das Verlies des Arztes geführt.

Obwohl er gerade eine der Apokalypse würdige Szene des Grauens erlebt hatte, erschreckte ihn der Anblick dessen, was von der Decke dieses Raumes hing, noch mehr.

Anfangs glaubte er, es seien Körper, doch als er näher hinsah, stellte er fest, daß dort auf unzähligen Kleiderbügeln Leibwäsche und Soutanen hingen.

Ein wahres Arsenal an flatternden Gewändern, und allesamt mit der Besonderheit, daß sie in Höhe der Schamteile Blutflecken aufwiesen. Unförmige, stinkende Flecken. Rot, eiterverschmiert, gelblich und rundherum eklig. Grün.

Üble Skulpturen, die nicht nur die Decke mit unerhörtem Grauen verzierten, sondern auch ihr Geheimnis nicht preisgaben.

Sollte dies ein neues künstlerisches Experiment sein, geboren aus Michelangelos einzigartigem Genie?

* * * *

Die Äbtissin strahlte zwar vor Glück über Filippos triumphale Rückkehr, doch an den Mangel an Feierlichkeit und Disziplin, der neuerdings im Vatikan herrschte, hatte sie sich noch nicht gewöhnt. Die Unordnung war so groß, daß ihr Glück durch Anfälle von Verärgerung und gelegentliche Zweifel getrübt wurde.

Chaos und Verantwortungslosigkeit nahmen extreme Ausmaße an. Als die Vorräte an Wasser in den Reservoiren und den Proviantkammern auf ein Minimum sanken, kümmerte sich kein einziger Mönch darum.

Julius II. regierte nicht mehr, er hatte sich sehr passend zu einer spirituellen Klausur in die geheimen Nebengemächer des Papstpalastes zurückgezogen, doch wagte kein anderer, den Apostolischen Stuhl zu besteigen. Auch nicht, sich gegen Filippo zu stellen, der in flammenden Reden den Tod aller irdischen Herrschaft, gleich welcher Art, verkündete.

Der Monsignore lebte in einem Zustand immerwährender Seligkeit. Unermüdlich empfing er mit dem von Sekunde zu Sekunde stechender werdenden Blick seiner grünen Augen die endlosen Gruppen von Bürgern und Klerikern, die zur Sixtinischen Kapelle strömten. Alle wollten den Beschreibungen der Herrlichkeiten im Paradies auf Erden aus dem Munde des einzigen Mannes lauschen, der dort gewesen war. Und Hinweise auf die neue Weltordnung hören. Pech für die Kunstliebhaber, denn da die Vorhänge vor den Fenstern der Kapelle immer geschlossen waren, nahm niemand die Malereien an der Decke wahr.

Der Menschenstrom versiegte weder tags noch nachts, weshalb die Maskierten des römischen Karnevals mit ihrem wilden Treiben in die Galerien und Korridore neben der Kapelle eindringen konnten.

Der Monsignore, uneingeschränkt der vollkommenen Freiheit und der grenzenlosen Vergebung nach den Gesetzen Edens verschrieben, hatte gegen die fleischlichen Delirien nichts einzuwenden, er konzentrierte sich weiterhin auf die Verbreitung seiner Thesen vom Paradies.

Nach und nach kam der Äbtissin ihr anfängliches Glücksgefühl abhanden. Ein Schleier der Niedergeschlagenheit legte sich über ihren Blick, sie verlor ihre Körperwärme, was wieder einmal beweist, daß kein Gemütszustand schneller altert als das Glück.

In ihren Extremitäten traten Taubheit und heilloses Kribbeln auf, und so oft sie es auch versuchte, sie fand nicht den geeigneten Augenblick, um Filippo ihre Liebe zu gestehen.

Als sie den Monsignore vor zahlreichem Publikum verkünden hörte, daß es in Eden kein Klosterleben gebe, nur ein anregendes spirituelles, brach es aus der Äbtissin heraus. Eine heftige, laut gestellte Frage, vermutlich die Reaktion auf eine quälende Frustration.

Sie fragte Filippo nach seinem Gefühlsleben. Sie wollte endlich Klarheit haben über die Wünsche, Sehnsüchte und wahren Lieben des Theologen. Er antwortete aufrichtig und spontan.

Ja, ich liebe ein Geschöpf des Herrn. Eine Cherub, Tochter des Tuabetã, des Obererzengels. Das wunderbarste Weib, das mir je begegnet ist. Ich habe ihr ewige Treue geschworen, geschehe, was wolle. Wann immer ich an sie denke, verschwimmt mir der Blick, mein Herz klopft schneller, und mein Atem geht keuchend. Ich bete zu Gott, daß er mir die Freude gewähre, sie so bald wie möglich wiederzusehen! Sie wieder zu küssen, in die Arme zu nehmen und mit ihr ein Kind zu zeugen. Das ist mein höchster Wunsch für mein künftiges Leben in Eden! Für immer bei meiner Cherub zu sein!

Ein Teil der Zuhörer brach in Beifall aus, andere weinten vor Rührung über Filippos vehemente Liebeserklärung.

Die Äbtissin ließ den Blick durch den Raum schweifen, als suchte sie nach etwas Verlorenem. Einem Stück Zuneigung oder einem Zipfel Wohlwollen. Vielleicht einen unsichtbaren Teil der überquellenden Leidenschaft, die jene junge Cherub im Übermaß besaß. Ein Bruchteil der unzähligen Küsse, die Filippo jener anderen schenken würde, hätte ihr genügt. Alles wäre erträglich und gerecht gewesen, selbst der sofortige Tod des Monsignore. Doch nie das öffentliche Geständnis dieser leidenschaftlichen, vollkommenen Faszination, die das Liebesbegehren der Nonne zunichte machte. Ihre Hoffnung, eine große Liebe zu leben, ein für allemal zerstörte und ihr Dasein in die gräßlichste seelische Not stürzte.

Die Äbtissin verließ die Kapelle, ohne die glorifizierenden Schlußworte von Filippos Antwort abzuwarten.

Mit leuchtendem Blick beschwor der Monsignore die Anwesenden, sich zum Beweis inbrünstiger Bruderliebe gegenseitig zu umarmen, und zeigte ihnen eine blaue Feder. Eine Feder vom Kopfschmuck seiner Cherub, die er nun als Unterpfand eines unverbrüchlichen Eheversprechens an einer Halskette trug.

Hilflos, weil sie nicht wußte, wohin sie gehen oder was sie tun sollte, um ihr inneres Gleichgewicht wiederzuerlangen, beschloß die Äbtissin, sich dem zu widmen, was Frauen in solchen Augenblicken klugerweise tun. Einer eintönigen, mechanischen und vertrauten Tätigkeit wie Nähen, Sticken oder Stricken. Die Äbtissin wollte das silberne Glöckchen polieren, bis es glänzte wie der Mond.

Auf dem Weg durch den Frauenflügel zu ihren Gemächern und dem Glöckchen wurde sie Zeugin einer brutalen Szene.

Zwei betrunkene Maskierte versuchten grölend, eine hilflose Magd zu vergewaltigen.

Die Frau wehrte sich, so gut sie konnte. Vor lauter Angst hatte sie noch gar nicht gewahrt, daß die Männer nicht mit ihrem eigenen Penis in sie eindringen wollten, sondern mit einem überdimensionalen Holzphallus.

Die Äbtissin schrie.

Einer der Angreifer wandte ihr den Kopf zu, und sie erkannte durch die Maskenschlitze das reizvolle Gesicht, das sie in Michelangelos Zimmer erblickt hatte. Plötzlich sah sie das grausame Lächeln der vollen Lippen, den Meisterschaft in der Kunst der Lust und Perversion verratenden Blick der honiggelben Augen. Es war derselbe verderbte Wüstling.

Was geht hier vor, Signor Tommaso? Lassen Sie die Magd los und verlassen Sie auf der Stelle dieses Haus!

Verblüfft, weil er erkannt war, trat Tommaso wortlos zurück und stand beschämt da.

Die Frau nutzte das perplexe Schweigen der Vergewaltiger und riß dem zweiten Mann die Maske herunter. Camilos Gesicht kam zum Vorschein.

Die Äbtissin war so fassungslos wie entsetzt. Ohne ein Wort, nur mit einem kurzen Blick sich verständigend, ließen Tommaso und Camilo die Masken, den Holzphallus und die zitternde Magd fallen. Völlig ungeniert gingen sie auf die Nonne zu.

Die Äbtissin wußte, daß sie so schnell wie möglich den Ort verlassen mußte, und rannte den Flur entlang. Da sie ahnte, daß sie ihre Privaträume nicht sicher erreichen würde, lief sie hinter den Hauptaltar, betätigte den in einen Säulenfuß eingelassenen Hebel und verschwand durch die Geheimtür.

Im Gewirr der unterirdischen Gänge in Sicherheit, weinte sie vor Wut. Vor Haß auf Filippo, Tommaso, Camilo, auf die Männer und Vergewaltiger. Auf alle, die auf die Welt gekommen waren, um Frauen unglücklich zu machen. Sogar auf Jesus Christus, Gottes Sohn, der gewissermaßen zugelassen hatte, daß die Pforten zum Paradies geöffnet wurden, und damit mehr Probleme und Unstimmigkeiten heraufbeschworen als Lösungen für die Befriedung der Menschen gebracht hatte.

Von tiefster Finsternis umgeben, tastete sie sich an den Wänden entlang und setzte die Füße vorsichtig auf den feuchten, glitschigen Boden. Sie ging ziellos und ohne Zeitgefühl.

Bei einem Geräusch, das aus der Ferne zu ihr drang, wähnte sie sich in der Nähe eines der Ausgänge aus dem geheimen Labyrinth und beschleunigte den Schritt. Weit gefehlt. Der Gang wurde nach und nach heller und mündete schließlich in einen stillen, von Fackeln beleuchteten großen Raum. Ein verwirrendes Kellergewölbe, eine Art hängender Friedhof für aufgeknüpfte Soutanen. In Wirklichkeit derselbe rätselhafte Raum, den erst kurz zuvor der Marquis besucht hatte.

Ohne eine logische Erklärung für das zu finden, was sie dort erblickte, ließ die Nonne ihren Blick über die zahllosen, von der Decke hängenden Kleidungsstücke wandern. Mitleidslos, nur überrascht von der Unberechenbarkeit ihres Hasses, entdeckte sie den baumelnden Leichnam von Hauptmann Ritter, eines in der Tat verabscheuenswerten Mannes.

Die Äbtissin empfand weder Ekel angesichts der verwesten Leiche, noch blieb ihr Zeit für eine Reaktion auf die Feststellung, daß es sich hier offenkundig um einen Mord handelte. Denn urplötzlich und dank Übung sehr geschickt knebelte ihr jemand den Mund und verband ihr die Augen, ohne daß sie auch nur den Kopf wenden konnte. Sie verschluckte sich lediglich.

* * * *

Sie müssen bei sich selbst mit allem rechnen!

Der Satz, den Vigo fortan ständig aufs neue stammelte, erklärte ein paar Aspekte des Leidens, das Julius II. verzehrte.

Wie der Bandwurm im Darm, der sich, so viele Stücke man auch von ihm abreißt, immer wieder regeneriert und am anderen Ende weiterwächst, schien auch die päpstliche Krise weder einen Abschluß noch Frieden zu finden. Allerdings wies sie sehr deutlich unterschiedliche Phasen auf.

Nach einem kurzen Abschnitt totaler Negation, in dem er so weit gegangen war, die Existenz der Bibel und Filippos zu leugnen, hatten den Papst Anfälle kindlichen Aufbegehrens gegen alles und jeden heimgesucht.

Damit vollzog er die Abfolge unsinniger Verhaltensformen, wie sie die meisten Menschen zeigen, wenn sie von einem Unglück oder einer schweren Krankheit getroffen werden. Zuerst glaubte er nicht an den Zusammenbruch seines Pontifikats, dann machte er Gott verantwortlich für alles, was geschah, anschließend schmiedete er nicht durchführbare Rachepläne, und zum Schluß gab er in bodenloser Angst jede Hoffnung auf.

Er rückte immer mehr von seinen festen Überzeugungen und Gewißheiten ab und begann unter Kopfschmerzen zu leiden, gegen die kein Mittel half. Anstatt die Menschheit zu beschimpfen, trat er in eine Phase des Selbsthasses ein und geißelte den eigenen Körper.

Die Rache des Schicksals wollte es, daß er wurde, was er am meisten verabscheute: ein alter zaudernder, kraftloser Mann, den eine unerklärliche Lähmung dem Leben gegenüber erstickte.

Eine füllige, dicke Replik des verstorbenen Pius III., des Gütigen, den Julius II. so verachtet hatte. Daraus entstand der erhellende Ausspruch des Arztes: Sie müssen bei sich selbst mit allem rechnen und folglich auch bei Ihrem Nächsten. Und hoffen, daß es nicht zum Schlimmsten kommt.

Während der Herr Marquis am päpstlichen Bett niederkniete, nahm Doktor Vigo dem Pontifex die kalten Kompressen von den Schläfen. Die ärztliche Behandlung hatte das Blut des Heiligen Vaters gekühlt und das Fieber gesenkt, so daß er ausreichend bei Sinnen war, um den Botschafter des Königreichs Portugal zu einer Audienz zu empfangen.

Euer Heiligkeit, der Marquis bittet um Ihren Segen!

Ich möchte nicht, daß man mich so sieht, Vigo. So kraftlos. Und zittrig. Schicken Sie ihn weg. Das habe ich schon einmal gesagt! Raus! Und sagen Sie ihm, er soll sich vergnügen. Die Welt ist im Rausch! Es ist Karneval!

Der Botschafter überbringt eine Nachricht vom neuen König Portugals, Euer Heiligkeit.

Vigo, drängen Sie nicht! Alles ist sinnlos, bedeutungslos geworden. Selbst Worte nützen nichts mehr. Man sagt, die Engel könnten Gedanken lesen. Die irdische Macht existiert nicht mehr, vor allem nicht mehr für die Privilegierten.

Heiliger Vater, ich bitte um ein wenig Ihrer Aufmerksamkeit!

Sie haben recht, ich bin zerstreut. Ich habe noch gar nicht gefragt, wie sich Ihre wissenschaftlichen Experimente mit den aufgeknüpften Soutanen entwickeln, Vigo. Das scheint mir doch eine ganz außerordentliche Sache zu sein.

In Kürze werde ich meine Resultate zum Ruhme Ihres großartigen Pontifikats präsentieren. Vorläufig bitte ich Eure Heiligkeit demütig, ein paar Absätze aus dem Briefe des Königs zu Portugal anzuhören. Herr Marquis, wollen Sie bitte die Botschaft verlesen?

* * * *

Und als Alfonso Lopez, unser Lotse, auf einem dieser kleinen Schiffe war, stieg er auf Geheiß des Kapitäns, weil er ein behender und dafür geschickter Mann war, gleich in das kleine Boot, um den Hafen zu erkunden; und er brachte zwei kräftige junge Leute aus diesem Lande mit, die sich in einem kleinen Boot befanden. Und einer von ihnen trug einen Bogen mit sechs oder sieben Pfeilen, aber sie benutzten sie nicht. Er brachte sie bald, es war schon Abend, zum Kapitän, auf dessen Schiff sie mit großen Freuden und Ehrbezeugungen empfangen wurden. Ihre Hautfarbe ist braun, etwas rötlich; sie haben gute Gesichter und gutgeschnittene Nasen. – Sie gehen nackt, ohne irgendeine Bekleidung. Es ist ihnen gleichgültig, ihre Scham zu verhüllen oder zu zeigen. Sie tun dies mit der gleichen Unschuld, mit der sie ihr

Gesicht zeigen. Beide hatten eine durchbohrte Unterlippe und trugen darin echte weiße Knochen, die etwa eine Spanne lang und so dick wie eine Baumwollspindel und angespitzt sind, wie ein Bohrer. Sie stecken sie von innen durch die Lippe; und der Teil, der zwischen Unterlippe und den Zähnen sitzt, ist wie der Turm beim Schachspiel gemacht und dort so eingepaßt, daß er ihnen kein Leid bereitet und weder beim Sprechen noch beim Essen oder Trinken stört. Ihr Haar ist glatt. Und ihr Kopf ist bis auf einen langen Haarbüschel über der Scheitelhöhe geschoren und oberhalb der Ohren ausrasiert. Einer von ihnen trug hinten von einer Schläfe zur anderen eine sehr buschige und dicke Art Perücke aus gelben Vogelfedern, die etwa so lang wie eine Tischlerfeile sind und die seine Ohren und seinen Hinterkopf bedeckten. Die Perücke war Feder für Feder ans Haar geklebt mit einer Masse, die so weich wie Wachs war, aber keines war, so daß die Perücke sehr buschig und ganz gleichmäßig wirkte, und es bedarf keiner Wäsche, damit sie locker vom Kopf absteht.

* * * *

Hören Sie auf! Ich verstehe kein Wort! Was bedeutet diese Botschaft, Herr Marquis? Ist der Brief vielleicht chiffriert? Oder ist mein Gehör endgültig verrückt geworden?

Weder das eine noch das andere. Es handelt sich um den Bericht, den Seine Majestät, der König von Portugal, von einer Seefahrerexpedition erhalten hat, die in der Terra incognita war. Die Karavellen haben praktisch am selben Ort vor Anker gelegen, von dem Monsignore Filippo behauptet, er habe dort das Paradies gefunden, Euer Heiligkeit.

Ja und, Herr Marquis? Ich habe nichts von dem verstanden, was Sie gelesen haben. Bitte erklären Sie sich!

Heiliger Vater, der Verfasser dieses Berichtes nennt sich Pero Vaz de Caminha. Er ist eine Art Amtsschreiber der Seefahrer dieser Expedition. Obwohl ein sehr kluger

Mann, ist Herr Caminha recht ungebildet. Deshalb ist der Brief, den ich soeben las, nicht in Lateinisch geschrieben, wie es sich eigentlich gehörte, sondern in Portugiesisch. In einer wirren und recht mißverständlichen Schreibweise der portugiesischen Sprache. Deshalb haben die Ohren Eurer Heiligkeit kein Wort von dem Vorgelesenen verstanden.

Zu welchem Nutzen liest ein Botschafter einem Pontifex einen unverständlichen Brief vor, Herr Marquis?

Ich werde die Ehre haben, ihn dem Heiligen Vater zu übersetzen. Vielleicht die eine oder andere Passage, ein Detail oder eine sprachliche Ausschmückung ausführlicher veranschaulichen, die zu erhellen nur das persönliche Gespräch ermöglicht. Eine Nuance, die keine noch so sorgfältig angefertigte schriftliche Übersetzung je erreichen würde.

Interessant! Fahren Sie fort, Herr Marquis, lesen Sie noch ein wenig von diesem Kauderwelsch, das Sie als Sprache bezeichnen. Anschließend fassen Sie das Ganze zusammen. Bitte, lesen Sie weiter!

* * * *

Sie redeten und brachten viele Bogen und von den schon erwähnten Muschelperlen und handelten sie gegen jegliche Sache ein, so daß die Unsern von hier viele Bogen, Pfeile und Perlen auf die Schiffe nahmen. Der Kapitän kam nun auf das diesseitige Flußufer zurück. Hier konnte man schmucke Männer sehen, schwarz und rot bemalt, Körper und Beine gewürfelt, und sie wirkten so recht wohlgefällig. Unter ihnen befanden sich auch vier oder fünf junge Frauen, die, nackt wie sie, keinen schlechten Eindruck machten. Eine von ihnen hatte den einen Schenkel vom Knie bis zur Hüfte und dem Gesäß mit jener schwarzen Farbe bemalt; der übrige Teil zeigte die Körperfarbe. Wieder eine andere hatte beide Knie und Kniekehlen sowie die Fußrücken bemalt; sie trug die Schamteile völlig nackt und mit solcher Unschuld entblößt, daß darin nicht die geringste Schamlosigkeit lag.

* * * *

Heiliger Vater! Diesem Bericht zufolge gibt es die von Monsignore Filippo beschriebenen Seraphim, Cherubim und Throne gar nicht! An besagtem Ort hat man Eingeborene vorgefunden. Waldmenschen, die nackt gehen, ihre Scham nicht verhüllen und den Körper bemalen oder mit Federn schmücken.

Wie pittoresk! Die von Monsignore beschriebenen himmlischen Geschöpfe gehören also zu einer noch nicht bekannten Spezies der Hühnerartigen, richtig?

Die fraglichen Kreaturen übertreiben zwar im Gebrauch von Federn, sind aber Menschen. Es handelt sich um eine primitive, jedoch keineswegs harmlose Spezies. Ihre Krieger benutzen Pfeil und Bogen. Sie beherrschen die Kunst des Verwundens, kennen den Schmerz und sind des Tötens fähig.

Welch scheußliche Gattung, großer Gott! Und der Baum? Was hat dieser Herr Caminha über den Baum des Guten und des Bösen geschrieben? Lesen Sie, Herr Marquis.

* * * *

In der Nähe des Meeres befinden sich an einigen Stellen große Lehmhügel, manche rot, andere weiß; der Erdboden ist eben und mit Wäldern bedeckt. Von Landspitze zu Landspitze ist alles sehr ebener und herrlicher Strand. Das Hinterland schien uns, vom Meer aus gesehen, sehr groß. Bis jetzt konnten wir noch nicht erfahren, ob es Gold oder Silber oder Metallsachen oder Eisen darin gibt; wir sahen auch nichts dergleichen.

* * * *

Der Baum ist in Wirklichkeit ein Busch, Euer Heiligkeit. Der Stamm ist rötlich und die Krone voller kleiner weißer Blüten. Ein törichtes Gewächs, ohne Nutzen und Reiz, eine Schande für das Pflanzenreich. Die Eingeborenen nennen den Baum Brasilis oder Brasil oder so ähnlich.

Welch ein gesegneter Brief, Herr Marquis! Das heißt also, man hat nicht das Paradies, sondern eine sogenannte Terra Brasilis entdeckt?

Wenn Sie den Ort mit diesem Namen bezeichnen wollen, Euer Heiligkeit, dann soll es so sein.

Darf ich unterbrechen, Euer Heiligkeit?

Bitte sehr, illustrer Vigo, sprechen Sie.

Ich bedauere tief, Sie enttäuschen zu müssen, Heiliger Vater, aber so wahrhaftig der Bericht der portugiesischen Seefahrerexpedition auch sein mag oder zu sein scheint, er reicht nicht aus, um die von Filippo verkündete Gewißheit, daß das Paradies auf Erden existiert, zu widerlegen.

Richtig, Vigo. Diesen Krieg werde ich allein mit der Botschaft des Königs von Portugal niemals gewinnen. Aber ohne diese wissenschaftliche und geographische Gewißheit könnte ich noch nicht einmal eine schäbige Schlacht gewinnen. Ab heute sieht der Horizont anders aus, mein Kampf erstreckt sich nun ins Unendliche, wie die Spirale der Kreativität. Die Strategie beschränkt sich nicht mehr nur auf die Zerstörung des Paradieses, meine Freunde. Mein triumphaler Sieg wird die vollkommene Zerschlagung des Traums der Menschheit von Eden sein. Mit anderen Worten, die Vernichtung der Vorstellung, es gebe ein Paradies auf Erden.

* * * *

Gefesselt, geknebelt und mit verbundenen Augen, da hätte sie stumm verzweifeln können, was aber nicht der Fall war.

Obwohl sie wußte, daß sie gefangen genommen worden war, weil sie die Dreistigkeit besessen hatte, ein verbotenes Verlies zu betreten, wo der Körper eines ermordeten Mannes neben gespenstischen schmutzigen Soutanen von der Decke hing, ließ sich die Nonne nicht einschüchtern. Im Gegenteil, eine sehr milde Form des Hochmuts erwachte in ihr, das Bewußtsein der eigenen Würde. So etwas wie Schneid.

Nachdem ihr Traum von Leidenschaft zunichte gemacht worden war und sie die Lust verloren hatte, Filippo zu lieben, hatte sie auch jede Angst verloren. Daraus schloß die Äbtissin, daß die Liebe, weil sie die Angst tötet, und die Angst, weil sie die Liebe tötet, sich gegenseitig vernichten können, ohne Spuren zu hinterlassen.

Durch eine neue geistige Kraft gestärkt, hörte sie die Eisenketten über die Zahnräder rasseln, an denen Ritters Leichnam heruntergelassen wurde. Sie spürte sogar den Gestank, der durch den Raum wehte, trotzdem rührte sie sich nicht und atmete gelassen weiter.

Vom Gespenst der Angst befreit, wartete sie geduldig ab, bis ihr jemand den Knebel und die Augenbinde entfernte, dann öffnete sie langsam die Augen und erblickte Vigo, den mutmaßlichen Mörder, der neben der Leiche des Hauptmanns stand.

Welch Überraschung! Eine Nonne, die in den Katakomben des Vatikans herumschnüffelt. Wollte die fromme Äbtissin damit ein Gelübde einlösen?

Und ich hatte nicht damit gerechnet, den Arzt des Heiligen Vaters bei der Totenwache des niedergemetzelten Hauptmanns Ritter anzutreffen.

Wären Sie ein Mann, Äbtissin, dann wären Sie fraglos ein Dichter, denn es fehlt Ihnen weder an Courage noch an Zungenfertigkeit, um aggressiv und impertinent zu werden.

Ich habe nicht die Absicht, Sie zu beleidigen oder Ihnen die Achtung zu versagen, Doktor Vigo. Ich möchte nur wissen, aus welchem Grunde ich hier festgehalten werde.

Zu Ihrem eigenen Wohl, Äbtissin.

Entschuldigen Sie, Doktor, aber ich kann nicht erkennen, worin die Rücksichtnahme besteht. In der Knebelung?

Sie glauben, ich hätte den Hauptmann und die Mönche, denen die aufgehängten Soutanen gehörten, umbringen lassen, nicht wahr, Äbtissin? Keine Vermutung der Welt könnte abwegiger sein. Ich habe verzweifelt versucht, das Leben dieser Menschen zu retten, Äbtissin. Sehen Sie sich zum Beispiel Ritters Leiche an. Übersät mit Pusteln, Blutergüssen und Schwären. Und die verdreckten Soutanen? Schauen Sie zur Decke! Alle voller Eiterflecken. Das alles zusammen, hochverehrte Äbtissin, fügt sich zu einem ziemlich erschreckenden Bild, denn für den Tod dieser Personen gibt es nur eine mögliche Erklärung. Sie sind an einer verheerenden ansteckenden Krankheit gestorben. Das ist meine Diagnose. Ein neues, nie dagewesenes Leiden. Eine bösartige Seuche, Äbtissin.

Gleichsam eine Strafe Gottes infolge der Ausschweifungen der Menschen nach der Entdeckung des Paradieses, Doktor?

Der wahre Gelehrte sieht in der Ausbreitung einer Krankheit niemals eine göttliche Geißel. Er erkennt in einer Seuche vielmehr den Gipfel seiner eigenen Unwissenheit. Alles kommt von Gott, Äbtissin, auch das Dunkel, das wir erhellen müssen.

Das ist aber sehr seltsam, Doktor Vigo. Diese Seuche ist

mir nur in Ihrem Verlies begegnet. Rom und der restliche Vatikan sind davon nicht betroffen.

Lassen Sie sich nicht täuschen, fromme Äbtissin. Es handelt sich um eine sehr tückische Seuche, die nur an den intimen Körperteilen der Leute auftritt und von der Kleidung verdeckt wird. Anders gesagt, die von ihr Befallenen verbergen voller Scham, daß sie den Keim der Krankheit an ihrem Geschlecht tragen, und geben ihn in der Stunde der Lust weiter.

Noch nie habe ich von einer solchen Krankheit gehört, bei der das Leiden aus der Begierde entsteht.

Morgen werden Sie davon hören! Der Heilige Vater wird an ein Tor des Vatikans treten und dem römischen Volk die drei Frauen des Hauptmann Ritter vorführen. Nackt, in schwere Eisenketten geschlagen, von qualvollen Blutungen gemartert. Er wird Frei Carlo vorführen, dem die Fäulnis wie ein Bienenschwarm das Gesicht zerfrißt, des weiteren Frauen, Frauen und noch mehr Frauen. Schmutzige junge Frauen, nackte alte Frauen, reizvolle Weibsbilder und andere nicht so attraktive. Alle infiziert, und alle werden Seine Heiligkeit um Erbarmen anflehen und zu Jesus beten, Er möge sie behüten! So wird Julius II. der Welt die neue Seuche vor Augen führen.

Ich sehe, daß die aufgehängten Soutanen in der Mehrzahl von Ordensangehörigen männlichen Geschlechts stammen. Aus welchem Grunde gibt man den Frauen die Schuld an der Seuche?

Die Vorstellung, daß die Frauen dazu bestimmt sind, Unglück über die Männer zu bringen, trifft beim Volk im allgemeinen auf Zustimmung, Äbtissin.

Vor allem, wenn man sagt, daß sie innerlich unrein sind. Das ist es doch, was die Männer glauben, nicht wahr, Doktor?

Da wir den wahren Ursprung dieser Seuche nicht kennen, muß ich mich der Frauen bedienen, um die Menschheit zu erschrecken.

Hat diese Krankheit einen Namen?

Mein Freund, der Arzt und Poet Doktor Girolano Fracastoro aus Verona, hat ein Gedicht geschrieben, in dem er an einer Stelle etwas Ähnliches wie die Symptome dieses neuen Leidens schildert: *Ein Schäfer einstmals dieses Leiden trug/an seinem Geschlecht eine gräßliche Pustel wuchs/schlaflos er viele Nächte wachte und so der Krankheit seinen Namen vermachte/Syphilus lautete dieser.* Deshalb habe ich der Seuche die Bezeichnung Syphilis gegeben.

Das genügt, mehr brauche ich nicht zu hören. Ich werde für die Seelen dieser unglücklichen Frauen beten. Eine gute Nacht, Doktor.

Wie ich zu Beginn unseres Gesprächs sagte, werden Sie hier zu Ihrem eigenen Wohl festgehalten. Ich möchte wissen, ob Ihr Körper ebenfalls befallen ist. Ich bestehe darauf, Sie zu untersuchen. Ihr Ordenskleid, Ihren Körper und Ihr Inneres. Und zwar jetzt!

21 *Rache in Blau*

Julius II. verbrachte die Nacht so schlaflos wie besagter Syphilus in Fracastoros Gedicht.

In Sorge gehüllt, versuchte Seine Heiligkeit, umringt von Assistenten, die Abfolge der Darbietungen zu organisieren, mit denen er Monsignore Filippo, dem falschen Eden und allem, was daraus entstanden war, den vernichtenden Schlag versetzen wollte.

Die Attacke sollte sich aus drei wesentlichen Abschnitten zusammensetzen.

Zu Beginn der offiziellen Präsentation der neuen Seuche sollten die Glocken läuten. Die Glockenschläge sollten das Defilee der nackten, unter gräßlichen Blutungen leidenden Frauen begleiten. Vorher oder im Anschluß daran würde Vigo eine flammende Rede halten, in der er einen Zusammenhang zwischen der Entdeckung des Garten Eden und der Seuche sowie der Strafe Gottes herstellen würde. Oder umgekehrt? Egal. Die Hauptsache war, daß zum Schluß der Papst auftreten und allen Karnevalesken, Wüstlingen und Kranken großmütig vergeben würde.

In der Sixtinischen Kapelle sollte keine Vergebung erteilt werden. Dort wollte der Heilige Vater einen Haftbefehl gegen Filippo aussprechen, und zwar gleich nach dem Verlesen des Berichts über die Existenz der Terra Brasilis. Jenem nach der schwachsinnigen Geographie des Monsignore als Eden erkannten Ort.

Der dritte Teil der Strategie sollte eine Ode an den Triumph werden. Als Symbol für den hoheitsvollen und künstlerischen Neuanfang seines Pontifikats wollte Julius II. eine öffentliche Petition unterschreiben, um Michelangelo zur Rückkehr in den Vatikan und Fertigstellung der Fresken in der Sixtinischen Kapelle zu bewegen.

Der Grund, weshalb die Nacht nicht ruhig verlief und der Papst vor der dreifachen Schlacht nicht schlafen konnte, war das unaufhörliche Grübeln darüber, in welcher Reihenfolge die Darbietungen die schockierendste Wirkung auf die Christenheit und die vernichtendste auf die Thesen vom Paradies haben würden.

Vigo und seine Assistenten, die Mönche vom Orden der Hüter des Apostolischen Stuhls, ein kleiner Trupp getreuer Gardisten, Mitglieder der heiligen Inquisition sowie die sieben mit dem Papst verbündeten Kardinäle kamen zu keinem Schluß, weil sie Literatur verschmähten. Sonst hätten sie die wunderbaren, von Aristoteles in seiner *Poetik* formulierten Grundsätze des Dramas gekannt.

Die Dramatik, die als eine Art Kunst des Lügens die Unvollkommenheiten des Lebens darstellt, kann je nachdem, mit welchem Talent der Betreffende ihre Regeln handhabt, ganze Menschenmengen zur Revolte aufwiegeln oder aber zum Einschlafen bringen.

Welche Szenenabfolge war in diesem Fall die günstigste, um die Macht des Pontifikats glorreich zu erhöhen? Den kranken Sündern vergeben, Filippo bestrafen und dann das Loblied der Kunst singen? Oder mit Julius II. und der Inszenierung des künstlerischen Triumphs beginnen, anschließend den Kranken Vergebung erteilen und dann, in Tränen aufgelöst, auf Begehren der Leute hin Filippo bestrafen lassen? Wobei immer zu bedenken ist, daß am Ende unbedingt etwas Überraschendes geschehen muß. Auch Gott, dessen Dramaturgie perfekt ist, beendet das letzte Kapitel des Buches der Menschheit, das Ende aller Zeit, mit einer Apotheose aus Feuer und Transzendenz, der Apokalypse.

Schweigt! Alle! Und horcht! Hört ihr nichts?

Welches Geräusch meinen Sie, Heiliger Vater?

Ein Kichern, Vigo. Ein irritierendes Trällern. Das ist ein blau angemalter Knabe, der durch die Flure läuft. Francesco, der falsche Engel! Mit ihm, dem Kastraten, werde ich beginnen. Diese Abartigkeit, die mich Tag und Nacht quält, will ich geißeln. Dann werde ich mit meiner Peitsche Filippo bestrafen, bevor ich ihn in den Kerker werfen lasse. Ich verspreche, mich an jede Abfolge zu halten, die Sie beschließen, meine Herren! Ob an den Toren von Rom, im Garten des Vatikans oder in der Hölle! Aber zuerst werde ich diesen beiden Kretins eine Lektion erteilen.

Heiliger Vater, das apostolische Protokoll rät davon ab, daß der Papst ein Schaf seiner Herde züchtigt.

Zum Teufel mit der Etikette und allen Konventionen! Jedermann weiß, daß Jesus herumlungernden Betrüger Backenstreiche gegeben hat.

Energisch, doch wie von einer Sucht befallen, marschierte Julius II. gleich einem Krieger in Richtung Sixtinische Kapelle.

Er wollte Mann gegen Mann mit Filippo kämpfen. Sich an ihm rächen. Seinen Haß mit der Peitsche an des Monsignore Rücken auslassen. Eigenhändig und im Namen Gottes Gerechtigkeit üben. Alle diese Gründe und noch mehr gingen dem Papst durch den Kopf. Allein, er dachte nicht an die Dramaturgie des menschlichen Daseins mit seinen absurden und gar nicht aristotelischen Regeln. Etwa an die Häufung von unerwarteten Umständen. An den unwägbaren Faktor Mensch, der dafür sorgen sollte, daß jener Tag für mehrere Menschen zum Verhängnis wurde, angefangen bei seinem eigenen Pontifikat.

* * * *

Es handelte sich um ein altes, kostbares Rezept, seit Generationen kulinarisches Geheimnis in der Äbtissin Familie.

Die Zubereitung des Gerichts begann mit dem Pflücken von Rosen, vorzugsweise den größten und am stärksten duftenden, sodann wurden die Blütenblätter mit feingehackten, gut gegarten Rebhuhnherzen und -lebern eingelegt. Danach das Eigelb von mehreren Eiern, reinstes Olivenöl, Pfeffer und Salz hinzugefügt und das Ganze ständig mit gutem alten Wein begossen.

Wenn man die Mischung mit Weizenmehl durchknetete, erhielt man eine lockere, feine Masse, die sich bei schwachem Feuer in eine Art goldenen Kuchen verwandelte, die berühmte Venus-Rosen-Pastete.

Gleich nach der gynäkologischen Untersuchung durch Vigo hatte die Äbtissin eine unumstößliche Entscheidung getroffen: Sie wollte den Vatikan und das Klosterleben für immer verlassen.

Nach der Feststellung, daß die Nonne Jungfrau war und auch nicht das geringste Anzeichen von Syphilis aufwies, hatte der Arzt ihr seinen Irrtum bescheinigt, um Entschuldigung gebeten und sie gespielt liebenswürdig gehenlassen.

Die Äbtissin zitterte, als sie den anderen Nonnen mitteilte, daß sie sehr weit fort reisen würde. Daß ihr Ziel aber weder das Paradies noch irgendein anderer wunderbarer Ort sei. Sie wolle sich von der einzigen Wahrheit leiten lassen, der sie mit ganzer Seele vertrauen könne, dem Pulsschlag ihrer Gefühle. Sie wolle versuchen, frei von den Dogmen der Institutionen zu leben, und sich allein nach dem Urteil ihres weiblichen Instinkts richten.

Damit schien sie in gewisser Weise den Wunsch der anderen Nonnen in die Tat umzusetzen, denn alle blieben stumm.

Zur Feier ihres Abschieds kam sie auf die Idee, das Mittagessen für jenen Tag ganz allein zu bereiten. Ein Umstand, in dem manche Nonne eine Art Abendmahl sah, in Wirklichkeit jedoch von ihr als Hommage an den Frauenflügel gedacht war. Sie würde ihn mit dem exotischen Geschmack der Venus-Rosen-Pastete beglücken.

Als sie durch den Garten ging, um die prächtigsten und am schönsten duftenden Rosen zu pflücken, wurde sie Zeugin, wie die Gardisten die Sixtinische Kapelle umstellten und Julius II. herrschaftlich im Haupteingang in Positur ging.

Man will Monsignore Filippo und Francesco niedermetzeln, dachte sie ahnungsvoll.

Der Papst wandte den Kopf und entdeckte die Äbtissin im Garten. Ihre Blicke begegneten sich. Er hielt eine braune geflochtene Lederpeitsche in der Hand und sie Rosen.

Der Papst, zum Vernichten und Töten bereit, schickte durch seine Pupillen Wellen der Liebe und Vergebung in Richtung Äbtissin.

Ihr gelang nichts Derartiges. Obwohl der regenerierenden Kraft liebevoller Gefühle so sicher und für die Freiheit entschieden, verhärtete sich ihr Blick vor Haß.

Am selben Nachmittag reiste die Äbtissin ab und kehrte nie mehr zurück. Sie begab sich ins Ungewisse und fand schließlich im Königreich Dänemark ihr Glück.

* * * *

Als das Hauptportal abrupt aufgerissen wurde, lief der Knabe los, kletterte das Gerüst hinauf und beugte sich vor, um besser beobachten zu können, wer die Kapelle betrat. Sowie er die pompöse Gestalt Julius II. mit der Peitsche in der Hand erblickte, brach er in Lachen aus. Ein zynisches Lachen, gehässig wie das eines Erwachsenen.

Euer Heiligkeit, mein Neffe ist ganz berauscht von der

Aussicht auf unsere endgültige Rückkehr ins Paradies. Er lacht ohne Unterlaß! Francesco, komm herunter! Hör auf zu lachen! Komm den Heiligen Vater begrüßen. Steig vom Gerüst herunter!

Ich fürchte, für so manchen wird es kein Paradies mehr geben, Monsignore.

Was wollen Sie damit sagen, Heiliger Vater?

Nichts Spezielles und zugleich alles. Haben Sie keine Angst, Sie könnten diese Syphilis genannte Seuche den Cherubim bringen, Monsignore?

Die Engel kennen keine Krankheiten, Euer Heiligkeit! Alle Menschen, die im Paradies krank ankommen, werden auf wundersame Weise geheilt!

Was Sie nicht sagen, Monsignore! Ist das möglich? Denn diese Krankheit ist ansteckend. Die Ärzte sind zu dem Schluß gekommen, daß sie sich durch den Beischlaf eines Mannes mit einer unreinen Frau oder zweier gleichermaßen unsauberer und abartiger Männer ausbreitet. Am erstaunlichsten daran ist, daß die Pusteln, der Hautausschlag, die Penisgeschwüre, die vaginalen Blasen, die Karbunkel, der Verfall der Körper und der Sitten, mit anderen Worten, die Syphilis zum gleichen Zeitpunkt aufgetreten ist, zu dem Sie, Monsignore, von Ihrem Besuch in besagtem Eden zurückkehrten. Welch ein kurioser und amüsanter Zufall, nicht wahr?

Das ist nicht wahr! Das ist eine diabolische Verdrehung der medizinischen Weisheit, Heiliger Vater! Es ist offenkundig, daß Doktor Vigo sich diesen Zusammenhang ausgedacht hat, um mich zu diffamieren und das Bild vom Heiligen Garten des Herrn zu zerstören!

In diesem Augenblick schwoll Francescos Lachen an und hallte wie ein hysterisches Kreischen durch die Kapelle.

Dieses durchdringende, endlose, diabolische Gelächter

leitete die Enthüllung von Francescos bestgehütetem Geheimnis ein, sein blindwütiges Verlangen nach Rache.

Ein Lachen der Vergeltung, das jedoch niemals das Bild eines Kardinals, der einen wehrlosen Knaben vernichtet, aus seinem Gedächtnis tilgen würde. Das Bild eines verlogenen Monsignore, der seinen eigenen Neffen verleugnet. Einer Welt, die aus übergroßer Bewunderung für die Stimme eines Kindes sein restliches Leben zerstört hatte und auch seinen Charakter.

Doch, es stimmt, Onkel. Glaub es! Der Heilige Vater hat nicht gelogen. Doktor Vigo ahnte ein Übel und hat dabei zufällig den Keim der Syphilis entdeckt. Die Seraphim, die Cherubim, die Erzengel und auch die gewöhnlichen Engel im Paradies habe alle solche Wunden am Geschlecht und an den Beinen.

Sei still, Francesco. Ich habe nichts dergleichen gesehen!

Du hast es nicht bemerkt, weil du immer mit derselben Cherub geschlafen hast. Aber die männlichen Engel, mit denen ich zusammen war, hatten diese purpurroten Flecken auf dem ganzen Körper. Und ich habe herausgefunden, daß diese Gottesgeschöpfe sich den Körper bemalen, um die Syphilisschwären zu verbergen.

Na, großartig! Ich brauche die Peitsche gar nicht einzusetzen! Der Knabe hat gestanden! Ihre Engel, Monsignore, waren die ersten Syphiliskranken auf dieser Erde!

Das Paradies ist eine andere Welt, Euer Heiligkeit! Was für uns Krankheit ist, kann für die Himmelsgeschöpfe eine ganz andere Bedeutung haben.

Welche Bedeutung? Sagen Sie es, Monsignore! Welche? Was für ein Paradies ist das, wo die Engel eine unheilvolle Krankheit in sich tragen, die sich gegen die Menschheit richtet? Sind das wirklich Engel? Oder Dämonen? Vielleicht haben Sie die Hölle entdeckt, Monsignore! Wer kann mir das beantworten? Francesco, mein unschuldiger Cherub, was hat dein Onkel eigentlich entdeckt?

Mein Onkel? Das weiß ich nicht, Heiliger Vater. Aber ich habe etwas entdeckt.

Was denn, mein Sohn?

Daß es ganz einfach war, Euer Heiligkeit. Zuerst habe ich mit dem Herrn Tommaso geschlafen, dann war er mit einer der Frauen vom Hauptmann im Bett, anschließend hat eine seiner Frauen mit einem Gardisten gevögelt, der hat es mit einem Mönch getrieben, der wiederum hat sich von mehreren anderen Männern vögeln lassen, und so ging es immer weiter. Und deshalb habe ich entdeckt, daß es ganz einfach war. Es ging fast wie von selbst, Euer Heiligkeit. Ich habe dafür gesorgt, daß Ihr glorreiches Pontifikat für immer mit dem Makel der ersten Syphilisfälle befleckt ist!

Der Kastrat hat sich an mir gerächt und will vor der Geschichte meine Herrschaft zerstören!

Ein Pontifikat der Syphilis, Heiliger Vater!

Teufelsbrut! Alle beide! Von Anfang an dazu bestimmt, die Kirche zu vernichten! Aber der unfehlbare Heilige Geist hat mich zum Papst gemacht! Damit haben sie nicht gerechnet. Keiner von beiden. Weder der verrückte Theologe noch der Grünschnabel-Sodomit!

Auch wenn Sie mich umbringen lassen, die Terra incognita ist und bleibt auf ewig ein Paradies.

Dieses Land ist nicht mehr unbekannt, Monsignore. Ein portugiesischer Seefahrer namens Pedro Álvares Cabral war dort und hat keinerlei Spuren von Eden entdeckt. Er hat nur bestätigt, daß es dort einen kümmerlichen Baum gibt, Brasilis genannt, der noch nicht einmal Früchte trägt.

Brasilis! Da ist das Paradies! Brasilis ist Eden!

Nie und nimmer. Niemals werde ich dulden, daß ein anderes Paradies existiert als hier an der Decke dieser Kapelle! Und ich werde für die nächsten fünfhundert Jahre mit der Illusion von einem Paradies auf Erden aufräumen! Ich werde beweisen, wie unbedeutend das Schicksal von Tausenden von Menschen ist, gemessen an der Kunst.

Für fünfhundert Jahre? Wieso das, Heiliger Vater?

Vigo mit seinem brillanten Kopf hat mich überredet, eine Reihe von Verfügungen in meine Botschaft an den König von Portugal aufzunehmen. Entscheidungen mit Langzeitwirkung wie ein endlos wirkendes Gift oder Abführmittel, und der Marquis und Botschafter hat sie im Namen der portugiesischen Krone akzeptiert. So habe ich verfügt, daß Saat zur Terra Brasilis verschifft wird. Menschliche Saat! Schlechte Menschen! Das schlimmste Gesindel im Land! Davon gibt es in Portugal reichlich. Die schäbigsten, unfähigsten, erbärmlichsten Untertanen. Die Wüstlinge, Gewalttäter und Mörder! Ich habe vorgeschlagen, die Zügel der Verwaltung dieses neuen Landes in die Hände der korruptesten und ungerechtesten Edelleute zu legen. Vigo hat sich ausgedacht, Terra Brasilis zu einem Reich der Beutemacherei und ungesühnten Verbrechen zu machen! Womit die Grundlage dafür gelegt wird, daß das Volk, das dort lebt, sowie alle seine Nachfahren keinerlei Liebe zu dem Ort haben werden und daß nichts, aber auch gar nichts von dem übrig bleibt, was ein Paradies hätte sein können, hätte sein sollen!

In diesem Augenblick hob Francesco die Arme, winkelte die Beine an, beugte den Oberkörper vor und nahm Schwung. Dann sprang er.

Mit einem Lächeln zu der von Michelangelo bemalten Decke hinauf stürzte er sich von dem Gerüst, weil er genau wußte, daß er niemals in der Luft schweben oder durch den Raum würde fliegen können wie die Engel auf den Fresken.

Sein Sprung war gewollt und präzise berechnet. Während er stürzte, fielen sein zartes, blau gefärbtes Aussehen, sein kindliches Denken, seine gescheiterten Absichten, sein geheimer Haß und die Fähigkeit, von einer Zukunft zu träumen, von ihm ab. Der Zauber eines Knaben mit Nachtigallenstimme verblaßte, er war nur noch ein lebloser Sack voller Sehnen, Flüssigkeiten, Knochen und gallertartigem Gewebe, der schwer auf Julius II. fiel.

Dumpf prallten die beiden Körper aufeinander. Francesco war auf der Stelle tot, er hatte sich das Genick gebrochen.

Während der Papst wie vom Schlag getroffen verletzt zusammenbrach, zuckte seine geflochtene Lederpeitsche über den blutbespritzten, blau befleckten Marmorboden.

Epilog
Die Gefangenen der Gegenwart

Michelangelos Blick schweifte durch das päpstliche Gemach.

Julius II. lag unter mehreren Schichten salbenverschmierter Decken. Sein Atem ging flach, seine Nase saugte eine weiße Dunstwolke ein, die aus einem dampfenden Becken aufstieg. Im Raum roch es nach Eukalyptus.

Vigo, seine Assistenten und mehrere Prälaten hielten am Lager des Pontifex behutsam und lautlos Wache, um nicht zu stören, was wie ein süßer Schlaf anmutete. Doch der Schein trog, und alle wußten es. Seine Heiligkeit lag infolge einer unstillbaren inneren Blutung im Sterben. Blut, das sich unter seinen gebrochenen Rippen ausbreitete, die Eingeweide umspülte und seine Brust erdrückte.

Der Leib des Papstes schwoll von innen her zu unheilvollem Umfang an, oder, wie Vigo sagte, zu einer grauenhaften Fülle, bis er brutal den monströsen Embryo des Todes gebären würde. Was jeden Augenblick geschehen konnte.

Es war gleichfalls Vigo, der Michelangelo versicherte, die Version, der Knabe Francesco habe sich vom Gerüst auf den Pontifex gestürzt, sei falsch, und es treffe auch nicht zu, daß Rom vom Chaos der paradiesischen Ausschweifungen erschüttert worden sei.

Vielmehr habe sich die Tragödie ganz anders und weit heroischer zugetragen. Im Namen der offiziellen Darstellung behauptete der Arzt für alle Zeiten und künftigen Geschichtsbücher, eine Frevlerhorde habe einen Anschlag auf Julius II. verübt, der Papst habe mit Bravour gekämpft und Monsignore Filippo, den Anführer der Syphilitiker, besiegt. Der Theologe habe sich als ein infamer Mensch und Feigling entpuppt, denn als ihm klargeworden sei, daß er verlieren würde, habe er dem Heiligen Vater hinterrücks ein schweres Eisenkruzifix in den Brustkorb gestoßen und damit die unstillbaren inneren Blutungen ausgelöst. Und Francesco habe sich aus Scham, ein solch unwürdiges Verhalten seines Onkels mit ansehen zu müssen, wie ein kleiner Judas mit einer geflochtenen Lederpeitsche erhängt.

Seit seiner Rückkehr in den Vatikan hatte Michelangelo nur von Katastrophen, Dramen und Unglück erfahren. Immer in den Worten, die Vigo als historische Wahrheit verbreitet hatte.

Lügen und Erdichtetes, das jedoch den Kopf des Künstlers nicht erreichte. Michelangelo tat, als lauschte er aufmerksam den Worten, die ihm ins Ohr drangen, doch verhallte ihr Klang. Denn er stand im Begriff, sich in den Gärungsprozeß der Schönheit zu stürzen.

Er hatte nicht die Kraft, die makabre Wirklichkeit ringsum zu ertragen, in der ein Papst mit blutschwangerem Leib im Sterben lag, ein blau angemalter Knabe mit gebrochenem Genick verweste und unzählige syphiliskranke Prälaten, Frauen und Männer in den Katakomben vor Schmerzen brüllten. Dazu der Schock, Tommaso, seinen ehemals über alles geliebten Tommaso, in einer gemeinsamen Zelle mit Carlo und Camilo vorzufinden, alle drei schwärenbedeckt und grauenhaft wimmernd, während Insekten ihre Körper umschwärmten und die Wunden verdreckten. Das alles hatte den Künstler innerlich versteinert.

Es war so unerträglich, daß seine Lippen erbleichten, sein Mund verstummte und sein Blick ziellos flatterte. Blind, taub und stumm wehrte sich Michelangelo gegen das Unsägliche mit dem gärenden Keim der Schönheit und begann, das Schöne zu entwerfen, zu imaginieren. Womit sich abermals erwies, daß allein das Unwirkliche die Realität besiegen kann.

Bevor er hinausging, ließ er noch einmal den Blick durch das päpstliche Schlafgemach schweifen. Entzückt nahm sein Auge die winzigen Dampfpartikel wahr, die durch die Luft tanzten. Ein unwesentliches Detail, bei dessen Anblick jedoch sein Antlitz wie von lodernden Flammen erhellt aufleuchtete. Ein Feuer, das scheinbar die Kraft besaß, das Entsetzen zu verzehren, das alle empfanden, jedoch nicht auszudrücken vermochten. Erleichtert spürte er, daß er das Elixier gefunden hatte, mit dem er sich von dem Horror des Wahnsinns befreien konnte, der im Vatikan und in der Welt herrschte. Er entdeckte, daß er das Unerträgliche würde überwinden können, wenn es ihm gelang, das Grauen künstlerisch zu gestalten.

Michelangelo trat in die Sixtinische Kapelle. Wie üblich ließ er seinen smaragdgrünen Umhang über den Boden schleifen. Da war die Wand hinter dem Altar. Glatt, gelblich, konturenlos wartete sie auf sein Talent. Auf das Gemälde vom Jüngsten Gericht. Die bildliche Antwort auf alle Schrecken der Menschheit.

Er strich mit den Fingerspitzen über die ebene Fläche. Schloß die Augen und stellte sich unbekleidete Männer, Frauen und Kinder vor, die an einem Himmel voller Wolken schwebten. Die einen stürzten in die Hölle, andere stiegen zu den Himmelsgefilden auf. Alle mit weit ausgreifenden Armbewegungen, die ihre Überraschung über Gottes unerwarteten Ratschluß unmißverständlich zeigten. Alle eng aneinander gedrängt in Wolkennischen, die über das Gemälde verteilt waren. An das Nichts geklammert, denn ihre Arme griffen in das Weiß der Wolken. Scharen von Menschen, die wie die geistlosen winzigen Dampfpartikel im päpstlichen Gemach durch die Luft wirbelten. Alles in chaotischer Bewegung, so wie es der Bedeutungslosigkeit des Menschseins entspricht.

Anschließend stellte er sich beschämte, vom Grauen gezeichnete Gesichter mit hervorquellenden Augen vor. Verzweifelte Gestalten, die aneinander hängend die Wolken zu erklimmen versuchten und am Ende doch abstürzten. Leiber im freien Fall, die durch die Luft torkelten, sich vom Himmel lösten und vom Licht, von Gott abwandten. Verrenkte, faltige Leiber, die schließlich in das Todestal der Hölle stürzten, ein ekelerregender Morast am unteren Gemälderand.

Das Scheppern dicker Eisenketten über den Marmorboden riß Michelangelo aus seiner kreativen Trance. Dazu Wimmern und Stöhnen.

Vigo hatte mit seinen Assistenten die Kapelle betreten. Jeder zog eine Eisenkette, an der die Fußfesseln aufgereihter Syphiliskranker befestigt waren.

Monsignore Filippo, von der Inquisition schwer gefoltert, wurde separat an einem Halseisen hereingeführt. Er ging nicht, er kroch wie ein Hund auf allen vieren. Man hatte ihm die Fersen zertrümmert, die Knöchel lagen bloß.

Was, außer der Apokalypse, kann den Tag in Nacht verwandeln und das Licht in Finsternis? Die Poesie. Die Literatur oder die Malerei. Die Kunst, mein werter Michelangelo. Nur die Vorstellungskraft vermag zu bewirken, daß der Mensch seine ewige Unzufriedenheit vergißt, und ihn in eine andere Zeit versetzen. Man braucht nur Dante Alighieris *Göttliche Komödie* zu lesen, um zu erfahren, welche Hölle oder welche himmlischen Gefilde dem Menschen nach dem Tod bestimmt sind.

Was, bitte, Doktor Vigo, wollen Sie mir damit zu verstehen geben?

Viele Leute sagen, Liebe bessere den Charakter des Menschen, aber ich glaube nicht an diese These. Wie ich schon sagte, ich vertraue einzig auf die Spirale der Kreativität mit ihren endlosen Bewegungen: Wahnsinn, Kunst, Wissen, Wahrheit und Gott. Deshalb habe ich diese Sünder hierhergebracht, damit sie durch die Kunst gegeißelt werden. Die Kunst ist etwas so Erschöpfendes, daß sie auch strafen kann. Diese kranken Wüstlinge werden als lebende Vorbilder für das Gemälde des Jüngsten Gerichts dienen.

Ich bedauere sehr, Doktor Vigo! Ich benutze niemals lebende Vorbilder für meine Arbeit. Auch keine toten.

Das ist eine Anweisung des Heiligen Offiziums, Michelangelo! Eine unanfechtbare Entscheidung! Zu den erlauchten Urteilssprüchen der Inquisition zählt, den Monsignore und seine Gefolgsleute zu Gefangenen der Gegenwart zu machen. Filippo wird ein Gefangener des Gemäldes vom Jüngsten Gericht, weil sein Äußeres auf dieser Wand abgebildet sein wird. Hier! Starr, unbeweglich, statisch, wird er zu jeder Sekunde jedem, der hier vorübergeht, verkünden, was die panische Angst vor der Gegenwart bedeutet. Wissen Sie, wie die Botschaft des Gefangenen der Gegenwart lautet, Michelangelo?

Nein. Ich verstehe nicht, wovon Sie sprechen, Doktor Vigo.

Aber Sie werden gleich verstehen! Monsignore Filippo wird aussprechen, was er gelernt hat. Los, Filippo, sprechen Sie laut, damit Michelangelo es hören kann. Wie lautet die Botschaft des Gefangenen der Gegenwart?

Die Erde wird niemals ein Paradies sein!

Sehr gut, Monsignore. Weiter.

Wunder geschehen unter Schmerzen und Tränen.

Ausgezeichnet, Filippo. Fahren Sie fort.

Die Cherubim sind nicht blau. Die Seraphim sind nicht rötlich. Die Engel besitzen keinerlei Macht. Sie sind Träumer, die den Menschen das Böse bringen. Sie sind nutzlose

Geschöpfe, nur zur Zerstreuung und Erheiterung des Allmächtigen erschaffen. Sie sind die Künstler des Himmels. Ohne jede Macht. Die Künstler des Himmels.

Haben Sie nun verstanden? An die Arbeit, Michelangelo.

Der Künstler schloß sich eine Woche lang in der Sixtinischen Kapelle ein. Tag und Nacht war er am Werk, entwarf und zeichnete die wichtigsten Skizzen des Gemäldes. Wie schon von aller Welt erwartet, ließ er keine Menschenseele die Kapelle betreten. Mit Ausnahme der syphilitischen Sünder und Monsignore Filippo, die zur Teilnahme an dem schöpferischen Prozeß verurteilt waren.

Michelangelo schien mit jeder Faser seines Herzens zu arbeiten. Wundersame Striche flogen über die Skizzen als der reinste künstlerische Ausdruck des Grauens. Des Entsetzens über die Feststellung, daß die Kunst für die Menschen und den Künstler, der sie erschafft, auch eine Strafe sein kann. Denn er arbeitete voller Ekel vor sich selbst und den Syphiliskranken, die er abbildete. Nur weil er nicht die Courage besessen hatte, Vigos Machtwort zurückzuweisen und all jene, die Tommaso ins Verderben geführt hatten, mit Verachtung zu strafen.

Aller der Endlichkeit des Daseins innewohnende Schrecken nahm auf den Zeichnungen für die Ewigkeit Gestalt an. Es war die Angst vor dem Tod, der gleiche Schrecken, der in Monsignore Filippos stechendem Blick stand.

Ein unheilvoller Blick, der Michelangelo über den Nacken glitt, während er arbeitete. Ein unerklärliches Fluidum, das ihm einflüsterte, daß zwischen ihnen Ungeheures geschehen war. Ein Kampf der Seelen, der den Unterschied zwischen der Kunst und dem Wahnsinn offenbarte, der spirituelle Krieg, der zwischen ihnen stattgefunden hatte.

Und wie jeder Krieg voller Irrglauben. Allen voran die Phantasien, die mit der Entdeckung der Terra Brasilis und der Malerei an der Decke der Sixtinischen Kapelle ausgebrochen waren. Eine Gleichung von Visionen, die einen ganzen Kontinent für fünfhundert Jahre mit einem Fluch belegt, die Existenz der Engel mit der Verbreitung der Syphilis in der Welt gerechtfertigt und die Unentbehrlichkeit der Kunst durch die Banalität des Lebens untermauert hatte.

Am siebten Tag erklärte Michelangelo erschöpft wie eine Gottheit den Entwurf des Gemäldes vom Jüngsten Gericht für fertig. Als er die Kapelle verließ, blickte er kein einziges Mal zurück, nicht einmal, um sich bei den Syphiliskranken für ihre Gesellschaft zu bedanken. Der Nacken schmerzte ihn so sehr, daß er sich weigerte, den Glocken zu lauschen, die Rom und der Welt den Tod von Papst Julius II. verkündeten.

In der Absicht, Michelangelo zum Erscheinen bei der Trauerfeier für den Papst zu zwingen, suchte Vigo im ganzen Vatikan nach ihm.

Als der Arzt die Kapelle betrat, herrschte schon Dunkelheit. Der Altar war beleuchtet und erhellte mit seinen Lichtern die Wand, auf der sich die Skizze für das Gemälde des Jüngsten Gerichts befand.

Schwarze Striche formten Körper, gaben Wolken Konturen und bildeten die syphilitischen Leiber der im Bild eingefangenen Kranken ab. Vigo entdeckte sehr schnell Filippos Gesicht am unteren Rand der Wand, mitten in der Hölle. Statt darüber zu grinsen, überlief ihn ein Schaudern, und er erstarrte.

Im selben Moment wurden Vigo und die ganze Welt vom Mysterium der Imagination, der schrecklichen Kreation eines Künstlers in den Bann geschlagen.

Überwältigt von dem Gefühl, Illusion und Realität zugleich zu erleben, ein Zustand, den nur Imaginationen erzeugen, erblickte der Arzt neben dem Gesicht des Monsignore das Abbild Julius II. und ein Stück weiter sein eigenes Porträt. Sie alle als Gefangene der Gegenwart und dazu verdammt, für immer Kunst zu sein.

Ende

Rio de Janeiro, 26. Mai 1997

Schlußbemerkung des Autors

Von der Entdeckung des Paradieses stützt sich zwar auf historische Tatsachen, ist aber ein rein fiktives Werk. Es geht um die unerhörten, geheimen Ereignisse, die um 1500 stattfanden.

Meine Recherchen zu dem Thema begannen vor einiger Zeit mit der Lektüre des Buches *Visão do paraíso* von Sérgio Buarque de Holanda (Ed. Nacional, São Paulo 1985).

Dieses Buch war in jeder Hinsicht eine Offenbarung. Es führte mich nicht nur weit zurück zu Brasiliens Wurzeln, sondern eröffnete mir auch den Zugang zu einer unerschöpflichen Bibliographie des europäischen Denkens in Zusammenhang mit den Entdeckungen der Seefahrer im ausgehenden 15. Jahrhundert.

Anstoß zu den Recherchen über den Ursprung der Syphilis und die zur Kastration von heranwachsenden Knaben verwendeten chirurgischen Techniken gab mir die Lektüre von *The Alarming History of Medicine* von Richard Gordon (Sinclair Stevenson Limited, London 1993).

Eine eigentlich rein touristische Reise nach Rom im Januar 1996 schließlich war das Schlüsselerlebnis, das mit der Decke der Sixtinischen Kapelle den Kontrapunkt zum Paradies Brasilis setzte. Erwähnt seien außerdem einige Bücher, die mir bei der Beschäftigung mit dem Zeitalter der Renaissance hilfreich waren: CAPRILLI, Massimo, *I Pontifici Romani*, Vatikan, Rom 1996; BOORSTIN, Daniel J., *The Creators – A History of Heroes of the Imagination*, Random House, New York 1992, sowie DUBY, Georges und ARIÈS, Philippe, *Geschichte des privaten Lebens*, Bd. 2, Vom feudalen Europa zur Renaissance, Frankfurt 1955.

Zu den historischen Tatsachen und den in diesem Buch beschriebenen fiktiven Begebenheiten erkläre ich: Die Syphilis gelangte um 1496–1500 nach Europa, also zum Zeitpunkt der Entdeckerfahrten, was die Gelehrten zu der Behauptung veranlaßte, sie stamme ursprünglich vom amerikanischen Kontinent; Pius III. war nur kurze zehn Tage lang im Oktober 1500 Papst, Julius II. hingegen über etliche Jahre, von 1503 bis 1515; ich nenne im Text absichtlich keine konkreten Daten ihrer Pontifikate, sondern verlege sie in die Zeit knapp vor 1500, mit anderen Worten, um nur ein paar lächerliche Jahre zurück; beeinflußt durch die heutigen Historiker, die sich auf die Chronologie des 15. und 16. Jahrhunderts immer mit einem *vermutlich* beziehen, da es in der damaligen Epoche keine präzise Zeitrechnung gab (in den Zeitangaben herrschte ein solches Durcheinander, daß Papst Gregor XIII. sich veranlaßt sah, den allgemein gültigen Kalender im Jahre 1582 neu festzulegen), habe ich mir die Freiheit herausgenommen, bestimmte historische Ereignisse um ein paar Jahre zu verschieben, etwa die Entdeckung Brasiliens, den Bau des Petersdoms sowie die Entstehung der Fresken an der Decke der Sixtinischen Kapelle; von den portugiesischen Königen nenne ich Dom João II. nicht namentlich, erwähne aber im zweiten Teil des Buches, daß der König von Portugal in eine tiefe, stumme Depression verfallen ist, womit ich mich auf Dom João II. beziehe, der zum genannten Zeitpunkt schon nicht mehr regierte; die Mode der *castrati* hingegen kam genau im Jahr 1500 auf; die von mir wiedergegebenen Abschnitte aus dem Brief des Pero Vaz de Caminha entstammen einer Mikrofilmkopie vom Original, die mir die Nationalbibliothek von Rio de Janeiro zur Verfügung gestellt hat; und was schließlich die Engel betrifft, weiß ich nicht mit Sicherheit, ob sie sich damals so zeigten und verhielten, wie im Buch beschrieben, jedenfalls ist es ein großer Verlust für die Menschheit, daß sie nicht mehr zu sehen sind, diese wunderbaren Geschöpfe, die *Künstler des Himmels*, die in ewigem Frühling lebten.

Rio de Janeiro, im September 1997
D. C.

Inhalt

Magisch, erotisch, figurenreich

Dietmar Schönherr
Die blutroten Tomaten der Rosalia Morales
144 Seiten • geb. m. SU
DM 32,– • öS 234,– • sFr 29,50
ISBN 3-8218-0844-6

Es empfiehlt sich nicht zu lachen, wenn Rosalía den neuen Bürgermeister des Dorfes mit Tomaten bewirft. Man könnte wegen Beleidigung ins Gefängnis kommen. So geschieht es Chele, der sich und seinem Freund und Gefängniswärter Amado die Wartezeit bis zu Prozeß verkürzt. Wie in »Tausendundeine Nacht« erzählt er jeden Tag eine Geschichte. Jedes dieser atmosphärisch dichten Bilder, komisch, traurig, absurd, melancholisch, zeigt eine Facette Nicaraguas – und eines Mannes, der dieses Land liebt und dennoch nicht versteht. Doch Rosalía und Amado haben viel Geduld mit dem begriffsstutzigen Fremden.

Voller Zärtlichkeit und Selbstironie entführt uns Dietmar Schönherr in seinem ersten Roman in das Land seiner Liebe und findet einen eigenen Ton jenseits von Marquez, Llosa und Infante.